U0941662

《彭阳文化丛书》编委会

彭陽文化丛书

报告文学卷

主编 马文山

黄河出版传媒集团
宁夏人民出版社

图书在版编目（CIP）数据

彭阳文化丛书. 报告文学卷 / 马文山主编.—银川：
宁夏人民出版社，2013.9
ISBN 978-7-227-05484-9

Ⅰ.①彭… Ⅱ.①马… Ⅲ.①文艺—作品综合集—彭阳县—当代
②报告文学—作品集—中国—当代 Ⅳ.①I218.434 ②I25

中国版本图书馆CIP数据核字（2013）第221784号

彭阳文化丛书·报告文学卷　马文山 主编

责任编辑 陈　浪
封面设计 雷秀云 余文花
责任印制 杨海军

黄河出版传媒集团
宁夏人民出版社 出版发行

地　　址 银川市北京东路139号出版大厦（750001）
网　　址 http://www.yrpubm.com
网上书店 http://www.hh-book.com
电子信箱 renminshe@yrpubm.com
邮购电话 0951-5044614
经　　销 全国新华书店
印刷装订 银川天之健文化传媒有限公司
印刷委托书号（宁）0013870

开　　本 787mm×1092mm 1/16　印　　张 14.25
字　　数 190千　印　　数 1500册
版　　次 2013年9月第1版　印　　次 2013年9月第1次印刷
书　　号 ISBN 978-7-227-05484-9/I·1387

定　　价 219.00元（全七册）

序　一

彭阳县县委书记　张国彦

彭 阳 县 县 长　赵晓东

彭阳历史悠久,文化灿烂,是古代文明与时代精神高度融合、交相辉映的地方,孕育出了丰富独特的文化资源。

三万年前,就有先民沿茹河而居,由此翻开彭阳文明第一页。自秦迄明,置郡设县。秦长城、汉城郭、唐宋石窟堡寨、明清古塔寺院故址犹存,丝绸之路穿境而过。帝王将相、文人墨客多有造访。秦惠文王"投文诅楚"朝那湫(今彭阳古城镇镜内);秦始皇西巡、汉武帝北巡均途经朝那(今古城镇);武帝北巡时,司马迁曾随驾记胜。彭阳人杰地灵,人才辈出。皇甫家族,崇文尚武,学子迭兴。东汉将领、军事家皇甫规抚羌宁疆,荐贤委位;东汉朝臣皇甫嵩,文经武略,戎马倥偬;魏晋间作家、医学家皇甫谧,针灸之祖,文史通人。

明清民国时期,境内有"东山文化之乡"美誉。"东山文化"既包含历史文化传承,也蕴含现代文化因子。其底蕴深厚,内涵丰富,涵盖以礼仪、民居、饮食、婚丧、庙会等为主的民间习俗,以书画、剪纸、刺绣、泥塑、彩绘、根雕、石刻、社火等为主的民间艺术,以伏羲出生地、白马庙、孟姜女哭长城等传说为主的民间文学。"东山文化"是彭阳县地域文化的主脉和象征,集中体现了彭阳人民以待人宽厚、为人诚实、以和为贵、以信立身、民风淳朴、勤劳朴实为核心的人文精神和尊重知识、重视教育的优良传统。

革命年代,彭阳属于陕甘宁边区的一部分,在民族解放和新中国诞生过程中谱写了一曲壮丽的凯歌。红军长征翻越六盘山，一代伟人毛泽东先后宿营小岔沟、乔家渠，写下了壮丽词篇《清平乐·六盘山》。红军西征，建立了红色政权，留有岪堡地下交通站、红河地下党支部、虎家小园子地下党支部等早期革命遗址。解放战争时期，在任山河打响了解放宁夏第一仗。这些红色文化资源，激励着家乡人民在新中国建设和改革开放征程上，以“不到长城非好汉”的凌云壮志，取得一个又一个辉煌成就。

1983 年建县以来，彭阳生态环境的改观形成潜在的人文资源。彭阳坚持“生态立县”的建县方针，30 年来，坚持不懈地改山治水，绿化造林，不断提升了生态环境建设水平。森林覆盖率由建县初的 3%提高到 24.8%，先后荣获全国生态建设先进县、水利建设先进县、造林绿化模范县、退耕还林先进县、水土保持生态文明县、全区生态建设模范县等殊荣，阳洼流域、大沟湾流域等被国家环保总局列为第八批全国生态示范区，茹河生态园、茹河瀑布被列入国家级水利风景区，这都是彭阳县生态建设的典范，已经成为休闲观光旅游的地方。彭阳人民在建设秀美山川的长期实践中孕育出的“彭阳精神”和“彭阳经验”，是彭阳生态文化的精髓。

近年来，彭阳立足现有的文化资源，通过进一步发掘和整理，确立“皇甫谧文化、东山文化、红色文化、生态文化”四大文化品牌，即“皇甫谧故里、东山文化之乡、红色热土、生态绿色新家园”。这些文化资源已成为彭阳地域文化的有机组成部分，是彭阳人民生产、生活的精华积淀，是促进彭阳经济社会发展的重要动力。

自 2005 年彭阳县第一次文代会召开以来，文化建设进入了大发展、大繁荣的时期。县文联及各艺术协会在县委、政府的正确领导下，在区、市文联的精心指导下，团结和带领全县文艺工作者坚持文艺工作的“二为”方向、“双百”方针和“三贴近”要求，开展每年一届的“文化艺术月”“书香彭阳”等主题文艺活动，狠抓《彭阳文学》《彭阳摄影》《彭阳文艺网》等文艺主阵地建设，创作出了一大批弘扬先进文化、反映时代精神、富有地方特色的优秀文艺作品。文学、书法、美术、摄影、音乐、舞蹈、戏剧、民间艺术等各个艺术门类，从无到有、由弱变强，百花齐放、异彩纷呈，呈现出团结、和谐、繁荣、发展的良好局面。

风雨兼程三十载，和谐盛世谱华章。建县30年来，彭阳始终保持了政治民主、经济发展、社会进步、民族团结、人民安居乐业的良好局面，城乡面貌发生了巨大变化，文化事业、精神文明建设更是呈现出勃勃生机。为了让外界更多地了解彭阳、关注彭阳，进一步激发全县广大干部群众热爱家乡、建设家乡的热情，县委宣传部、县文联在彭阳建县30周年之际，编辑整理出版《彭阳文化丛书》。丛书分小说卷、散文卷、诗歌卷、报告文学卷、文学评论卷、书法卷、美术工艺卷七个部分，以宣传彭阳为主旨，以提升彭阳知名度和美誉度为目的，力求多层次、多角度、全方位反映彭阳建县30年来的文学艺术成就。

丛书的编写，是一项系统工程，得到了有关部门的支持，各编辑人员夙兴夜寐，忘我工作，保证了丛书编写工作顺利进行，在此深表谢意和敬意。丛书的出版，是我县文化艺术工作的一件大事、盛事，是我县文化艺术工作辉煌成果的一次大检阅、大练兵、大交流。以丛书的形式集中反映我县文化建设成就，这在我县还是第一次，所以该丛书在我县文化建设史上具有里程碑的意义，可喜可贺。

“国民之魂，文以化之；国家之神，文以铸之。”文化作为一种精神力量，越来越受到重视，并成为一个地区推动经济社会发展的重要动力。近年来，彭阳县在积极发展经济的同时，充分认识到文化对于经济发展的重要作用，建设好、打造好促进经济和社会发展的文化环境，从文化环境建设中获得发展动力，以适应全面建成小康社会的新要求，是我们应积极研究探索的新课题。

文化凝结着历史，文化开拓着未来。我们相信，勤劳智慧的彭阳人民不仅能够不断创造新的经济奇迹，而且能够不断提高文化的传播力、影响力，让彭阳文化放射出更加璀璨的光芒，为加快建设“生态彭阳、宜居彭阳、富裕彭阳、诚信彭阳、和谐彭阳”与全国、全区同步进入全面小康社会做出积极的贡献。

序　二

彭阳县委常委、宣传部部长　马文山

党的十八大报告强调,全面建成小康社会,实现中华民族伟大复兴,必须推动社会主义文化大发展大繁荣,兴起社会主义文化建设新高潮,提高国家文化软实力,发挥文化引领风尚、教育人民、服务社会、推动发展的作用。这充分反映了我们党对当今文化趋势和我国文化发展方位的科学把握，为文化建设指明了前进方向、提供了基本遵循。如何贯彻落实好党的十八大精神,扎实推进社会主义文化强国,是基层文艺工作者一项重大而艰巨的任务。

今年是彭阳建县30周年。30年来,全县广大文艺工作者认真贯彻"二为"方向,坚持"双百"方针和"三贴近"原则,深入挖掘彭阳地域文化资源,大力培育彭阳特色文化品牌,不断创新文艺表现形式,通过文学、美术、书法、民间工艺等艺术载体,充分展示了全县经济社会发展的辉煌成就,展示了全县人民团结奋斗的精神风貌,文化艺术事业蓬勃发展、成绩喜人,特别是文化艺术活动丰富多采、主题鲜明、形式多样、独具特色,全面反映了我县文艺发展成果,激发了全县广大干部群众同心同德、团结奋进、干事创业的热情,唱响了主旋律,为丰富和活跃基层群众文化生活、推动文化事业大发展大繁荣、构建和谐彭阳提供了强大的精神动力。

《彭阳文化丛书》是彭阳建县30年来部分优秀文学艺术作品的集锦,既有对生活在彭阳这块土地上的人民的精神状态的忠实记录，也有对全县翻天覆地的变化的热情讴歌;既有对社会热点和弱势群体的强烈关注,也有对不良风气不文明行为的有力鞭挞。其中许多作品可圈可点，感人至深，不乏振聋发聩之音。这些文艺作品寄托了彭阳广大文艺工作者的思想、情感和期盼，字里行间无不流露出心系彭阳经济社会发展的情感和指点江山、激扬文字的豪迈，充分体现了广大文艺人才"铁肩担道义，妙手著文章"的精神品质。《彭阳文化丛书》的整理出版，为新时期推动全县文学艺术发展提供了范例，让全县广大干部群众更加深刻地了解彭阳的过去、现在和未来，从而更加热爱彭阳，更好地建设彭阳，对进一步宣传彭阳，让外界全方位、多层次了解彭阳的历史文化和当前的发展实绩起到巨大的推动作用。

面对这套浓缩了彭阳县经济社会发展、文化民俗和精神品质的文艺作品，仿佛重历那些波澜壮阔的岁月，感受变革带给人们的心灵体验，其中的艰辛探索和不懈奋斗，已为今天的巨大成就所印证。这足以告慰前人，激励今人，昭示后人。而这样一部作为涵盖彭阳文学艺术全貌的书籍，较为全面地反映了彭阳文艺创作所取得的丰硕成果，作为一种精神资源，其史料价值和文化价值当不会被低估。

当前，面对党的十八大提出全面建成小康社会，实现中华民族伟大复兴的的重要时期，在新的起点和更高层次上推进彭阳经济社会大发展、大跨越，是时代赋予我们文艺工作者的神圣职责和庄严使命，是全县人民的共同心声和热切期盼。全县广大文艺工作者一定要高举社会主义先进文化旗帜，树立高度的文化自觉和文化自信，进一步拓宽视野，大胆探索，创作出反映时代精神、体现地方特色和民族风貌的优秀作品，更好地满足人民日益增长的精神文化需求，更进一步为加快推进生态彭阳、宜居彭阳、富裕彭阳、诚信彭阳、和谐彭阳建设提供不竭的精神动力和智力支持。

目录

CONTENTS

栖凤山下党旗红

——彭阳县党建工作侧记

杨耀雄

无限的“过去”都以“现在”为归宿，无限的“未来”都以“现在”为渊源。“过去”、“未来”的中间全仗有“现在”以成其连续，以成其永远，以成其无始无终的大实在。擎现在的铃，无限的过去未来皆遥相呼应。

——题记(摘自《李大钊选集》)

楔 子

斗转星移，彭阳建县29年的峥嵘岁月，一部厚重的彭阳党史，从农村党建“四个新”到“四四三”党建工作模式，再到探索促进农村党建工作“转化、深化、功能化”的有效实现形式，催生出“勇于探索，团结务实，锲而不舍，艰苦创业”的彭阳精神，树起一座座历史丰碑，唱响一曲曲时代颂歌，鲜红的党旗在彭阳大地上熠熠生辉、高高飘扬！有领导说过，一方地域经济发达固然好，但党建工作做不好，精神境界上不去，就容易出问题，唯利是图、歪门邪道就会应运而生，廉政、民主、无私、为民等等一切就都无从说起。是的，在新世纪里，彭阳大地，党旗猎猎，人们或有声、或无声地诉说着党建擎旗人奋斗不息的动人故事，吟唱着一曲曲忠诚凝聚的壮丽之歌！彭阳这几年的变化可用翻天覆地来形容，这种变化，体现在固态的城乡面貌上，更体现在动态的一个个居民身上。笔者在采写中的所见所闻，处处都能真实地感触

到。彭阳，这个日益被外界关注的宁南山区的焦点“板块”，将以怎样的新姿走进人们的视野？现任的领导班子和广大党员干部，面对新的机遇和挑战，如何立足现在、衔接过去、绘就彭阳的明天？带着这些问题，笔者走访了县委组织部董永强部长、黄金仁副部长、陈玉玲副部长、乔升副部长，一些乡村干部和群众，从中找到了答案。

动力之源："领导关怀"激励"开拓奋进"

溯源泉涌，本固木长。2003年7月，在时任中央政治局常委、国家副主席曾庆红和中央政策研究室副主任何毅亭的亲切关怀下，彭阳县被中央党建工作领导小组秘书组确定为农村党建工作联系点。联系点得到了中央及区、市各级领导的高度重视和大力支持。

胡锦涛总书记、温家宝总理等中央领导同志先后亲临彭阳视察，对党的建设、生态建设和设施农业给予了充分肯定。国家原副主席曾庆红先后两次对彭阳党建工作做出重要批示，要求“彭阳县更应与时俱进，不断巩固和提高。”

2008年，习近平副主席视察宁夏时，听取了农村党建工作汇报。中央党建工作领导小组秘书组先后7次到彭阳调研指导工作，并通过《人民日报》《党建要报》介绍推广了彭阳农村基层党建的做法和经验。

2009年10月，江金权局长、李辉卫处长来彭阳县调研，提出了“转化、深化、功能化”的指导意见，帮助更加明确努力的方向。

2004年5月、2010年9月，自治区党委、党委组织部分别召开全区农村党建工作彭阳现场会，在全区总结推广彭阳党建成功做法和典型经验。自治区党委、政府主要领导多次到彭阳调研考察，现场协调解决实际问题。自治区党委常委、组织部部长徐松南，副部长沈凡投入很大精力抓联系点工作，多次带领发改、农牧等部门深入走访座谈，帮助理思路、定措施、促落实，从部署指导工作到项目资金安排都给予了大力支持和倾斜。

固原市委把彭阳联系点工作纳入市委工作总体规划，2005年5月做出

《学习推广彭阳农村党建工作做法和经验的决定》，2008年6月召开全市庆祝建党87周年暨学习推广彭阳党建工作经验现场会，做出《关于进一步学习推广彭阳党建工作经验，坚持以改革创新精神全面加强和改进基层党的建设工作的意见》，在全市学习推广彭阳党建工作经验。市委书记李文章把古城镇任河村作为自己的基层党建工作联系点，市委常委、组织部部长马金元经常深入到一线调查研究、指导工作。

上级和领导的支持和关怀，既是动力，又是压力。“这些都带动了全县党员干部和人民群众空前的思想大解放，观念大突围，灵魂大洗礼，力量大凝聚，经济大发展，城乡大变样。”董永强部长深有感触地说。

绘制蓝本:“时代先锋”站立“时代节点”

时不我待，只争朝夕，抢占制高点。彭阳县委以开展联系点工作为契机，主动加强同秘书组以及其他各点的交流与联系，认真领会秘书组和区、市党委的部署要求，既立足于抓好经常性工作，又结合新形势下农村基层党建工作中出现的新情况和新问题，认真开展课题调研，全力抓好调研成果转化应用，探索建立了“抓党建，促发展，增收入，惠民生，保和谐”的党建工作主题，在此基础上，县第七次党代会认真审议张国彦书记的工作报告，确立了“以增加城乡居民收入为核心，全力实施能源工业强县、城乡规划建设兴县战略，突出特色产业、文化旅游、民生改善、管理创新和党的建设，奋力建设生态彭阳、宜居彭阳、富裕彭阳、诚信彭阳、和谐彭阳”的经济社会发展总体思路，不断提升党的建设和联系点工作水平，加快推动农村经济发展，促进农民增收致富。

发展思路的“先”，带来了发展变化的“快”，也形成了发展质量的“优”。这使彭阳由一个国土面积2528平方公里，人口26.26万，党员10273名，建县仅20多年的老、边、山、穷地方，一跃成为全国造林绿化先进县、政务公开工作先进县、生态建设先进县、退耕还林先进县、平安建设先进县、国家园林县城、全国文明县城和全区农村基层组织建设先进县。2011年，全县地方生

产总值、全社会固定资产投资、地方财政一般预算收入、农民人均纯收入分别达到22.7亿元、25.5亿元、1.65亿元和4146元，分别是2006年的2.89倍、3.85倍、9.14倍和2.1倍。其中地方财政一般预算收入成为固原市第一个、宁南山区八县(区)第二个进入“亿元俱乐部”的县。

这一连串的数字和荣誉,见证不凡历程,记录成长轨迹,饱含着收获的荣耀,也孕育着更大的期待,奠定了一条更高标准的起跑线。

成果转化:“系统工程”助推“农民增收”

“备前则后寡,备后则前寡,备左则右寡,备右则左寡,无所不备,则无所不寡。”这是《孙子·虚实》中的话,原文虽是讲兵法,但对于今人仍有相当的借鉴意义——它道出了工作方式方法的全面性和必要性。是的，在新的形势下,如何创新党建工作的方式方法,探寻创建工作的切入点、结合点和着力点,显得尤为重要。

笔者了解到,近年来,彭阳县各级党组织按照“提高经济发展水平,充分反映党建成果”的要求,紧紧围绕“抓党建,促发展,增收入,惠民生,保和谐”工作主题,探索建立了农村党员“双带”发展基金,深入实施“三扩一树”示范提升工程,不断加强农村党员带头致富、带领群众致富的“双带”能力建设,加快推进党建成果向经济社会发展成果转化。建立“双带”基金,推行“三扩”机制上规模。从2007年开始,县委针对农村党员带头致富、带领群众致富无项目、发展缺资金的实际,紧紧围绕“提高‘造血’功能,促进富民增收”的目标要求,从留存党费中拿出45万元,建立农村党员“双带”发展基金,重点帮扶农民党员、入党积极分子和致富积极性高、诚信意识好的农民群众发展特色优势产业。

基金使用按照相对集中、适当分散、无偿使用、滚动发展的原则,通过项目整合、党员与群众“1+N”联保、基地示范、以村带户等四种模式,建立县、乡、村、户层层签订基金管理责任书、借贷协议书等制度,加强对基金投放使用的审批、监督和管理。借贷额度一般为每户2000~20000元,使用期限为

1~2 年。

2011 年，坚持把农村党员“双带”能力建设与实施“特色产业富民”战略结合起来，全面推行“三扩”机制：扩基金规模，采取党费补、财政拿、部门帮、企业捐等多种形式，整合工会、共青团、妇联等群团组织部分支农资金，健全“多个渠道入水，一个池子蓄水，一个龙头出水”的“双带”基金筹集机制，使“双带”基金总额扩大到 3000 万元；扩扶持范围，把“双带”基金扶持范围由以养牛为主的种草养畜业，逐步扩大到林果、蔬菜、菌草、药材、烟叶等特色产业，使党建工作融入特色优势产业培育中，体现在推进农民增收致富上；扩覆盖面，全面推行党员、群众“1+N”结对帮带模式，把“双带”能力建设的主体由党员扩大到团员、青年、妇女，覆盖到产业基地（园区）、村集体经济、专业合作经济组织、个体工商户等领域，努力把党建成果转化为科学发展、富民强县成果。目前，基金已覆盖全县所有乡镇，涉及 73 个村 2136 户党员和群众，受益人数达 10252 人，占农村总人口 3.9%，其中受益党员 1204 人，占党员总数 19.9%。

抓好典型带动，选树“双带”标兵育骨干。坚持以“培育‘双带’典型带民富，壮大特色产业促强县”为目标，以深入开展创先争优活动为动力，以推进城乡党建工作“双进共建”机制为抓手，整合县乡党建资源，在政策重点倾斜、资金重点帮扶、领导重点包抓、工作重点指导的基础上，建立“双带”基金使用效果评估台账，开展创业标兵、科技示范、帮扶先锋、“巾帼建功”等评选表彰、命名挂牌活动，在每个乡镇培育 2~4 个“双带”示范村、100 名左右的特色产业、生态移民、创业致富、劳务经济等不同类型的“双带”标兵，使全县“双带”示范村达到 30 个、“双带”标兵达到 1000 名。

通过典型“做给大家看，带着大家干”，带动和激励广大党员、青年和妇女领办、创办蔬菜种植、肉牛养殖、菌草栽培等示范基地和园区，争当创业先锋、争做致富标兵。全县涌现出了杨万珍、虎彩虹、扈志武等懂技术、会经营的“双带”标兵 813 名，带动 2 万多户群众发展特色产业，培育长城塬、麦子

塬、阳洼等万亩优质经济林示范基地4个，任河、海口、宽坪等肉牛养殖示范村18个、养殖园区（场）5个，温沟、红河、白河等千亩设施蔬菜示范区5个，农民人均纯收入年均增幅19%。

搭建保障平台，扩大“双带”阵营促共建。按照“党建带群建、党群一体化促农业发展、农民增收”的要求，通过落实“建、联、挂、靠”等措施，把支部和群团组织建在农民专业合作社、产业链、基地园区、专业市场上，建立功能型党小组304个、群团小组68个，初步形成了以产业为纽带，以产业化党小组为基础，以青年党员、团员、妇女为骨干的产业党群共建组织体系，先后创办古城镇温沟设施农业、长城塬食用菌、新集下马洼设施养殖等一批党群团组织创业园区，使基层党群团组织覆盖到特色产业发展的各个环节，营造了党群共建、合力推进农村党员带头创业、带领群众创业的浓厚氛围，不断壮大了“双带”阵营，扩大了“双带”的影响力和受益面。

在古城镇，任河村党支部书记杨生科对笔者说：“‘双带’基金的扶持，我新建了养殖暖棚350平方米，良种牛存栏60多头，家庭年收入由2007年的2万元提高到12万元。牵头创办了任河返乡党员农民工养殖创业园，吸引26名返乡农民工、妇女骨干入园创业，带动全村发展10头以上的养牛大户92户、20头以上4户，使我村农民人均纯收入由2007年的2460元提高到2010年的3850元。”

党建治理：“机制创新”推进“城乡统筹”

创新是党建永恒的课题。彭阳县委紧扣“科学发展，富民强县”主题，坚持以健全农村党员“双带”发展机制、构建城乡统筹的基层党建新格局为实践载体，不断健全目标责任、抓点示范、考核评价、舆论宣传等争创机制，形成创先争优、争先进位的工作格局。

健全经费保障机制。研究制定《关于进一步健全完善农村基层组织建设经费保障机制的实施意见》，建立创先争优专项基金100万元。对累计任职10年以上的4名离任村干部，按任职年限每年补发一次性生活补贴100

元，并为建县以来任职满3年以上的离任村党支部书记、村主任全部办理了养老保险。把村干部任职报酬由原来的上年度全县农民人均纯收入的1.5倍提高到2倍，村级团委书记每年财政补贴1200元，妇代会主任每年财政补贴1000元。

健全目标责任机制。把创先争优活动纳入目标化管理，根据不同行业、不同领域的特点实际，对特色产业培育、生态移民、项目建设、社会管理、诚信建设、保障和改善民生等中心工作和阶段性重点任务进行细化，分解到各基层党组织，责任到县级领导、乡镇和部门“一把手”，落实到每一名党员干部，切实做到思想、精力、责任、工作“四到位”，确保创先争优活动与经济社会发展目标有效衔接，整体推进。

健全“三制”工作机制。建立承诺制，按照提出承诺、审核承诺、公开承诺、履行承诺等四个环节，引导基层党组织和党员结合工作职能、岗位职责、自身特长等实际做出承诺，促使党员在促发展、办实事、解民忧、惠民生的实践中亮身份、做表率、争先进。建立评议制，采取个人自评、党员互评、领导点评、群众测评四种形式，围绕中心工作、承诺内容、群众需求、存在问题四个重点，通过月自评、季互评、半年点评和年终测评的办法，督促广大党员在推动发展、促进和谐、服务群众中创先争优。建立考核制，制定基层党组织和党员创先争优实绩考核细则，健全随机检查、重点抽查、定期督查和年终考核相结合的考核评价办法，推动创先争优活动深入开展。

健全抓点示范机制。坚持基层创先争优活动联系点和领导干部下乡住村联系点制度，建立县乡党员领导干部创先争优活动联系点316个和下乡住村联系点145个，示范引导机关党员干部深入基层知民情，深入群众解民忧，在全县选树草庙乡、冯庄乡小寺村等先进基层党组织60个，培育杨生科、杨凤鹏等优秀共产党员255名，充分发挥先进典型的示范带动作用，使基层党组织和党员学有方向、创有目标、干有动力。

健全舆论引导机制。在县有线电视台、彭阳党建网开设党旗飘飘、身边楷模等专栏，对创先争优活动中涌现出的先进基层党组织、优秀共产党员和党务工作者的典型事迹进行集中宣传报道，用身边的事教育身边的人，进一步扩大先进典型的社会影响力和感召力。各基层党组织采取刷写标语、制作宣传栏、编发活动简报、设立光荣榜等多种形式，加大总结宣传力度，不断形成崇尚先进、学习先进、争当先进的良好氛围。

功能聚集："多措并举"搭建"辐射平台"

解放思想，永无止境。彭阳县委在实践中深刻认识到，抓好基层，打好基础，提升农村党建联系点工作水平，必须主动适应城乡一体化发展的需要，建立城乡党建工作"双进共建"机制，推动农村党建经验进城、城市党建资源进村，逐步构建起以城带乡、资源共享、优势互补、协调发展的基层党建新格局。

总结借鉴农村创新党组织设置、开展党员承诺和便民服务等活动的有效做法，在机关全面推行以党组织和党员目标管理制、为民服务承诺制、为民办事全程代理制为主要内容的机关党建"三制"，在窗口单位和服务行业深入开展以"亮身份、亮职责、亮承诺、亮形象，创岗位奉献先锋、创群众满意窗口、创优质服务品牌、创先进党群团组织，党员自评、领导点评、组织考评、群众测评"为主要内容的"四亮四创四评"为民服务创先争优活动，积极寻找党的建设与中心工作、业务工作的切入点。

引导机关党组织和党员干部在提升"三服务一促进"工作水平中找准位置、发挥作用。按照"城乡组织联建，发展大计联议，富民产业联抓，党群关系联促，惠民实事联办"的思路，组建城乡、村村、村企联合党组织 11 个，开展结对共建、互帮互促活动，实现城乡资源要素的优势互补、有序流动。县农科局机关党支部与古城镇温沟村党支部组建设施蔬菜产业联合党支部，充分利用部门的人才、技术、资金等优势，帮助农村基层党组织和党员群众，建成集科研、开发、生产、经营、示范为一体的千亩设施农业高新技术展示基地和示范窗口，年产各类蔬菜 8000 多吨，实现销售收入 2500 多万元，提供种植户人均纯收入3000元。

结合实施“教育强县”战略，探索实行“条块结合，以县为主”的管理模式，推行中小学党政班子主要成员交叉任职制度，创设品德教育、教学研究、安全巡查等功能型党群团小组，开展党员责任区、示范岗创建活动，切实加强了中小学党建工作，促进了教育教学事业发展。县一小党支部创设留守儿童教育党小组，设立留守儿童心理咨询室，组织党员、教职工、优秀学生代表与122名留守儿童结成帮扶对子，先后为留守儿童捐赠了价值3万多元的学习生活用品，召开“关爱留守儿童”主题研讨会，编印了《爱生案例集》《学生感恩集》，确保留守儿童健康快乐成长。坚持以“三有一化”为目标，以“共驻共建”活动为抓手，以党团员为主要力量，组建社区科普咨询、文化娱乐、环境卫生、法制教育、义务巡逻、结对帮扶等志愿者服务队，定期开展全民健身、青少年教育、爱心服务等活动，加快了新型和谐社区建设。

在全区率先成立县非公有制经济和社会组织党工委，在所有符合条件的非公有制经济组织和社会组织中组建了党组织，扩大了党组织和党的工作覆盖面，促进了非公有制经济和社会组织的健康发展。红河乡辣椒蔬菜种植协会党支部主动适应蔬菜产业发展的良好势头，实行统一包装、统一品牌、统一价格、统一标准、统一信息的“五统一”经营服务模式，积极为群众提供产前、产中、产后“一条龙”服务，使全乡设施蔬菜面积由五年前的200多亩增加到1.3万亩，成为农民增收的主导产业。2010年，在全区社会组织党建工作观摩评比活动中，被命名为自治区级社会组织党建示范点。

启　示

采写完毕，掩卷深思。笔者所接触的不管是领导还是普通党员，不管是干部还是农民，他们都有一个共识，就是：农村党建要“思想走在前，行动做表率”。彭阳县创新工作实践无不是对这一共识的最好诠释，也从多层次、多方位给了我们深刻的启示。

启示一:农村党建工作,必须创新工作理念,在推动发展上求突破。牢固树立大党建、开放党建、和谐党建、富民党建的理念,始终突出"科学发展,富民强县"主题,紧扣"十二五"规划的目标要求,坚持把"双带"能力建设作为加强和改进新形势下农村党建工作的有效抓手,不断形成思想重视、政策倾斜、资金支持、部门帮扶,合力推进农村党员"双带"能力建设的工作格局,切实提升农村党员带头致富、带领群众的能力,激发推进社会主义新农村建设的生机与活力,解决党建工作与经济发展"两张皮"的现象,取得抓党建、促发展的实际效果。

启示二:农村党建工作,必须创新工作方法,在完善思路上下功夫。坚持以改革创新的精神不断研究新情况,解决新问题,在继承中探索,在探索中创新,在创新中发展,及时确立"抓党建,促发展,增收入,惠民生,保和谐"的工作主题,使抓党建促发展的工作思路更加完善,内涵更加丰富,主题更加突出,加快推动党建成果转化为发展成果。

启示三:农村党建工作,必须创新工作载体,在增强活力上做文章。坚持以推动农村经济发展、促进农民增收为目标,创新实施农村党员"双带"能力建设"三扩一树"工程、搭建村级组织活动场所"一体六功能"服务群众平台,以及"四联双定双评"、党员承诺、便民服务等有效载体,不断激发基层党组织和党员干部带头创业、带领群众创业的热情,努力实现党的工作效益最大化。

启示四:农村党建工作,必须创新工作机制,在创先争优上见实效。制度更带有长期性、稳定性和根本性。坚持以创先争优活动为动力,重视运用民主测评、满意度调查、行风评议、推优排队等考核评价方式,严格落实党建工作目标管理责任制、抓党建工作双向述职、党群团组织联席会议等制度,建立健全党内激励关怀帮扶、典型培育抓点示范等长效机制,不断取得科学发展增动力、人民群众得实惠、基层党建上水平的实际效果。

彭阳大地展新姿,党旗飘扬分外红。在全力实施"能源工业强县,城乡规划建设兴县”战略和“五个彭阳”建设的征途上，全县各级党组织和广大共产党员用无限的忠诚践行着党的宗旨，以奋斗的人生和辉煌的事业，为党旗增光添彩。

（原载《彭阳文学》2012 年第 2 期）

唤得"红杏"出墙来

——彭阳县大农业发展纪实

韩　聆

一元复始,万象更新。

迎着早春和煦的微风,行走在彭阳县的乡间田野,举目远眺,展现在眼前的是规整连片的耕地,耕地中渠成网、路相连、沟相通、田成方。

一座座疏菜大棚里,红彤彤的西红柿、青翠的黄瓜、绿油油的白菜相映成景。蜿蜒成方的各色农业生产带和涉农企业,星罗棋布。到处一派田园化、生态化的盎然生机。

在这里,实施中低产田改造的雏形正在形成,"小而全"的传统农业格局正在被"大而专"的"链式经济"改变它的发展轨迹,农业产业化发展的缩影可见一斑。跳出农业抓农业,以工业化理念经营农业,一场田野上的"工业革命"悄然兴起。

近年来,该县紧盯"三农",破解难题,坚定不移地做大做强林果、草畜、蔬菜、劳务等特色优势产业,使农业产业化迈上了发展的"快车道",在彭阳广袤的土地上谱写了一曲曲农民增收的"交响曲"。2012 年,全县农业总产值达到 19.9 亿元,增长 9.5%;农民人均纯收入达到 4718 元,增长 13.8%。

彭阳这样一路走来

彭阳地处宁南山区六盘山脉东侧,境内山川相济,红河、茹河、蒲河穿越县境。雄伟的六盘山犹如一道巨大的屏障，让彭阳这块土地成为一个天然的大牧场。三水汇流，牧草茵茵，“天苍苍，野茫茫，风吹草低见牛羊”，历史上，彭阳正是这么一片“畜牧天下饶”的富庶之地。

据史书载，先秦时以营牧经商受秦始皇封赐褒奖的大牧主乌氏倮，饲养的牲畜多到只能用“山谷”为计量单位来进行统计。汉代，“天子为伐胡，盛养马”，朝那为汉室军马的重要补充基地。唐代包括彭阳在内的陇右牧，是历史上官办畜牧业最成功的典范。公元 646 年 8 月，唐太宗李世民在赴灵州返回途中，西越六盘山视察了陇右牧的养马业。明代，境内设清平、万安监(苑)，以及二壕“提标城守营游击马场”、磨家河“提标后营游击马场”，均为官办马场。

后由于战争的摧残，加之垦荒种粮的掠夺式经营，使草原严重退化。到 20 世纪 80 年代初期，全县畜牧饲养总量仅为 45 万个羊单位，农民年人均纯收入不足 100 元。这片古老的土地失去了往日“森林茂密，草场辽阔，沃野千里；谷稼殷积，牛马衔尾，羊群塞道”的诱人景象。

1983 年，彭阳由固原分设置县。建县以来，历届县委、政府始终坚持“生态立县”方针不动摇，一任接着一任干，一张蓝图绘到底，带领全县人民发扬“勇于探索，团结务实，锲而不舍，艰苦创业”的“彭阳精神”和“领导苦抓，干部苦帮，群众苦干”的“三苦”作风，几十年如一日，走出了一条独具特色的发展路子。

20 年前，《宁夏日报》头版一篇《脱贫致富的一面旗帜》报道了彭阳县战天斗地、改造山河、脱贫致富的事迹。随之，宁夏回族自治区党委、政府号召宁夏全区学习“彭阳精神”，推广“彭阳经验”。

中央党建领导小组秘书组将彭阳县确定为全国唯一的农村党建工作联系点，全国人大建议将彭阳生态治理的成功经验在黄土高原类型区全面推广。

彭阳为宁夏树立了创业精神与科学发展相结合的典范。

“彭阳精神”在激励南部山区和宁夏人民奋发图强，建设繁荣、富裕、文明新宁夏的征程中起到了不可估量的作用。其实，自从毛主席率领中国工农红军早在1935年途经六盘山时写下气贯长虹的瑰丽词篇《清平乐·六盘山》起，一种精神就与这里的一山一水、一草一木紧密相联。

正是凭着这股精神，彭阳人用铁锹挖出的带子田可以绕地球两圈半，人均400米，居山区八县之首；特色经济林覆盖全县80%以上的农户，排山区八县第一；多年蓄积打造的县域经济竞争力提升最快，夺山区八县之冠；刑事案件和矛盾纠纷的发案率创全区最低，是宁夏首批命名的平安县。

“九连增”：粮食生产给彭阳吃了定心丸

“民以食为天”，这是铁理。

彭阳县坚持“保稳定，促增长”，把调整优化结构，良种良法配套作为粮食挖潜增产的新支点，认真落实各项支农惠农政策，不断调动农民种粮积极性。彭阳县这几年的发展，得益于政策好、天帮忙、人努力。2012年，全县完成粮食作物播种面积84.2万亩，粮食总产2.34亿公斤，较上年增产23.8%，创历史最高水平，实现九连增，被推荐为2012年全国粮食生产先进单位。

怎么“强农惠农”？怎么实现既要抓经济，又要激发农民种粮积极性？首先对小麦、玉米良种补贴实行全覆盖，去年共落实各种农资、农机具补贴资金4140万元，较上年增长44.6%，极大地调动了农民生产积极性。

罗洼乡种粮大户侯小平通过流转土地，种植地膜玉米530亩。像这样的玉米种植大户，在彭阳已经比比皆是。地膜玉米成为农民种粮的首选，种植面积年年攀升，全县去年达到34.3万亩，较上年增长9.4%，预计总产玉米1.53亿公斤，用全县41%的粮田面积拿回了62%的粮食产量。

彭阳县有耕地100.3万亩，其中旱地93.1万亩。近几年，借助自治区实施的“三个百万亩”高效农业工程，大力发展集雨补灌覆膜保墒旱作农业，积极推广秋季全覆膜和早春覆膜，破解制约山区农业发展的“瓶颈”。去年，全县共投入资金2388万元，采购地膜2122吨、化肥120吨，建立4个10000亩、6个5000亩、5个2000亩旱作农业示范区，带动全县完成以全覆膜为主的旱作农业31.5万亩。据县农技推广中心负责人介绍，秋季全覆膜较同期半覆膜土壤含水率提高3个百分点，平均亩产可提高100公斤左右，旱作节水农业使“靠天吃饭”的困局成功突围。

高产示范创建实现了资源集约、技术集成。把粮食高产示范创建贯穿于粮食生产全过程，将测土配方施肥等高产栽培技术集成化，通过实行统一播种、统一品种、统一配方施肥、统一防病治虫、统一适时收获的“五统一”推广服务，把专家的技术变成了农民的生产技能。按照小面积攻关、核心区示范、大面积推广的思路，全县创建粮食高产示范点44个16.97万亩，其中玉米28个6.78万亩、马铃薯14个2.48万亩，涉及农业部高产创建示范点5个。通过良种良法增产措施的集中展示和集成推广，成功实现了在大田里复制试验田的产量。

同时，彭阳县积极、科学应对灾害性天气，落实抗灾减灾措施，坚持打点保面、统防统治，防治冬小麦条锈病、马铃薯晚疫病等重大农作物病虫害年113万亩次，挽回粮食损失1170万公斤。

彭阳人重视粮食生产，抱定“老本”不放松，这是难能可贵的。“九连增”标志着彭阳粮食综合生产能力有了新的提升，标志着粮食稳定发展的长效机制正在形成，标志着粮食安全有了更坚实的基础。

但粮食在实现“九连增”之后产量基数已经很高，农业生产成本不断上升，气候因素也存在不确定性，夺取明年粮食丰收和农民增收困难更大，挑战更多，任务更为艰巨。

对此，彭阳的决策者们有清醒的认识。开年之际，政府一再强调，要继续把发展粮食生产摆在经济社会发展的突出位置，进一步强化粮食和农业基础设施建设，持续增加农业补贴资金，切实让重农抓粮者、支农兴粮者、务农种粮者经济上有实惠、生产上有动力，充分调动各方面积极性，确保粮食

生产长期稳定发展。

“白河模式”告诉我们,“种庄稼不能再翻老黄历了”

白河拱棚蔬菜标准园涉及新集乡大伙、白河、沟口村8个自然村650户2925人。园区现已发展设施农业7000多亩,其中塑料大棚6800亩,日光温室200亩,配套机井5眼,高位蓄水池5座,销售场所2处,成立蔬菜专业合作社2家,年生产鲜椒1.4万吨,销售收入1800多万元,提供种植户人均纯收入3700多元。2012年,该园被农业部命名为“国家级拱棚蔬菜标准园”,成为引领彭阳设施农业发展的样板和模式。

园区特点:

之一:技术配套好。园区全面推广水泥拱架结构塑料大棚和膜下滴灌、肥水一体化、生物反应堆、频振式杀虫灯、辣椒高垄栽培、大棚“三茬栽培”等先进实用技术,使大棚利用年限达到8年以上,年产量达到5~8吨/栋。

之二:主体作用发挥好。通过政策推动、市场驱动、效益拉动,农民已成为设施农业建设的主体、技术创新的主体和市场营销的主体,能够把设施农业作为发家致富的支柱产业来抓。一些农民在生产中总结出了辣椒高垄栽培和大棚辣椒精细化管理技术,使辣椒采收期延长15天左右,棚膜使用寿命达到3年以上。目前,区域内95%的农户经营设施大棚,其中5栋以上农户达114户。

之三:种植效益好。2012年,园区内70%以上大棚生产2~3茬,平均收入7000元/栋,个别大棚收入达到9000元/栋,大多数农户辣椒收入3万多元。

该村回族妇女马秀慧,2006年借助政府鼓励农民调整种植结构,大力发展蔬菜产业的机遇,搭建了4栋拱棚,年收入过万元。尝到甜头的马秀慧一家不断扩大种植规模和种植品种,效益一年比一年好,年收入10万元,在当地率先过上了富裕生活。2012年,马秀慧联合356户辣椒种植户,成立了集新技术推广、新品种引进示范、产品营销、农民培训为一体的规范性专业合作社。辣椒种植加快了白河村小康建设进程，全村拥有小轿车的农户已达 21 户，占总农户数的 6%。

之四:运行机制好。该园区采取“统一规划布局，政府扶持监管，支部协会全程参与，农户入棚经营”的方式，由群众自我管理，自主经营。

之五:便民服务好。各级部门单位定期举办各类培训班，加强产品质量检验，强化基础服务，提高了大棚辣椒种植效益。

在“白河模式”的示范带动下，彭阳县坚持“政府组织，政策引导，项目带动，农民主体，科技支撑”的原则，抓好基地建设、品牌培育、新技术推广、市场销售各个细节，让设施农业走进寻常百姓家，成为农民增收致富的“聚宝盆”。

2011 年，全县共投入资金 2000 多万元，新建水泥拱架结构塑料大棚 2674 栋、日光温室 100 栋、更换旧棚棚膜 1500 栋，全县新发展设施农业 1.3 万亩。初步建成古城、红河、新集 3 个万亩标准化设施蔬菜基地，带动全县累计发展设施农业 8.6 万亩，其中塑料大棚 5.4 万亩，日光温室 3.2 万亩，使彭阳成为西北乃至全国重要的反季节辣椒生产基地。全县预计生产设施农产品 20 万吨，其中辣椒 8 万吨，提供种植户现金收入 2000 元，全县农民人均设施农业纯收入 519 元。

彭阳县以“中国辣椒之乡”命名为契机，着力提升“彭阳辣椒”品牌。县农牧部门坚持“规范标准扩规模，旧棚改造提性能，轮作倒茬防病害，提升装备强科技”的发展思路，不断创新发展机制，强化科技支撑，推动设施农业快速发展。引进试验亨椒一号等辣椒新品种 50 多个，统一繁育辣椒种苗 3000 万株，推动辣椒产品方向发展多元化。

大面积推广水泥拱架结构塑料大棚和“三茬栽培”模式，推广膜下滴灌措施，实现了设施农业由规模扩张向效益提升的有效转变。完善“五统一”辣椒销售机制，组建蔬菜、食用菌、林果专业合作组织 20 多家，营销大户 50 多家，使彭阳设施农业基本形成“支部+协会+基地+农户”的产业化发展模

式。取得了“彭阳辣椒”农产品地理标志和“彭阳辣椒”商标，认定无公害设施农产品产地20万亩、产品15万吨。

在城阳乡杨坪村设施示范园里，农民王筱文去年承包了22栋设施温棚的葡萄和25栋设施温棚的杏子、桃子，这些水果一上市就销售一空，每棚收入达2万元以上。去年雨水充沛，温度适宜，辣椒较往年提前一周上市，陕西、甘肃等省客商闻讯而至，在红河、新集、古城等主产区以每公斤1.6元的价格排队收购。设施农业为彭阳赢得了另一片天地。

一本“草木经”，个中透射出彭阳人浓厚的乡土家园情怀

彭阳人把“立草为业，兴草富民”长期作为“本业”来培育。一方面强化对天然草场的保护，恢复草地生产力；另一方面大力提倡人工种草，提高载畜量，使畜牧业在全县农业经济结构调整中脱颖而出，成为促进农业增效、农民增收的支柱产业、朝阳产业、绿色产业，为彭阳这片古老而年轻的土地注入了无限的生机与活力。

1984年，彭阳县采取承包经营的方式，加强对天然草场的保护，逐步禁止了违法开垦行为。从2002年起，彭阳县又积极争取国家项目支持，对草场实行围栏禁牧封育，使草原植被得到了更新复壮。

近年来，通过大力实施退耕还林草、退牧还草工程，多年生牧草留床面积累计达到104.6万亩。

2008年，全国牧草种植现场会在彭阳召开；2009年，该县交岔乡作为全国草原承包经营规范化试点乡镇，将10.4万亩可利用草原面积全部承包到户，涉及农户1440户，户均承包天然草原72亩。以这次现场会为契机，他们乘长风破巨浪，落实国家草原生态保护补助奖励机制，完成草原补助到户承包72.9万亩。对天然草原禁牧和多年生紫花苜蓿良种给予补贴，全县农民每年享受国家补助补贴资金1483.28万元，调动了农民草原保护和建设的积极性，使草原生态环境得到明显改善和恢复。全县累计改良草场16万亩，围栏62万亩，可利用天然草原72.9万亩，亩产干草增加到150公斤，每年可产干草1.1亿公斤，载畜量提高15.4%，草场植被覆盖率由建县初的30%增加到90%。这一组组闪光的数字，为彭阳天然草场保护和发展做了鲜明的注脚。国力盛，产业兴。

2000年，党中央、国务院启动实施退耕还林还草工程，彭阳人采取林草间作、退耕还草，大面积推进牧草种植。为巩固提升生态建设成果，从2003年起，全面实行封山禁牧，大力发展设施养殖，相继组织实施了百万亩人工种草、天然草场植被恢复与建设、退耕还林还草工程项目，引草入田、加大投入、优化布局、扩大规模，鼓励农民踊跃种草。

创新铸就辉煌，奋斗收获希望。近年来，彭阳县把发展草畜产业作为转变农业发展方式和有效增加农民收入的重要抓手，广泛推行"小群体、大规模，家家种草、户户养畜"的模式，按照全县每年畜禽饲养量增长10万个羊单位，年均落实人工种草10万亩的目标，以草调畜，以畜促草。

截至2009年底，全县以紫花苜蓿为主的多年生牧草留床面积达到100万亩，占全国总种植面积的4%；加上各种农作物秸秆，年产草量达到80万吨，成为全区唯一一个草大于畜的县。草产业成为彭阳一个新兴产业、朝阳产业，其发展潜力初露端倪。目前，全县人工牧草面积达到150万亩，年产草量保持在79万吨以上。

2012年5月，全国苜蓿小型机械收获加工现场会在彭阳县召开。现场会上，机械轰鸣，打捆机、收割压扁机等适宜机具高效作业，使前来参观的农民赞不绝口，而遍布彭阳山川的紫花苜蓿，则给来自全国部分省区市的专家、学者留下了难忘的印象。

宁夏农垦茂盛草业公司是自治区农业产业化重点农头企业。2005年，该公司立足彭阳县拥有100万亩牧草资源优势，在彭阳设立分公司，当年收购加工牧草3000余吨，盈利12.5万元，支付农民草款及劳务费179万元，收储加工规模辐射彭阳县30万亩优质苜蓿，可消化2500余户农民的剩余

牧草。全县累计建成以饲草配送中心为主的“三贮一化”池 8 万立方米，年加工调制以玉米为主的农作物秸秆 3000 万公斤。

目前，全县紫花苜蓿种植面积达到 114 万亩，占全国苜蓿种植面积的 4%、全区的 1/6、全市的 1/3。年加工外销紫花苜蓿 1.1 亿公斤，提供农民现金收入 9900 万元，人均种草收入 400 元。

畜牧业，不止丰富了彭阳人的菜篮子

“六盘山优质肉牛”“彭阳朝那鸡”作为优质品牌，早已走俏南北。快速发展的彭阳畜牧业，不仅极大地丰富了城乡居民的菜篮子，还鼓起了农民的钱袋子，撑起了彭阳农村经济的“半壁河山”。

多年摸索出的“龙头引领，园区带动，大户示范，整乡推进”的发展思路，使肉牛养殖示范村、规模养殖园区（场）建设快速推进，标准化生产、规模化发展、产业化经营水平能力突显。

全力打造全区草畜大县的目标正在成为现实。

丰富的饲草资源为彭阳县畜牧业的发展奠定了坚实的基础。截至 2011 年底，全县肉牛养殖户达到 4.1 万户，占全县农户数的 73%，其中存栏肉牛 5 头以上的近 4000 户，存栏 10 头以上的 500 多户；培育肉牛养殖示范村 30 个，建成 2 个千头、12 个百头以上肉牛养殖园区和 10 个规模养猪场，全县畜禽饲养量达到 160 万个羊单位，是建县初的 3 倍多，其中肉牛 19 万头，肉羊 34 万只，猪 11 万头，朝那鸡 200 万只。草畜产业实现总产值 6.2 亿元，提供农民人均纯收入 880 元。

通过大力实施“阳光工程”，结合冬春农业科技大培训等活动，认真开展农作物测土配方施肥、无公害蔬菜栽培、牧草种植、饲草调制、肉牛（羊）标准化养殖等技术培训，发放培训资料 14.1 万册，培训农民 8 万人次，特色优势产业技术入户率达到 100%。

目前，全县设施农业标准化生产面积达到 80%以上，统一品种、统一育苗、统一销售率均达到100%。

同时借助农民就业转移技能培训及基层农业技术推广体系改革示范县培训项目的实施,基本实现现代畜牧养殖技术全覆盖。围绕打造六盘山品牌,开展了向中国特产之乡推荐暨宣传活动组委会申报“中国辣椒之乡”命名活动，组织万升实业等7家农产品加工企业参加了中国洮南首届国际辣椒节、全国农产品加工投资贸易洽谈会,并被评为优质产品的“三福来”荞麦米、“云雾山庄”枸杞核桃酥和荣发、茂盛龙头企业收购外销的紫花苜蓿草颗粒、草粉等“深闺”中的农产品,就这样陆续走出“家门”,插上品牌的“翅膀”,出口日本、韩国、科威特、阿联酋等国家,内销山东、上海、浙江、广东、四川、陕西等省市及周边地区。

彭阳的实践证明,要想走得更远,农业品牌化无疑成为有效的路径之一。

农业合作社组织也如雨后春笋培育并壮大起来,成为引领农民致富、闯市场的好帮手。全县累计创建县级规范合作社24家、市级示范合作社12家、区级示范合作社4家,全县合作社总数达到163个,带动全县4.9万农户参与农业产业化经营。

高端营销结束了我县农产品“贱卖伤农”的历史,开启了现代农业的新征程。

新集乡白河村马秀慧利用该村农民发展设施农业的积极性,成立了长吉蔬菜种植销售合作社,带动周边群众销售辣椒5000多吨。提起这事,她感慨万千:“过去,农民一家一户喂的几只鸡得自己拿到集上卖,还怕卖难。现在好了,县上补贴给发鸡苗,企业给技术指导,还高价管收,不打白条,让咱农民心里有了底。”

农机化作业水平有了大幅提升。通过农机购置补贴和保护性耕作项目的实施，建立草庙2000亩玉米全程机械化、古城镇8000亩玉米保护性耕作、王洼镇路寨3000亩马铃薯机械化示范园区,推广以地膜玉米、马铃薯、牧草为主的机耕80.2万亩、机播40.5万亩、机收35.2万亩,全县农机化综

合水平提高到58.6%。

“生态家园富民工程”进一步转变程了生活生产观念和思路。通过调整农村能源建设结构，建成沼气池500座、村级沼气服务网点50个，推广太阳灶900台、太阳能热水器1500台、节柴灶1150铺，分别占计划任务的100%。同时，在生态移民点投放太阳灶591台，安装太阳能热水器591台。截至目前，全县沼气池、太阳灶入户率达到30%和98%。

彭阳，风景这边独好

三十年风雨兼程，三十年业绩辉煌。

如今，一声声破晓的鸡鸣，一片片嫩绿的牧草，一群群欢腾的牛羊，以及靠养殖业致富后掩饰不住喜悦的一张张笑脸，已成为彭阳社会主义新农村建设的一道亮丽的风景线。

全县特色产业发展实现“点亮一盏灯，照亮一大片”。

地处彭阳县北部的王洼镇山庄村，现有361户1804人。近年来，该村把种草养畜作为“强村富民”的支柱产业来培育。目前，全村发展紫花苜蓿4210亩、地膜玉米6500亩，发展肉牛2076头，人均人工种草面积6亩，户均养牛5头，基本实现了“家家种草，户户养畜”目标。草畜产业提供该村农民人均纯收入1000元。

古城镇任河村是彭阳县高标准肉牛养殖示范村。该村严格按照养殖示范村建设“六个一”(每户一栋棚、一座青贮池、一座沼气池、一台铡草机、一头基础母牛和一亩地膜玉米)工程标准，加快规模化养殖。目前，该村人工种草面积9885亩，其中地膜玉米4000亩，紫花苜蓿4885亩，一年生青草1000亩，户均种草面积10.4亩。全村有养牛户392户，牛存栏2200头，培育10头以上养牛户30户，建立500头肉牛养殖示范园区1处。2011年，全村农民人均纯收入3500元，其中草畜产业提供人均纯收入1500元。

走进该村返乡农民工肉牛养殖示范园区内，蓝天白云下，一排排建造规范的暖棚鳞次栉比，成群结队的育肥牛膘肥体壮、悠然自得……这生机盎然的景象，这醉人心怀的画卷，在彭阳这块充满希望的田野上随处可见，这意味着彭阳县畜牧业已由过去千家万户粗放式散养向规模养殖小区和精准化饲养管理推进，标志着彭阳县畜牧业蓬勃发展的春天已经到来。

彭阳县在积极做大做强草畜这一支柱产业的同时，广泛招商引资，扶持龙头企业，拉动全县草产业发展，开拓草产品市场，带动畜牧养殖业，把饲草资源优势转化为经济发展优势。而今，走进彭阳乡村，你会看到一排排新式畜禽圈舍拔地而起，一个个养殖园区如雨后春笋破土而出，一座座龙头企业新建、改建、扩建工程建设正如火如荼进行。这就是彭阳大农业阔步向前的缩影！

全国民营500强企业江苏雨润集团，在彭阳投资建设雨润集团彭阳产业园，建设年可屠宰加工10万头肉牛的集育肥、加工于一体的产业园区。该园区建成后，将实现年产值约27亿元，利税2.5亿元，解决就业近3000人，让彭阳草畜产业发展步入一个崭新的天地。

有付出就有回报。在以草畜产业为主的四大特色优势产业带动下，彭阳县经济社会迅猛发展。全县地区生产总值、规模以上工业增加值、地方财政一般预算收入、农村居民人均纯收入增速均居全区各县区前列，成为固原市第一个、宁南山区八县（区）第二个进入“亿元俱乐部”的县；计划生育、农田水利、设施农业、林业建设等工作受到了自治区党委、政府的充分肯定和表彰奖励。彭阳县先后被农业部命名为“全国辣椒准化示范县”称号，被自治区党委农村工作领导小组授予“农民增收先进集体”，被自治区农业产业化协调领导小组授予“全区设施农业建设先进县二等奖”，被自治区防治重大动物疫病指挥部授予2011年度全区动物防疫目标管理考核先进集体；先后荣获全国造林绿化先进县、全国水土保持先进县、全国退耕还林先进县、全国平安建设先进县、国家园林县城、全国文明县城和全区农村基层组织建设先进县等殊荣。

岁月如歌,关怀如雨露春风,温暖入怀。

2007 年 4 月,胡锦涛总书记视察彭阳,俯瞰白阳镇阳洼流域全貌,总书记十分欣慰地说:“退耕还林的综合效益已经显现了,我的心里有底了;彭阳虽小,但生态治理成效明显,实践证明,治理和不治理确实不一样,像这样扎实的工作又有明显效果,国家投点钱是十分值得的。”

2008 年 8 月,国务院总理温家宝再次亲临彭阳视察工作,对彭阳县基层党建、生态建设等工作给予了充分肯定。

是啊, 彭阳大农业的探索与实践是生动而富有借鉴意义的。尤其是十六大以来,全县在充分调动农民积极性、夯实农业基础的前提下,深入挖掘土地潜力、全面激活农业活力,使农业产业化逐步推进。可以这样说,近十年来,彭阳的农业实现了质的突破和质的飞跃,犹如一轮冉冉升起的红日,其光芒正日益普照开来。

十年间,彭阳以科学发展观为主线,努力促进农业农村转型跨越发展。如今,放眼望去,无论是在山上还是平川,一个个农业增收、农民致富的骨干产业正在形成,农业的各个市场元素也正在组合、发力,正在从新的起点,走上新的征程。

好风凭借力,扶我上青天。

彭阳县大农业期待甘霖,产业开发,任重道远。我们脚下的这片厚重的土地,正在书写也并将继续书写灿烂的辉煌。站在新的起点,面对新的挑战,彭阳县委、政府借党的十八大的春风,紧紧抓住新一轮西部大开发的难得机遇,以创建“中国辣椒之乡”、全国紫花苜蓿示范县、全区草畜大县为目标,正在以全新的思维,务实的作风,聚全力绘就生态彭阳、宜居彭阳、富裕彭阳、诚信彭阳、和谐彭阳的新蓝图,以不负时代和人民的新期待。

（原载《彭阳文学》2013 年第 1 期）

枕云卧月看彭阳

——彭阳县财政发展走笔

杨耀雄　杨奉宇

我用华丽的词句描绘了天地人和，我用壮美的诗篇歌颂了盛世繁荣，我更要把豪迈的热情倾注给在构建生态彭阳、宜居彭阳、富裕彭阳、诚信彭阳、和谐彭阳中唱主角的彭阳财政。财政，责任重于泰山，使命大于天。维护社会稳定，促进经济发展，为政府当好家，为百姓理好财，是26万彭阳儿女的重托！

——题记

楔　子

财政从实际意义来说，是指国家（或政府）的一个经济部门，即财政部门，它是国家（或政府）的一个综合性部门，通过其收支活动筹集和供给经费和资金，保证实现国家（或政府）的职能。从经济学的意义来理解，财政是一个经济范畴。财政作为一个经济范畴，是一种以国家为主体的经济行为，是政府集中一部分国民收入用于满足公共需要的收支活动，以达到优化资源配置、公平分配及经济稳定和发展的目标。

聚敛资财以增强实力，为开发建设奠立雄厚的物质基础。财政追求“民不益赋而天下用饶”的境界。彭阳是个新建县，尽管贫穷落后，但历经近30年的发展，特别是近年来充分发挥自己的优势，响亮地提出“能源工业强县”

“城乡规划建设兴县”战略，打出“生态、宜居、旅游”三张名片，不遗余力地推进改革，扩大开放，跨越式发展，在全区经济竞争实力中的位次不断前移，一个繁荣、和谐、文明的崭新的彭阳正呈现在人们面前。面对正在发生的喜人变化，从县委书记到每一个普通群众都十分清楚，这其中无不凝聚着财政人的心血和智慧，是一茬又一茬的财政人与时俱进，以强烈的政治责任感、历史使命感和时代精神，积极转变观念，大胆转换职能，创造性地走出了一条以打造和谐财政促进和谐社会建设的新路子，推动着彭阳的超常发展和全面腾飞，唱响了一曲雄壮嘹亮的和谐奋进之歌。

发展之基：“理性决策”站立“时代前沿”

彭阳是一个阳光的名字，是一种精神的象征。作为国家贫困县，彭阳人正是用自己的勤劳和智慧，靠着“勇于探索，团结务实，锲而不舍，艰苦创业”的彭阳精神，在短短几十年的时间里成为山区脱贫致富的一面旗帜，成为全国绿化示范县、农村基层党建先进县，向世人展示了她不俗的风采。

看过一个乃至几个“五年”的距离，在富强、人文、宜居、和谐彭阳的蓝图上，彭阳县就是一枝饱蘸翰墨的笔，在属于自己的发展领域挥洒出斗转星移，描摹出日月旋转。于是，彭阳大地就理所当然地刻下了深深的印痕，引领我们探析一个贫困县科学发展、跨越发展的动力之源。

彭阳财政人对自己所从事的事业有一个朴素的带有人情味的理解，那就是把党和政府的阳光洒满人间。彭阳是一个典型的山区农业县，财政自给率仅为6%。经济基础千疮百孔，地方财政捉襟见肘。为了改变这一现状，彭阳财政人面对困难，不气馁，不低头，他们千方百计生财，殚精竭虑聚财，精打细算用财，一手狠抓收入征管，一手抢抓发展机遇，初步实现了地方财政从“保吃饭”型到“促发展”型、从“被动买单”到“主动服务”、从“单一手段”到“综合调控”的三大转变。

实施“大财源”的理财观，这是彭阳财政人解决财政自给困难的大胆尝试。他们抓住了深入实施西部大开发战略和自治区政府《关于加快固原经济社会发展的若干意见》的良好机遇，切实发挥财政部门在争资金、争项目工作上的优势，以科学的项目申报长效机制，准确把握中央、自治区的投资重点，实行盯着政策、盯着项目、盯着资金、盯着动向"四个盯着"的工作方法，做好项目储备、论证、申报、协调等工作，做到政策跟进、项目跟进、措施跟进。

加强与国家开发银行、农业发展银行及建设银行等金融机构的信用合作，积极推进政府融资平台建设，近年来落实政策性银行及商业银行贷款6970万元，地方政府债券项目资金6778万元，有效弥补重点项目建设资金缺口，支持二中迁建、四中新建、城市污水处理、一号供热点改造等一批重点工程项目的顺利实施。在彭阳财政人的努力下，近五年自治区财政对彭阳县一般性转移支付和专项转移支付年均增幅达34.3%和37.7%，地方财政一般预算收入连续突破了2000万元、3000万元、6000万元和9000万元大关，2011年底一般预算收入较2005年增长6.2倍，年均增长47%，财政一般预算收入总量、增长速度和增量三项指标均位居全市前列。

实现特色产业富民，是彭阳财政人实现富民政策的重大转变。作为一个农业人口占全县总人口90%的山区县，如何才能持续增加农民收入？彭阳县财政局一班人一直在努力地思考并答解着这个问题。最终他们认识到：要想跨越发展必须基于这一基本县情，围绕"三农"聚全力首先培育好具有带动辐射作用的龙头支柱产业。于是彭阳财政人勒紧裤腰带死盯住农业扩规、提质、增效和产业调整，每年咬牙投入6000万元以上资金，采取财政补贴、以物代资、以奖代补、建立党员"双带"发展致富基金，实施"特色产业富民"工程等方式，着力培育发展林果、草畜、蔬菜、劳务四大特色优势产业。可贵的投入终于结出甜美的果实，目前全县经果林面积已发展到48万亩，畜禽饲养总量达145万个羊单位，蔬菜累计种植面积30万亩，每年输出劳务5万多人，并且打造出了"彭阳山珍""朝那乌鸡"等享誉区内外的农产品品牌，特色产业提供农民人均纯收入的比重达71.2%，推动全县农民人均纯

收入以14%的速度增长，增速连续三年名列全区同类县(市、区)前茅。冯庄乡崖湾村草业大户秦德贤2009年仅饲草收入就达2万元。每当看到老秦打开鸡笼，上千只“朝那乌鸡”争先恐后地涌入紫花苜蓿地里的情景，彭阳财政人的脸上就无不挂上欣慰的笑容。是啊，付出真情是能给人带来幸福感的，这是一种朴素的道理。在彭阳县，像这样饲草收入过万元的就有2000多户。古城镇任河村的马生科饲养畜禽尝到了甜头，2009年一年出栏肉牛100头，收入达60万元。

新一轮西部大开发战略和“十二五”期间，自治区把推动宁南区域中心城市暨大县城建设作为统筹山川发展的重大战略的实施，彭阳财政人抓住了这一难得的历史机遇，不遗余力支持大县城建设步伐。

近年来投入县城基础设施建设资金25474万元，建设完成县城污水处理厂、闽宁大街、茹河大街、兴彭大街、茹河生态园、茹河广场、309国道彭阳过境段建设等重点工程，新增城市道路13公里，一号供热站改建工程和三号热站新建项目顺利完工并投入使用，城市供排水管网及道路布局不断完善，县城建成区面积达到3.8平方公里，县城框架增大1倍，市容亮化、美化，居民安居乐业。

投入农田水利和生态建设专项资金20298万元，实施“813”生态提升工程和退耕还林后续产业开发工程，启动实施全国小型农田水利建设重点县项目，治理水土流失面积171.4平方公里，解决了11万人的饮水困难，水土流失治理率达到73.4%。开展“优美乡镇”创建工程，投入农村环境综合整治和乡村活动场所基础建设资金5762万元，大力推广沼气、太阳灶等清洁能源，完成12个乡镇政府办公场所改扩建及附属工程建设，启动实施新集、王洼和古城三乡镇小城镇建设及全县乡镇职工宿舍建设工程，建成标准化村级组织活动场所117个。数字是冰冷的，但数字的背后却是彭阳财政人无限热情的投入，在敲下每一个数字的过程中，我感觉到了他们心血的付出，升腾的是富足和温暖。

民生之乐:“和谐交响”汇成“幸福港湾”

发展成果让群众共享，让每一位彭阳人都能沐浴到公共财政的阳光!这种“民生至上”的执政理念,让彭阳人的“幸福指数”大幅攀升。“要让人民生活得更加幸福、更有尊严”,这是温总理在政府工作报告中绘就的民生蓝图,更是彭阳政财人践行为人民服务的承诺。县委张国彦书记不止一次地给全县领导干部讲:“单纯的财富积累从来就不是我们发展的根本目的,让老百姓及时分享发展的成果,不断改善民生,增进人民福祉,才是我们发展的初衷和民生工作的落脚点。”为了让老百姓享受到“看得见、摸得着”的实惠,努力实现公共财政阳光普照,彭阳县憋足了劲拿出“真金白银”向民生倾斜。尤其在 2011 年,彭阳县投入 4.41 亿元实施了 110 项民生项目,奏响民生最强音。

翻开彭阳的“民生档案”,由一项项民心工程谱写出的“和谐交响”汇成了全县人民风平浪静的“幸福港湾”。

生活保障:困有所帮。为了保障和改善城乡困难群体的基本生活权益,先后 6 次提高城乡低保标准,相继建立了覆盖城乡的最低生活保障、五保供养、散居孤儿生活补助、高龄老人生活津贴、伤残军人抚恤和救灾救济补助等保障制度,初步形成了一套较为完善的生活保障救助体系,稳步提高补助标准,每年发放生活费及救灾救济补助 7000 余万元,补助城乡困难群众 5.4 万人次。当前,彭阳县已实现最低生活保障、城镇职工医疗保险、城镇居民医疗保险、农村合作医疗保险、农村养老保险、五保户孤儿残疾人生活保障全覆盖,保障标准均高于国家规定水平。

教育保障:学有所教。“知识改变命运,读书创造未来”。在民生投入的棋盘里，彭阳财政人把教育支出放在了重中之重,“穷财政也要办大教育”,这是他们的口号,更是他们不舍的志愿。为了整合教育资源,搞区级义务教育均衡发展试点,在全区率先实行城乡一体的义务教育“两免一补”政策,他们不惜财力、不遗余力。投入基础建设专项资金 3.18 亿元,实施县城中小学扩

建、迁建、续建、新建、改建及其设施优化工程，工程面积达14.7万平方米，占全县以往校舍总面积的43%，相当于2008年以前全县校舍资产账面总额的1.9倍，由此县城学校大班额现象明显缓解。“不能苦了娃娃们，不能误了他们的前途。”这是彭阳县委、县政府的民生宣言，更是彭阳财政人的心声。五年间，彭阳财政累计安排义务教育公用经费和各类助学金1.25亿元，发放义务教育阶段家庭经济困难寄宿生、高中寄宿生生活费和职业学校学生助学金，启动农村义务教育学校学生营养早餐工程，享受人数达11301人。每年安排资金300万元，设立“教学质量奖”“优秀校长奖”“立志成才奖”和“教书育人奖”等七项奖，对在年度工作中成绩卓著的中小学校长、教育教学中成绩优秀的任课教师和升学考试成绩优异的中小学生等分别给予表彰奖励。什么是跨越式发展？这就是跨越式发展。这样的规模和速度，在彭阳教育发展史上无疑是空前的，其决心和魄力令人注目，可敬可钦。

医疗保障：病有所医。为了让更多的农民享受医疗保障，彭阳县加快发展卫生事业，开展了“人人享有基本医疗卫生服务”试点，安排公共卫生专项资金8538万元，人均公共卫生服务经费财政补助标准达到20元，村医工资提高到500元；不断完善县、乡、村三级卫生服务网络，建成县中医院门诊楼，实施县医院扩建、乡镇卫生院改建工程，筹措资金对12个乡镇卫生院职工宿舍进行全面改造；建立完善妇幼卫生“四免一救助”制度，婚前检查、住院分娩财政补助分别达到160元和400元；疾病预防控制及突发公共卫生事件应急处理水平不断提高。积极配合实施“少生快富”项目，对“少生快富”户及够孩次纯女结扎户给予项目扶持，建立“生育关怀公益金”，建设完成12个乡镇计划生育服务站。财政配套各类医保、新农合、医疗救助资金达10492万元，参合（保）对象人均财政补助标准均达到200元，农民参合率始终保持在90%以上，新农合基金使用率保持在85%左右，救助住院患者80161人次，核销费用6413万元。不断完善城乡医疗救助体系，推行“一站式”服务新模式，为困难群众提供方便、快捷、优质的医疗救助服务。有效缓解了老百姓“看病难、看病贵”难题。

住房保障:住有所居。近年来,彭阳县坚持把改善民生作为工作的出发点和落脚点,将有限的财力优先向民生倾斜,把保障性住房建设作为民生建设年的重点来来抓,不断加大保障性住房建设力度,确保群众“住有所居”。投入资金13399万元,为城市困难家庭发放住房租赁补贴,新建廉租住房739套36950平方米,改造农村危窑危房12341户,受益群众近6万人,逐步把城乡困难家庭全部纳入保障范围,有效解决了贫困群众的住房困难,不断改善人居环境。去年刚刚搬进廉租房的老人冯志忠激动地说:“真是做梦都想不到能住上这廉租楼房。以前房子只有十几平方米,又旧又破,现在搬进这水、电、暖一应俱全的新楼房,全家都感到非常幸福。”

求索之路:“锐意改革”引领“创新实践”

锐意改革蕴含着勤政的心意,创新实践激发最鲜活的动力。

改革创新之一:把分散在不同部门管理的同类资金以及不同科目相同性质的资金进行整合,集中资金办大事,有效解决资金使用分散、效益不高问题,按他们自己的说法就是“多个渠道入水,一个池子蓄水,一个龙头出水”。据财政局局长王永贤介绍,彭阳县将整合优化项目资金,集中财力办大事思路,积极发展现代农业,以设施蔬菜产业、设施林果产业、设施食用菌产业、农村能源、小型农田水利、农业服务体系和农村基础设施建设等为重点,聚全力打造出了小虎洼、长城塬等一批示范基地和亮点工程。如今的小虎洼很美,它美在生态,美在经济效益,美在财政资金的高效利用。“小虎洼小流域综合治理模式”是彭阳县财政局改革创新的一个缩影,被全国人大作为典型经验在全国黄土高原类型区推广。

改革创新之二:强化科学理财的意识,积极推进财政精细化管理。在先行试点、积累经验的基础上,制定出台了《彭阳县财政支出绩效评价管理暂行办法》。深入推进财政支出绩效评价试点工作,推进资金管理制度化、规范化。从2010年起对中央、自治区和县本级重大投融资项目全面开展绩效

评价，并将绩效评价结果作为改进预算管理和安排年度预算的重要依据，健全部门预算责任制度，落实各单位预算编制、执行的主体责任，建立权责一致的责任体系。全面贯彻《彭阳县加大财政支农资金整合实施意见》，围绕“支农、强农、惠农”主线，创新体制机制，整合支农资金。严格执行国库集中支付制度，优化拨付流程，稳步扩大直接支付范围，提高直接支付比例。进一步加强财政内控机制规范化建设，力争实现财政管理信息化，逐步建立预算编制、执行、监督相互协调、相互制衡的机制。制订《财政监督检查工作规划》，建立重大项目预算审查、投资评审和拦标审计机制，对重点工程、扩大内需项目、涉农补贴等实施全程跟踪检查。财政管理由此迈向科学化、精细化。

改革创新之三：把会计委派作为财政精细化管理的重要补充，成立县会计核算中心，对全县所有一级预算单位的会计实行财政统一委派，定期轮岗交流，从根本上解决了会计人员“单位所有”的人身依附关系，保证了会计人员核算、管理、监督职能的充分发挥。针对部分中小学校财务管理混乱的现状，又于 2008 年在全县所有中小学校实行会计委派和“校财局管”制度，有效加强了学校财务管理。

改革创新之四：全面推行乡（镇）财政管理方式改革，取消乡（镇）一级的财政预算管理权，对 12 个乡（镇）全部实行部门预算管理，在宁夏率先建立了较为规范的“乡财县管”制度，巩固了农村税费改革成果。全面实行农村“三财”综合管理改革，在 12 个乡（镇）全部建立“便民服务中心”，设立村级资金专户，为广大群众提供“一站式”服务；在坚持村集体经济“四权”不变的前提下，委托乡（镇）“农村会计代理服务中心”代管村级财务，实行“村财乡管村用”，从根本上解决了农村财务管理中存在的突出问题，为新农村建设创造了良好的财政环境。

魅力之源：“活力精建”构筑“战斗集体”

以“全国文明单位”创建为契机，强力唱响“我是文明财政人，我为财政添光彩”这一主旋律。

翻开彭阳财政局精神文明建设的篇章，令人眼花缭乱，而在各种荣誉和成绩背后，始终延伸着彭阳县财政系统精神文明建设的主线：紧紧围绕全县经济建设这条主线，为财政各项工作提供强大的精神动力、智力支持和思想保证。

既谋一域，又谋全局，坚持三个结合，建立创建长效机制。一是把文明单位创建与“财政人”建设紧密结合，努力锻造政治坚定、业务过硬的财政干部队伍。从2006年起，建立每月读一本好书、两篇好文章，写一篇心得体会的“121”学习机制和周五集体学习制度，广泛开展经常性的理想信念教育活动，用先进的理论武装干部职工头脑。结合实施财政干部大培训工程，制订了《财政干部教育培训规划》，每年都有计划、有组织地开展多层次业务培训，干部职工的综合素质明显提升。近年来，先后有10名干部职工取得大专以上学历和中级以上职称，全局大专以上学历的干部职工占94.8%。先后涌现出国家级和省部级先进个人5名，市县级先进工作者8名，有9名党员干部得到县委提拔重用。二是把文明单位创建与财政效能建设紧密结合，努力提高财政服务水平。深化财政管理改革，乡财县管、部门预算管理、国库集中支付、农村“三财”管理等财政改革走在了全市、全区的前列，搭建了高效、快捷的财政服务平台。制定《财政局文明公约》和首问责任制、服务承诺制、限时办结制、效能问责制、政务公开制，设立为民办事代理制，着力规范办事行为，提高办事效率。坚持依法行政，制定《财政局执法责任制文本》，规范行政行为和执法行为，2006年、2007年、2008年连续三年被评为全县依法行政工作第一名。三是把文明单位创建与财政文化建设紧密结合，培育发展健康向上的财政文化体系。广泛开展多种形式的文化体育活动。2006年以来，坚持每天早晨上班前体育锻炼和集体做大众广播体操不间断，连续三年组队参加全县职工篮球运动会和元宵节彩车、方队表演，两次参加全县大众广播体操大展示活动和“颂歌唱彭阳”活动，充分展示财政干部朝气蓬勃、团结向上的精神风貌，先后获得大众广播体操表演第一名等 15 项荣誉。2007 年，精心组织举办了全县财政系统“财苑风采”职工运动会、书法摄影绘画诗歌散文比赛和文艺专场演出，财政文明之歌文艺晚会和第一、二届财政文化艺术节，被国家体育总局授予“全民健身与奥运同行”先进单位，被自治区体育局授予“全民健身活动”先进单位。2008 年，在全系统组织开展了“与奥运同行”体育健身活动，举办了全县财政财务干部科学理财培训班，邀请财政部驻宁专员办、宁夏军区、自治区财政厅、宁夏党校的专家教授进行了专题辅导。2009 年十一前夕，组队参加了全县庆祝新中国成立六十周年“爱国歌曲大家唱”合唱比赛，荣获二等奖。年内，再次被中央精神文明建设指导委员会授予第四批“全国精神文明建设工作先进单位”，被自治区精神文明建设指导委员会授予“全区精神文明建设工作先进单位”。财政文化建设由单一的文化体育活动正在向系统化的文化体系迈进。

狠抓三项建设，提升文明创建水平。一是狠抓党风廉政建设。制定《党员目标责任管理制度》《党组织和党员为民办事全程代理制度》《党组织和党员为民服务承诺制度》，不断提高党建工作水平。认真落实“八种良好风气”和“干干净净干事”要求，制定了财政干部“八不准”和《廉政守则》，制作了廉政漫画墙和廉政屏保系统，定期组织机关党员干部观看先进人物事迹和警示教育专题片，坚持从正反两方面教育全体党员干部廉洁从政，为民理财。2006 年以来，机关党建工作先后被财政部授予“全国财政系统党建工作新风奖”，被固原市委评为“全市机关党建工作先进单位”，被县委评为“先锋基层党组织”。二是狠抓作风建设。把转变作风作为文明单位创建的主抓手，唱响“我是文明单位人，我为财政增光彩”主旋律，先后组织开展“干部作风建设年”暨政风行风作风建设活动、学习实践科学发展观活动。2007 年，被市委评为“干部作风建设年”先进单位。2009 年，结合开展学习实践科学发展观活动，成立 5 个调研组，深入相关部门、乡镇、村组集中开展调查研究 10 天，形成《整合教育资源，促进教育强县战略实施》等 5 篇较高质量的调研报告，受到县委、县政府和上级业务部门的高度重视，其中3篇被《宁夏财会》杂志刊登。三是狠抓制度建设。结合财政效能建设、创建文明行业和学习实践科学发展观等活动，先后3次修订完善党支部、行政工作制度37项。制定财政局办事指南，将各项财政业务办事程序予以归纳整理，装订成册，向社会公布。结合部门预算、国库集中支付、乡财县管等财政改革，修订完善财政资金拨付、项目管理、资产管理、债务化解等行政工作制度24项。重新修订下发了《彭阳县政府采购管理办法》《彭阳县专项资金管理办法》等10多项制度，从源头上加强和规范财政管理，促进各级各部门、单位依法理财，科学理财，初步形成了一套规范性、操作性较强的管人管事制度体系。

在彭阳县财政局创建全国文明单位的过程中，有一些人，我们不能忘记，也不该忘记，因为他们在文明创建的道路上书写了浓墨重彩的一笔。

局党支部书记周世杰工作一丝不苟，身先士卒，高标准严要求。在局里他具体负责文明创建工作，从办公桌的摆放到财政局人的一言一行，他都要亲自过问，亲自督察是否符合文明规范；财政局原局长杨天峰经常加班加点，双休日也多数是下乡，不是搞调研，就是走进农家，了解民情，为帮扶对象排忧解难。办公室赵德旭、惠宇更是热情为先，勤恳工作，每一个到财政局办事的干部群众都能从他们身上感受到一种真诚，感受到一种温暖。

国库支付中心的魏玉霞兢兢业业，默默无闻，从听不到她的一句怨言。魏玉霞既负责股室工作又担当主要业务骨干，只要工作需要，她都是义无反顾地付出，舍小家，顾大家，每年年底是她最繁忙、工作量最大的时候，经常加班加点，熬夜工作，有时连孩子都没法照顾，但她从没有因个人私事而耽搁工作。2007年，在全县推行预算单位资金国库集中支付改革时，她针对工作量大，股室人员少的实际，积极联系协调预算单位、代理银行，实行网络连接、支付、清算和对账业务的全封闭运行，将全县所有一级预算单位和基层单位顺利纳入集中支付网络系统。会计核算中心孙建芳工作的20多年间，先后经历了6个工作单位。每到一处，面对新的工作内容和种种困难，她

都从头做起，不到两周时间，就使会计档案整理得井井有条，存放有序，为规范单位财务管理打下了坚实的基础。预算股4名干部，对应着自治区5个处室的业务工作，加班加点是常事，但他们从不叫苦叫累。

股长罗会云常常带着孩子加班加点至深夜，孩子玩困了就枕着报纸在沙发上休息。国库股4名干部承担着全县财政收支核算和所有预算单位国库集中支付工作，勇于担当，迎难而上，是他们无声的誓言。2009年年终决算开始时，副股长刘玉梅两手、面部红肿，确诊为办公室装修材料引起的过敏症状，但她一直抵着抗着，直至完成工作任务。

这些朴实而闪光的足迹来自于彭阳财政人对党的事业的无限忠诚，凝聚着彭阳县财政局"四项建设"工程的丰硕成果。正是有了许多这样的财政人埋头苦干、精益求精、甘于清贫、不断进取，成就了彭阳县财政局，更为财政文明建设协调发展创造了良好的条件。

蜕变之美："财政蛋糕"托起"彭阳大厦"

彭阳财政人这个充满生机与活力的群体，又以他们丰富而生动的实践为彭阳精神，为全县经济社会科学发展、跨越式发展增添了浓墨重彩的一笔。他们抢抓机遇，主动作为，服务大局，服务群众，积极争项目争资金，向党和人民交出了一份满意的答卷。2010年12月，彭阳县财政局被国家人力资源与社会保障部、财政部联合授予"全国财政系统先进集体"荣誉称号；2011年12月，被中央文明委授予"全国文明单位"荣誉称号。

他们没有迷恋和陶醉。

勤勉期不止，多获由力耕。彭阳县财政局始终坚持"为国理财，为民服务"的财政方针，充分发挥"保障和服务"的财政职能，齐心协力抓落实，创先争优比贡献。认真组织实施积极的财政政策，全面贯彻落中央、区、市、县重大决策部署，理好财，服好务，财政收支已实现逐年、快速、均衡、强劲增长。有关统计资料显示：2006年、2007年、2008地方财政一般预算收入分别完成1806万元、2366万元、3666万元，财政一般预算支出分别完成33472万元、43669万元、66771万元。而近三年的来的一组组数字,更让人刮目相看。2009年,地方财政总收入、总支出分别突破1亿元和10亿元大关,达到10925万元和104398万元。2010年,地方财政总收入、总支出分别突破1.67亿元和13.17亿元,再创历史新高,为彭阳县财政"十一五"圆满收官写下了浓墨重彩的一笔。2011年,"十二五"规划开局以来,彭阳县财政更是捷报频传,财政收支大幅增长强劲给力。1~7月,全县财政总收入、地方财政收入双双超过2010年全年的收入总量,其中地方一般预算收入在7月10日首次突破1亿元大关,在固原四县一区首屈一指,成为"首破亿元"第一县,并成为宁南山区九县(区)第二个进入"亿元俱乐部"的县。1~9月份,全口径财政收入累计完成45888万元,比上年同期增长124.11%,净增25412万元。数字的变化折射出彭阳财政以解放思想为先导,以改革创新为动力,以项目建设为抓手,积极拓宽财政增收渠道,不断优化支出结构,切实提高理财水平。财政工作始终把保障民生作为"着力点",把强农惠农作为"出发点",把支持社会事业作为"落脚点",把城乡建设作为"突破点",卓有成效地推动了彭阳经济社会全面、协调、可持续和又好又快发展。数字的变化同样折射出彭阳财政"软实力"和"硬实力"的不断增强,一系列显著实绩的取得更从一个侧面印证了彭阳县财政工作进入到一个崭新阶段,财政事业有了一个向更高水平迈进的坚实基础。

解读近几年全县财政工作会议报告,从字里行间就可看出,彭阳县财政局从微观着手,宏观着眼,坚持按照"建设一流机关,打造一流队伍,培育一流作风,创造一流业绩"的要求,精心谋划科学发展,倾情谱写财政新篇。在2010年财政工作会议报告中,提出四个"迈出更大步伐"的新任务,即:以更加开阔的视野,在做大财政"蛋糕"上迈出更大步伐;以更加积极的措施,在促进县域经济发展上迈出更大步伐;以更加有力的投入,在保障和改善民生上迈出更大步伐;以更加现代的理念,在财政管理改革上迈出更大步伐。财政局局长杨天峰在当年财政工作总结分析会上,理思路,找差距,强措施,

提效能，勉励大家“珍惜荣誉，戒骄戒躁，与时俱进，再创佳绩”。并毅然确定“坚定不移地抓征管培财源，在壮大地方财政实力上实现更大作为；坚定不移地抓项目争资金，在推动县域经济社会大发展、快发展上实现更大作为；坚定不移地抓融资争投入，在保障和改善民生上实现更大作为；坚定不移地抓创新促改革，在推进财政科学化精细化管理上实现更大作为；坚定不移地抓落实树形象，在推进财政自身建设上实现更大作为”的五个“实现更大作为”的新目标。在2011年全县财政工作会议上，财政局局长杨天峰在题为“抢抓新机遇实现新突破　奋力开创全县财政工作新局面”的报告中，客观回顾总结“十一五”财政工作，明确“十二五”时期财政发展目标，即：全县地方财政收支“翻一番”，到2015年，一般预算收入达到1.8亿元，一般预算支出达到28亿元，年均分别增长20%、18%。同时，进一步更新发展理念，高人一筹，先人一步，快人一拍，响亮提出2011年财政工作着力实现“八个突破”，即：着力做好围绕增强实力，在做大财政“蛋糕”上抓机遇求突破；围绕转变方式，在加快工业经济和第三产业发展上抓措施求突破；围绕加快发展，在夯实城乡基础建设上抓重点求突破；围绕富民增收，在促进特色产业发展上抓质量求突破；围绕改善民生，在推进各项社会事业上抓保障求突破；围绕制度建设，在提高财政管理水平上抓创新求突破；围绕项目管理，在提升对重大项目保障能力上抓落实求突破；围绕自身建设，在创建文明机关上抓管理求突破。力促全县生态经济社会科学发展、跨越发展。

一组组数字，饱含深情；一个个荣誉，催人奋进；一番番成就，鼓舞人心。而今彭阳财政人，乘着学习贯彻十七届五中、六中全会精神的浩荡东风，踏着深入实施西部大开发战略的强劲足音，以彭阳县第七次党代会精神为动力，奏响“科学发展”“跨越发展”的和谐乐曲，迈出“思想大解放，树立新形象”的坚定步伐，以奋发有为、创先争优的精神状态和只争朝夕、拼抢发展的工作劲头，满怀信心地积极投入到新一轮西部大开发的建设热潮中，投身于全面建设小康社会的伟大实践中，再绘新蓝图，再创新业绩，再做新贡献。

站在新的历史起点上，财政使命重任在肩。彭阳财政人以更大的决心、更有力的措施，尽心竭力做好工作，全力以赴抓好落实。以思想大解放带动事业大发展，把十七届五中、六中全会精神和西部大开发战略以及彭阳县第七次党代会确立的“能源工业强县，城乡规划建设兴县”战略贯彻并体现到彭阳财政工作和彭阳经济社会跨越式发展的各项事业中去。

立足当前重服务，高瞻远瞩鼓干劲。彭阳财政人奏响了前进的“集结号”，用“七个方面”工作向全县人民上交一份满意的答卷。一是坚持发挥财政政策导向作用，健全增收机制，努力做大财政“蛋糕”。二是坚持转变经济发展方式，创新管理机制，加大重点建设保障力度。三是坚持项目带动战略，拓展筹资渠道，不断增强财政部门管理运作项目的能力和水平；四是坚持增进民生福祉，统筹财力配置，把财政资源更多更好地用于民生建设和社会事业发展上；五是坚持改革创新，不断完善管理制度，努力提升财政科学化精细化管理水平；六是坚持科学管理，注重“绩效优先”，促进财政发展“质量导向型”的深刻转变；七是坚持队伍建设和作风建设，强化培训学习，推进反腐倡廉建设，树立财政干部新形象。奋发有为，敢为人先，开放包容，创新突破，激情干事，主动作为，统筹协调，务求实效，努力开创全县“十二五”财政工作新局面，为建设“生态彭阳，宜居彭阳，富裕彭阳，诚信彭阳，和谐彭阳”而努力奋斗。

结　语

迎着温暖的阳光，沐浴着和煦的春风，我疾行在去财政办公楼的路上。街道上人流滚滚，车水马龙。每个人的脸上洋溢着幸福。我的心中，涌动着一股激情。采写过程中，与王永贤局长、周世杰书记、韩有恒副局长的交谈，使我感触颇多。我赞美和谐财政，更赞美勤劳朴实的 26 万彭阳儿女，是他们用青春和热血，让这块古老的土地换了新颜；是这 26 万彭阳儿女勤劳的双手，撑起了同一片蓝天。

和谐财政，离不开财政的和谐运行；财政的和谐运行，离不开财政人的和谐奋进。面对财政一项项重大改革，我们经历了多少艰辛与困难、洒下了多少汗水与泪水。一笔笔社保资金，让财政人披星戴月、走门串户，送走春夏、迎来秋冬；一项项国债资金，让财政人时而出现在喧嚣的工矿企业，时而颠簸在偏僻的农牧山区。预算、决算、集结到账册和报表中，是办公室那彻夜明亮的灯光，还有几多平淡、繁琐、劳顿、沮丧；增收、节支，体现在财政永恒的主题下，倾注的是青春和热血，书写的是无私与奉献。多少个日日夜夜，他们畅游在数字的世界，饱尝酸甜苦辣；无数个朝朝暮暮，他们夜以继日，用“0”送走星辰，用“1”迎来曙光。家无财不富，国无财不强，生财聚财这篇文章被彭阳财政人书写得如此辉煌灿烂。作为政财人，他们为国当家，为民理财，肩负时代的重任，面对纷繁杂陈的世界，身处喧嚣躁动的社会，需要有一颗淡定的心、高洁的心、灵动的心、充满丰富想象力和无穷创造力的心。我们更有理由相信，彭阳财政发展的步伐将会越迈越好，彭阳财政发展的道路也会越拓越宽！

（原载《彭阳文学》2012 年第 1 期）

化茧成蝶

——彭阳县民政工作侧记

刘天文　杨　杰

一只小小的蛹，静躺在自己的茧里，被自己设置的层层黑暗牢牢地包裹着。是作茧自缚，还是破茧而出？……为了羽化成蝶，为了心中那个飞翔的梦，为了生命的绚烂和超越，蛹必须历经那炼狱般的洗礼。

——题记

彭阳县民政局办公大楼，位于彭阳县兴彭大街，在县人民武装部和县法院办公大楼之间。大楼并不起眼，不是巍峨耸立，不是富丽堂皇。但这里却是彭阳“人气”很好的地方。每天出入这里的人络绎不绝。

有拄着拐杖蹒跚行走的垂暮老人。

有身体孱弱大病初愈的病号。

有刚从军营载誉归来英姿勃勃的退伍老兵。

有形容枯槁身心疲惫刚刚遭受不幸的灾民。

有手挽手如影相随马上步入婚姻殿堂的亲密情侣……

这里，是他们翘首以盼的一条渡船。

这里，是他们稍作休整又重新出发的港湾。

这里，是他们痛苦无望中的最后一根稻草。

这里，是风霜雪雨后太阳再次温暖升起的地方……

大家都知晓，民政工作千头万绪，包括选举、行政区划、地政、户政、国

籍、民工动员、婚姻登记、社团登记、优抚、救济等项的国内行政事务。它面向社会，面向基层，面向群众，是国家行政管理最为广泛、丰富的内容。民政工作对于调整社会关系，处理社会矛盾，解决社会问题都具有十分重要的意义，是我国社会稳定机制的重要组成部分之一。

这诸多的工作头绪，犹如陷入层层茧丝的困扰。要做好这些工作，犹如剥茧抽丝，得勤劳，得耐心，得细致，得有方法。只有这样，民政工作才得以条分缕析，化茧成蝶。

在办公室工作人员小杨的介绍下，笔者知晓了近四年来彭阳县民政局所斩获的一系列区级和国家级荣誉：

2008年，被自治区精神文明建设指导委员会命名为“文明单位”，被自治区民政厅评为“全区民政系统支援汶川地震灾区抗震救灾先进集体”；

2009年，被自治区民政厅评为“全区民政工作先进集体”“全区民政系统政府行风建设先进单位”“全区危窑危房改造工作第三名”；

2010年，被国家妇女联合会评为“全国维护妇女儿童权益先进集体”，被全国老龄工作委员会评为“全国老龄工作先进单位”，被自治区政府评为“全区农村特困群众危窑危房改造工作先进县”和“全区农村特困群众危窑危房改造工作先进集体”，被自治区民政厅评为“全区地名工作先进单位”和“全区退役士兵先进单位”，被自治区妇女联合会评为“全区维护妇女儿童权益先进集体”；

2011年，被国家民政部评为“全国民政系统行风建设示范单位”，被自治区纪律检查委员会及自治区监察厅评为“全区廉政教育基地”，被自治区民政厅评为“全区农村五保供养先进单位”。

此外，市县级荣誉更是不胜枚举。

连续五年夺得全市民政工作目标管理考核第一名；连续七年夺得全县政府非经济部门综合考核第一名……

小杨在平静的介绍中流露出了一丝丝的激动和自豪。

在办公室里忙碌的每个职员的脸上，都有一束灿烂的阳光在跃动，在传递，在递增……

敢问每一个奖项的获得，需要付出多少汗水和努力？

冰心有诗说："成功的花，/人们只惊羡她现时的明艳！/然而当初她的芽儿，/浸透了奋斗的泪泉，/洒遍了牺牲的血雨。"

我们也剥茧抽丝一回，尝尝这"泪泉"的苦涩和那"血雨"的艰辛，看看只有26名干部职工和12名乡镇民政助理员的民政工作队伍，是如何挑起全县12个乡镇156个行政村779个村民小组26万多人的民政工作重担的。

那一抹永不褪色的"民政蓝"

农村危窑危房改造是贯彻中央保民生、保增长、保稳定的总体要求，以解决农村困难群众的基本居住安全问题为目标，改善农村困难群众生活条件，推动农村基本住房安全保障而实施的一项惠民政策。

2005年，自治区政府启动实施农村灾民危窑危房改造工程，这项关系民生大计的工程沉甸甸地提上了议事日程。

彭阳境内以黄土丘陵为主，地形地貌复杂，地质条件较差，群众习惯依崖凿窑居住。全县5万多户农村居民中，纯住窑洞的占30.3%，房窑结合的占34.8%。总之，农村群众居住条件差，安全隐患大，危房危窑形势严峻，改造任务重。

天将降大任于斯人。彭阳民政系统上上下下既欣喜，更体会到责任与压力。时任局长张凤刚眉头紧缩，一个人在办公室一坐就是几个钟头。民政局会议室的灯光持续亮了10多个晚上，大小会议开了20多场……

思路有了，方案有了，措施有了。

彭阳县民政局为把这项惠民政策落到实处，成立了彭阳县危窑危房改造工作领导小组，建立了县级领导包乡镇、乡镇领导包村、一般干部包组包户和抓质量、抓进度、抓重点环节的"三包三抓"责任制。

县委、县政府要求在全县城乡范围内承揽200万元以上建设项目的施工单位必须积极参与无偿扶持改造户建房。县民政、检察、财政、建环等部

门及各乡镇主要负责人深入各供货单位进行实地考察，对建房用量较大的水泥、房瓦等材料进行集中采购，从源头上确保了建材质量，也为建房户节省了资金。乡村干部为建房户担保贷款、赊欠材料，联系县内有资质的建筑企业承包垫资建房，极大地激发了建房户的积极性，确保了建房质量和进度。并对建房户进行项目捆绑扶持，为其配套井窖、圈棚、沼气等设施。

2005~2009 年，五年累计投入资金 33629.8 万元（其中群众自筹 26254.6 万元，国补 7375.2 万元），改造危窑危房 10671 户，新建住房 32013 间 57.6 万平方米，使 4.8 万特困群众住上了安全舒适、宽敞明亮的新瓦房，有效改善了农村特困群众的居住条件。五年来，在自治区危房办验收中，彭阳县所建房屋合格率均达到 100%。

枯燥的数字，弹奏出的是醉人的旋律；无声的荣誉，凝聚的是彭阳民政人的心血和汗水！

在危窑危房改造过程中，彭阳县做到既坚持标准，又因地制宜，突出特色，把危窑危房改造与新农村建设紧密结合起来，突出水、电、路、房配套，村容村貌整治、绿化、美化，突出农村村部、学校、卫生室、农家店等统一规划布局，将危窑危房改造户镶嵌到不同层次的农村新居之中。民政、建环、国土、地震等相关部门对集中建房点的选址、道路、绿化、排水、环境治理等进行整体规划和设计，围绕农民新居，规划建设卫生室、文化活动中心，配套井窖、圈棚、沼气等设施，达到既建新房又现新村的效果。

尤其是打造了一些具有地方特色的 50 户以上的集中建房点，成为全区危窑危房改造工程的样板，诸如：城阳乡杨坪村等“发展高效农业型”居民点；白阳镇周沟村等“拉动城市经济服务型”居民点；古城镇海口村等“发展草畜养殖型”居民点；草庙乡草庙村等“繁荣集镇经济型”居民点；孟塬等乡镇“构建和谐社区型”居民点……

同时，在规划集中建房点时，远离地质灾害区、沟边、塬畔，尽量向乡镇驻地、村部周围、公路沿线集中，促使群众以建房为契机，搬出原来较为偏僻或存在安全隐患的住所，既改善了群众的生产生活条件，又为长远发展奠定了基础,可谓“一箭多雕”之举。

彭阳的做法成为全区危窑危房改造工作的亮点。自治区领导带领相关部门负责人多次来彭阳县观摩,总结经验,以推动全区危窑危房改造工作的进展。

新华社、中国新闻社、宁夏日报社、固原日报社等媒体对彭阳县危窑危房改造工作进行了多次采访报道。

中央电视台《新闻联播》《新闻三十分》及宁夏电视台《宁夏新闻》等栏目对我县危窑危房改造工作进行了集中的宣传报道。

住进新房的群众喜不自禁,笑逐颜开。新建的住房一眼望去,片片红砖红瓦托起条条蔚蓝,煞是赏心悦目。他们将蓝色屋脊信口叫成“民政蓝”,并编成曲词传唱:“松木檩子上圈梁,修得美来修得洋;左红砖右红砖,脊上瓦个‘民政蓝’。”

“安得广厦千万间,大庇天下寒士俱欢颜”,这是许多仁人志士的民生理想,而为了这一理想,多少人为之奋斗而不得?多少人为之空叹息?如果杜甫九泉之下有灵,他一定会为百姓们今天的安居乐业而欣慰含笑。

2010 年 3 月 23 日,2005~2009 年度全区农村特困群众危窑危房改造工作先进县(区)先进集体和先进个人的表彰奖励大会在银川召开。

彭阳县荣获先进县！时任局长张虎接过奖牌的时刻，他激动得快要哭了。他想起了之前为危房危窑改造工作而开过的大会小会，想起了在工地上守候的日日夜夜,想起风里来、雨里去而没有一声怨言的同事们,想起几辈子都没有住过新房的特困群众脸上洋溢出来的憨厚笑容……

他的泪水就忍不住地来了……了解他的人都知道,他是多么需要这块奖牌的。这个奖牌不仅仅表示荣誉,更是承载着老百姓们实实在在的实惠啊!

屋漏偏逢连阴雨的辛酸日子渐渐成为淡漠的记忆,那一抹永不褪色的“民政蓝”,重新抒写了百姓们安居乐业的幸福篇章。

“一站式”,开启绿色生命通道

若说生命是花朵,那健康就是灿烂和芬芳。

历来,疾病就像无情的杀手,让美丽的花朵香消玉殒。随着医疗技术的进步,大多患者得到了及时的诊治,而一些低收入者却在高昂的医疗费用面前焦虑、徘徊,举步维艰。

民之所忧,我之所思;民之所思,我之所行。党和国家领导人始终牵挂着群众的冷热疾苦。

2009年,《中共中央、国务院关于深化医药卫生体制改革的意见》《国务院关于印发医药卫生体制改革近期重点实施方案(2009~2011年)的通知》等相继出台。困难群众的看病难问题提上了议事日程。

“要让人民生活得更加幸福,更有尊严。”国务院总理温家宝在新春团拜会上说出这句话后,激起中国人心底最强烈的情感波澜。

2009年6月,民政部等四部委联合下发了《关于进一步完善城乡医疗救助制度的意见》,要求强化政府责任,完善医疗救助制度,创新机制,加强管理,改进服务,着力解决城乡困难群众最关心、最现实、最迫切的基本医疗保障问题,努力实现困难群众“病有所医”的目标。

为迅速贯彻落实这项惠民政策,民政局一班人在深入调研、广泛征求意见、建议的基础上,与财政、人社、卫生等部门相互衔接,制定了《彭阳县农村医疗救助实施细则(试行)》《彭阳县城镇医疗救助实施细则(试行)》《彭阳县优抚对象医疗保障实施细则(试行)》和《彭阳县城乡医疗救助一站式服务实施方案(试行)》,为城乡医疗救助工作提供了政策依据。决定在全县各定点医疗机构全面实施医疗救助“一站式”结算服务,实行医疗救助与医疗保险费在一个服务窗口即时同步结算。

根据实际,共确定我县定点医疗机构三级18家。其中,13个乡镇卫生院为一级,彭阳县妇幼保健院、彭阳县中医院等4个医疗机构为二级,彭阳县人民医院为三级。各定点医疗机构设立“一站式”服务窗口,公布医疗救助程序、范围、标准、责任义务等内容。救助对象凭新型城乡医疗保险证、低保证等住院，出院时只需缴纳住院医疗费用个人自付部分，医疗救助资金由定点医疗机构先垫付，每月汇总报县民政局，经审核无误后，通过银行将医疗救助资金划拨各定点医疗机构专用账户。

此举措既方便群众，又简化工作环节，真可谓“一箭双雕”。

但是，我县农民收入低下、家庭经济基础薄弱，而救助政策的门槛(3万元以上救助)很高，大多数困难群众仍然无法得到救助。

门槛门槛，跨过去就成了门，跨不过去就成了槛儿。彭阳民政局的领导决定跨越这个“门槛”。

歌德说，思想活跃而怀着务实的目的去进行最现实的任务，就是世界上最有价值的事情。彭阳县民政局的这个改革创新，无疑是一项事关民生的重大而有价值的事情。

“一降低，一控制，两资助”的成功做法，成为彭阳县民政局一班人创新工作思路，积极调整医疗救助政策的一大亮点。即：降低全区3万元以上救助门槛标准，制定“1(万元)、2(万元)、3(万元以上)”和“3(30%)、4(40%)、5(50%)”农村大病救助政策；控制2000元以内全额救助，救助对象在各乡镇卫生院、乡镇中心卫生院单次住院总费用分别不得超过700元、1000元，在县级医疗机构可给予2000元全额救助，杜绝了滥套、滥用救助资金现象；全额资助农村救助对象参加新型农村合作医疗，按一定标准资助城镇救助对象参加城镇居民基本医疗保险。这一系列的政策调整，为困难群众提供了更加方便、快捷、实惠、全面的医疗救助服务。

2010年，累计发放城乡医疗救助资金1411万元，其中，为21252人农村特困户代缴新农合资金42.5元，资助5427人城市低保对象参加城镇居民基本医疗保险17.2万元，为9187人发放住院医疗救助金1118万元，为29145人发放门诊医疗救助金233万元。

2011年，累计发放城乡医疗救助资金1105万元，其中，为21016人农村特困户代缴新农合资金63万元，资助5374人城市低保对象参加城镇居民基本医疗保险17万元，为5090人发放住院医疗救助金613万元（农村

4436 人 578 万元)，为 24940 人发放城乡门诊医疗救助金 212 万元（农村 19966 人 179 万元),有效解决了困难群众看病难的问题。

这些数字是无比生动的,它们蕴含着患者走出病魔阴霾的欣慰的微笑,饱含着家属们衷心的感激心情,甚至折射出他们将要重新构筑幸福生活的信心和勇气……

经过几年努力,彭阳县城乡医疗救助一站式服务日臻完善,逐步形成了“门诊救助、资助参保参合、住院救助、大病救助和慈善救助”五位一体的城乡医疗救助体系。

生命,在“一站式”服务里重拾尊严!

生命,在“一站式”服务里开启了绿色通道!

生命,在“一站式”服务里再度灿烂和芬芳!

有这样一支“部队”

有人盛赞民政工作者说,当他们穿上迷彩服,身姿敏捷的出入在各种抢险救灾现场时,他们就是一支可爱的人民子弟兵!

是啊,在人民群众的生命财产面临或遭受自然灾害时,他们总是冲锋在最前沿。

彭阳县境内以黄土丘陵为主,黄土堆积厚度大,结构疏松,水土流失严重,导致黄土丘陵区沟壑纵横,地形破碎,滑坡、崩塌、泥石流等地质灾害频发，严重危害人民群众的生命和财产安全。全县有地质灾害险点 78 处,涉及 12 个乡镇 49 个行政村 69 个村民小组 584 户 2681 人,其中特重险点 19 处 195 户 895 人。

这些险点石头一样压在每个民政人的心里。这是彭阳民政局每一位到任的新领导都要熟稔于心的“必修课”。

根据《彭阳县救灾应急预案》《民政局自然灾害救助应急工作规程》,民政局成立救灾应急工作领导小组,下设办公室、综合协调组、紧急救援组、信息宣传组,物资保障组、捐赠接收组和后勤保障组,确保救援工作高效、有序进行。每年汛期与各乡镇签订山体滑坡险区救灾防范工作责任书，对全县74处山体滑坡险区实行24小时监测，规范了灾情报告制度，使人民群众生命财产安全得到了有效保障。

岁月更迭，许多往事被尘灰覆盖，然而下面的几个镜头，却至今让人难以忘怀。

镜头一：风餐露宿黑牛沟

1996年7月27日凌晨4时，彭阳县民政局局长郭兴铭家里的电话铃声急促地想起……

打电话的人有些语无伦次："彭阳县红河乡黑牛沟村庙湾组由于强降水引发山体滑坡，整个村庄崩塌，许多村民被掩埋，形势万分危急……"

郭局长从最近的雨水天气和报告人的语气分析，这次滑坡是一次大的自然灾害，因而抢险救灾工作面临巨大压力。

郭局长果断决定，民政局要广泛联合各级组织及社会力量，保障救灾工作有序开展。民政局及时派出调查组赶赴现场，在第一时间了解并上报了灾情。

七·二七抢险救灾指挥部成立。

在民政局的积极呼吁下，武警彭阳支队、武警固原支队200多名官兵冒雨赶赴受灾现场。

请求宁夏军分区党委协调的驻固部队近千名官兵也迅速赶到滑坡地点，与民政干部一起，不顾疲劳，在齐腰深的泥水中，搬运压在泥沙底下的粮食等财物，冒着生命危险钻进随时可能崩塌的民房中救人……在滑坡面积1平方公里、滑动高差达40米的废墟滩上，连续奋战9个昼夜，将遇难人员全部挖出。

彭阳民政局及时为受灾群众送来了急需的面粉、帐篷、药品等。直到安置好受灾群众，他们才带着一身的疲惫和憔悴，带着发紫的血泡、厚厚的茧皮离开了黑牛沟村。

随后民政局积极筹措赈灾款项，新建庙湾新村，将全组46户198人迁

入新居。

老天无情人有情。全体民政干部用自己的救援行动在彭阳大地上谱写了一曲爱的赞歌!

镜头二:夜战冰雹龙卷风

2005年5月30日下午6点多钟,一场百年不遇的冰雹龙卷风袭击了彭阳县古城镇甘海、古城、温沟3个村,大树被连根拔起,房屋倒塌……

当时分管民政工作的副县长杨正武正在下乡督查工作,听到这一情况后,忘记了疲惫,顾不上吃饭,带领县民政局局长张凤刚和古城镇分管民政工作的副镇长杨志梅等工作人员连夜赶往现场。

大雨如注,道路泥泞难行,他们顶着雨,踏着稀泥,一户一户勘查灾情,组织转移受灾群众,及时将受伤的11名群众送到县人民医院治疗。

为了安置好每一户受灾群众,他们通宵未眠,一口水未进,及时联系救灾物资,亲自为受灾群众搭建帐篷,发放面粉,直到临时赈灾工作就绪,他们才拖着疲惫不堪的身躯返回。

经过详细灾情普查,这次冰雹龙卷风共造成1800户5399间房屋受损,其中倒塌765间,揭顶1539间,农作物受灾面积17.9万亩。68名群众受伤,55栋养殖暖棚、60栋菜棚、60栋菌棚被掀翻,240万公斤口粮被雨水浸泡,近30万公斤麦草被狂风卷走,4万多棵树木(经果林木2.1万株)连根拔起或拦腰折断,55根电杆倒断、通讯光缆刮断,供电中断,通讯受阻。民政局安排专项救灾资金,并组织全县干部群众捐款捐物,就地或异地为650户灾民建房1950间,妥善安置受灾群众的生产和生活。

镜头三:紧急抢险堡子洼

2005年7月8日下午6时55分,彭阳县红河乡红河村王沟组堡子洼发生山体滑坡。在生命攸关的危急时刻,以彭阳县民政局为首的广大干部靠前指挥,果断决策,部署到位,行动迅速,避免了一场悲剧的发生。

从7月1日开始,县上就启动了地质灾害防治预案,要求各乡镇对险情区进行排查,认真落实领导责任制,责任到人,并对重点地区确定了监测人员，坚持24小时进行监控。

8日上午8时许，监测员发现王沟组堡子洼山上出现裂缝继而增大的情况后立即上报。

险情就是命令。

在人民群众生命财产安全面临重大威胁的紧急关头，彭阳民政局组织各相关单位，迅速赶到现场，成立临时指挥部，现场办公，指挥抢险工作。随即启动了抢险应急预案，成立了疏散群众和险区巡逻两个应急工作组。民政局局长张凤刚与工作人员一起，不顾危险，与乡村干部一起来到堡子洼山下深入农户进行动员，让正在碾场和家里的群众尽快离开。

5时40分左右，村民全部撤离险区。

6时55分，轰隆一声巨响，巨大的山体开始崩塌，下滑的土方如滚滚洪流，推动着房屋、草垛、田地向前涌动，不到30秒钟，整个山头被浓浓的土雾所笼罩。

一片跨度约200米、高40米、厚30米的山体便垂直滑落了下来，落差达110米，移动土方量20多万立方米，强大的冲力将山下的窑洞、房屋及大片庄稼推移数十米后湮埋或隆起。

警戒线外围观的群众看到这惊心动魄的一幕被骇得瞠目结舌，而后是一片唏嘘之声。

就这样，几十个鲜活的生命逃脱了一场灭顶之灾。

被分管民政工作的副县长杨正武从险境中强行拽出的王秉芳老人激动地说："感谢党，感谢政府，是你们给了我第二次生命！"

灾情发生后，民政局及时给10户灾民送去了帐篷、棉被、灶具和面粉等生活物资。

由于指挥有方，成功避险，挽救了群众的生命财产，为宁夏乃至黄土高原同类地区地质灾害防治提供了成功范例。

其实，彭阳县每年的防汛和抗旱任务都很严峻，这是县民政局每年的常规行工作，为此付出了巨大的财力、人力和物力。县上成立了政府主要领导

为指挥长，民政、农业、水利、国土等有关部门负责人为成员的防汛抗旱救灾指挥部，定期召开专题会议，研究部署和解决雨季汛期安全防范工作。民政与气象、国土、农业、林业等部门及时联系沟通，掌握雨情、水情、汛情和地质灾害等情况。

彭阳县民政局实践总结的“五到位”，是自然灾害应急救助工作的有力举措。强化应急管理，确保思想认识到位；完善应急预案，确保防范措施到位；建立应急预警，确保监督检查到位；加强汛期值班，确保应急救援到位；积极开展救灾，确保救灾物资到位。

有人形象地说，这“五到位”就像我们的五根手指，它们都到位了，我们才能将一个东西牢牢地拿起。而彭阳民政局“五到位”稳稳拿捏的，可是彭阳26万民众的生命和财产！

移栽阳光

公平正义比太阳还要有光辉！温家宝总理在十一届全国人大三次会议后答记者问的这次发言振聋发聩。这既是表态和承诺，又是要求和鞭策。

如何分好社会财富这块“蛋糕”，促进社会公正和谐，让人民更幸福、更有尊严地活着，这是当政者首当其冲考虑的民生问题。

城乡居民最低生活保障制度是社会救助体系的一个重要组成部分，是国家为保障城乡困难群众的基本生活、帮助解决他们生活中遇到的特殊困难而建立的一项制度。就像长期生活在背阴地方的植物一样羸弱，困难群众迫切需要和渴望阳光的温暖……

城乡居民最低生活保障就是一项阳光惠民工程，保障困难群众共享改革发展成果，保障把阳光移栽到背阴的地方，移栽到生长羸弱的肌体里。

通过多年努力，彭阳县按照科学发展，建设和谐社会，确保城乡贫困人口共享改革发展成果的总体要求，坚持“应保尽保，分类施保”的原则，全面落实城乡最低生活保障制度。在农村低保工作上，成立了彭阳县农村低保工作领导小组，研究制订了《彭阳县农村村民最低生活保障实施方案》，严格坚持本人申请、村民评议、“三级审核、三榜公示”程序，对特困家庭收入进行摸底测算并按照困难程度分类打分排队。

“六强六化”，这是彭阳县民政局为规范完善城乡低保工作，多次召开会议，反复酝酿讨论后而打出的一张王牌。

强化对象审核，实现保障对象准确化。低保是雪中送炭，而不是锦上添花。通过宣传引导，帮助广大城乡困难群众了解城乡低保政策，由乡镇干部、村(居)委会工作人员组成调查组，采取拉网式排查的办法，核准审定符合条件的低保对象。坚持“谁入户，谁调查，谁签字，谁负责”的责任追究制度，县民政部门按照农村低保对象以不低于低保对象总数的20%、城市低保对象100%的比例进行入户抽查、入户核实，做到应保尽保、分类施保。

强化程序规范，实现审批公开化。坚持户主申请，村(居)委会初审评议公示、乡(镇)政府审核公示、民政局审批公示的“三级审核，三榜公示”程序进行。特别是把村(居)民评议作为必不可少的重要环节，由各村(居)委会成立的评定小组，对家庭收入情况进行测算，按照困难程度分类打分排队，真正将那些生活最困难、最需要救助的对象纳入低保范围。切实杜绝“关系保”“人情保”。

强化制度建设，实现管理动态化。坚持定期复核制度，每半年对城市低保对象进行一次复核，每年对农村低保对象进行一次复核，严把农村低保“进口关”，畅通“出口关”。2009年，对城镇低保对象全部入户核实，对因死亡、迁出以及不符合低保标准的641户1063人农村低保对象、3户14人城市低保对象进行了清理，新增农村低保对象780户1279人、城市低保对象9户30人。2010年，对341户963人农村低保对象、城市低保对象82户153人进行调整，将农村低保对象补助水平提高到每人每月70元，城市低保平均月补差提高到每人每月160元，累计发放保障金2398万元。2011年，对3729户3877人农村低保对象、275户482人城市低保对象进行了调整。

强化资金监管，实现资金发放社会化。指定金融网点，设立低保对象个人账户，由低保户凭“一卡通”存折等相关证件到指定金融网点直接领取，最

大限度地减少了中间环节，方便了困难群众。

强化科学管理，实现建档标准化。对所有保障对象进行重新登记，特别是将享受定期定量抚恤补助的重点优抚对象、长期患病对象和残疾人、60岁以上老年人、妇女、14周岁以下儿童、在校学生及计划生育户进行分类登记，建立分类管理数据库。并按照“一户一袋一档”的要求统一建立了城乡低保档案。

强化阳光操作，实现监督多元化。通过行政监督、审计监督、纪检监察、群众民主监督、社会舆论监督等渠道，有效防止了滥用职权，暗箱操作，截留挪用、弄虚作假等各类违纪违规行为的发生。

低保，犹如在民生的肌体内注入的辅助血液，流经社会的底层深处，那是一份透露着温暖的切肤之爱，在农村低矮的房檐内扩散，在城市的孤残与鳏寡中涌动……

低保，就是一缕缕阳光，在背阴的地方移栽，生长，蓬勃！

向最可爱的人致敬

“头枕着边关的冷月，身披着雪雨风霜……为了国家安宁，我们紧握手中枪……”这铿锵的曲词，至今让人钦佩。军人，是共和国的钢铁长城，他们就是最可爱的人。

“十五的月亮，照在家乡照在边关，宁静的夜晚，你也思念我也思念。我守在婴儿摇篮边，你巡逻在祖国的边防线；我在家乡耕耘着农田，你在边疆站岗值班……”这深情的歌唱，至今让人感动。

是啊，军人与家属一道，共同演绎了一幕幕支援国防，甘愿奉献的感人壮举。让他们享受抚恤和优待，既是法定的，也是人民的意愿。

优抚安置是国家和社会抚恤烈士家属，保障残废军人的生活，优待军人家属，妥善安排和管理退出现役的军人的一种社会保障制度。解放军为祖国的和平和建设事业做出了重大贡献，他们被称为最可爱的人。拥护爱戴人民的子弟兵，优待军人家属是每个组织和公民的应尽的义务。

彭阳县民政局贯彻执行国家的优待抚恤政策是持之以恒的。

建县以来，每逢“八一”、元旦、春节，民政局对重点优抚对象进行走访慰问，赠送慰问品。举行军烈属、现役军人家属、残疾军人、老红军、在乡老复员军人、老战士座谈会。全县范围内的汽车站、医院、银行、邮电等服务行业普遍对军人实行“优先、优质、优惠”服务；教育部门积极为部队子女上学、入托提供帮助；电力、水利等有关部门对驻地部队的粮、油、水、电、煤等方面的供应也予以优先解决。

1986年，对50名在云南老山前线参战军人家属，每户解决优抚款300元。1989年，成立解决“三难”（生活难、治病难、住房难）问题领导小组，对240名优抚定补人员的补助进行重新调整。1994年，将现役军人优待金标准由原来每户每年200元提高到400元。1994~2008年先后5次调整提高“三红（在乡西路红军老战士、红军失散人员、在乡退伍红军老战士）”人员生活费补助标准和“三属（革命烈士家属、因公牺牲军人家属、病故军人家属）”、革命伤残人员的抚恤金标准，8次提高在乡老复员军人定期补助标准。2000~2008年，民政局先后5次对全县范围内各类优抚对象进行全面普查，建立了重点优抚对象档案和信息管理系统。2008年，为重点优抚对象发放抚恤补助金128万元，物价补贴11.5万元，为各类优抚对象解决看病资金11.2万元。

民政部门对解放军、公安部队指战员因参战或因公致残者，视其残疾程度和丧失劳动能力程度，凭团（县）级以上单位发放的残疾优抚证，按照标准给予终身抚恤。1985年，对享受定期定量补助的烈士家属全部改成享受定期抚恤金，每人每月25元。1987年，对在云南老山前线参战牺牲的陶克叶烈士家属发给一次性抚恤金4200元。1984~1993年，全县享受抚恤的牺牲、病故军人家属32户，累计发放抚恤金2.21万元，残疾抚恤金2.92万元。

县民政局在1994年和2002年两次被自治区党委、政府和宁夏军区授予“拥军优属”先进集体。

在退役士兵的安置上，积极探索建立以自谋职业为主的城镇退役士兵安置新路子，对自谋职业的城镇退役士兵和10年以上转业士官分别按照上年度全县干部职工年平均工资额的2倍和3倍发放一次性经济补助金。对2005~2008年的74名城镇退役士兵和5名转业士官进行了安置，并采取各种有效措施，妥善解决了安置遗留问题。对2003~2004年安置到建环、交通等部门编外用工的82名城镇退役士兵，在充分征求本人意愿的基础上，与宁夏发电集团王洼煤业有限公司签订用工合同，进行了一次性安置。

随着市场经济的发展和用工制度的改革，退役士兵的安置难度越来越大。在多数企业不景气、行政事业单位改革用人制度压缩编制等情况下，克服重重困难，千方百计挖掘安置资源，采取部门联动、自主择业等办法，积极推荐农村退伍军人到区内外企业务工，有效解决了他们的就业问题。1983~2009年来，全县累计接收安置军队转业干部13名，安置率达100%，接收退役士兵356人，累计安置了263人。将待安置的城镇退役士兵全部纳入城镇低保范围，按照全额标准发放生活保障金。

祭奠英烈，褒扬烈士精神，也是民政工作重要方面。

任山河烈士陵园安葬着1949年为解放宁夏而英勇牺牲的中国人民解放军十九兵团64军的364名烈士遗骸，4名红一方面军长征途经彭阳牺牲的战士，21名地下工作者及剿匪牺牲的武工队员和干部，1名对越自卫反击战中牺牲的彭阳籍战士。

在民政局的努力下，任山河烈士陵园1996年被国务院批准为全国第三批革命烈士纪念建筑物重点保护单位，1998年被彭阳县确定为全县党建教育基地，2004年被自治区党委宣传部确定为全区爱国主义教育基地，2006年9月被自治区党委宣传部、国际教育委员会评为全区首批国防教育基地。

2002年4月，县民政局与原64军军事博物馆联系，从大连运回原64军在解放任山河战斗中使用的枪支、子弹及其他珍贵文史资料50余件，丰富了文物展品内容，提升了陵园爱国主义教育基地作用。

2003年，陵园改造工程竣工。走进新建陵园，松柏苍苍，墓碑林立。一部厚重的历史画卷徐徐打开……

血溅沙场威武不屈，志光中华浩气长存。任山河烈士陵园被县委、县政府和区内外有关院校确定为爱国主义教育基地，被中国地质大学、固原二中、彭阳一中、彭阳二中等区内外院校确定为德育教育基地。每年来此祭奠英烈、接受革命传统教育的院校师生和各界群众越来越多。

彭阳县对拥军优属工作的关注，对优待抚恤工作的细心，对复退军人安置的重视，对革命烈士精神的褒扬，就是对军人的尊重，就是在向最可爱的人致敬！

隐形“斑马线”

城市街道人行横道上的一条条白线，又叫“斑马线”。它能引导行人安全地过马路。世界各国都将斑马线作为行人过马路的安全通道，就是要绝对保障行人过马路的安全。不但以法律形式加以明确，而且还辅之以红绿灯等设施加以保障。这是看得见的“斑马线”。

此外，还有一种看不见的“斑马线”，它规范着婚姻管理和登记、殡葬改革、边界勘定、行政区划、地名管理、民间组织和社团管理、社区建设、老龄工作等事务，保障社会在一定模式和规则下运行。

这一道道的“隐形斑马线”，就是民政局的社会事务管理。它是民政工作的重要方面，直接关系到广大人民群众的切身利益，不仅事关民政部门形象，而且关系到政府的公众形象。

1999年，彭阳县民政局把婚姻登记管理作为政务公开的一项主要内容来抓，做到婚姻登记人员职责及婚姻登记条件、程序、登记时间、收费项目、收费标准公开。2001年，按照新《婚姻法》规定，建立了登记验证制度，检查、考核评比制度，婚姻档案建档制度，做到手续齐全、填写正确、档案完备、管理规范。

2008年，根据民政部《十一五期间深入推进婚姻登记规范化建设的意见》要求，开展了婚姻登记规范化建设活动，促进了婚姻登记服务的科学化、规范化、人性化。1984~2008年，全县共登记结婚35900对，年均1436对，登

记合格率 99.9%；登记离婚 225 对(不包括法院判决离婚)，年均 9 对，登记合格率 100%。

殡葬管理主要是建立公墓，逐步杜绝和清理乱挖乱埋现象。1986 年 8 月，县民政科在古城乡进行土葬改革试点，共建回、汉公墓 95 处，占地 1778 亩。1987 年，土葬改革取得初步进展，全县共划定公墓 1363 处，占地 11827 亩，其中回民公墓 340 处，占地面积 2201 亩。公墓划定采取双层或多层的模式，在大公墓中根据教派、宗族或小组划分小公墓。1988 年，制定《彭阳县公墓管理办法》，在原崾岘乡乱井子开辟占地 50 亩的县级汉民公墓 1 处。县民政局每年都要组织干部职工对汉民公墓进行绿化美化。2006 年，根据回民的风俗习惯，由县民政局投资 20 万元，在新集乡张化村胡庄组北山梁占用荒山 133 亩，建设规划墓穴 8000 座的公益性园林式回民公墓 1 座，并投入使用，同时，县民政局组织人员对境内国道公路两侧和耕地内乱葬滥埋现象进行清理，且做了迁移处理，使全县殡葬管理进一步规范。

边界勘定工作事关边界的稳定和经济发展。1990 年，民政局联合相关部门负责人成立县勘界领导小组，并与环县、镇原县、平凉市分别成立对口联合勘界工作组，共同勘定边界。将勘定的边界线标绘在地形图上，经宁、甘两省区联合勘界工作组检查验收，正式确定了边界线走向原则及其地形图和有关文字资料。1998 年，进行彭阳与固原县界勘定工作。勘界工作人员历时 6 个月，完成了县界勘定工作。县民政局被评为全区勘界工作先进集体，受到自治区民政厅的表彰奖励。

边界勘定工作的完成，从根本上解决了影响社会安定的边界争议，彻底消除了边界地区的不稳定因素，促进了民族团结和经济发展。2005 年，县民政局与原州区、泾源县民政局开展了县界联检工作。2007 年，县民政局被民政部评为“全国行政区域界限管理先进集体”。

民间组织和社团管理是对各类社会组织实行分类管理的一项重要内容，是保障各类社会组织规范运行和发展的重要手段。1998 年，全县注册社团 11 个，民办非企业 365 个。1999~2002 年，民政与公安等部门密切配合，对非法组织“门徒会”进行严厉打击和取缔。2003年，注销了一批活力不强、活动不规范的社团和所有非法人社团。截至2008年底，全县有社会组织79个，其中农村专业经济协会41个、行业性社会团体21个、学术性社会团体3个、联合性社会团体8个、其他6个，社(会)员总数8150人。同时，积极探索城乡社区社会组织培育发展模式，先后登记备案城乡社区社会组织1360个。彭阳县果品科技协会等7个专业经济协会被评为全区示范性专业经济协会，彭阳县红河乡辣椒种植技术协会党支部被评为全区社会组织党建示范点。

2010年，在全区率先成立了县社会组织党工委，采取单独组建、联合组建、挂靠组建、委派组建、组建功能型党小组等五种形式推进社会组织党组织创建工作，共建立社会组织党组织44个，实现全县社会组织党组织应建尽建全覆盖。这一模式被自治区社会组织工委在全区推广。在新形势下，各类社会组织健全机制，完善制度，规范运行，为维护社会稳定，促进县域经济又好又快发展发挥积极作用。

国务院总理温家宝强调，农村办事要广泛听取农民意见，要由农民做主。村里的事务要坚持由村民做主，依靠村民自治搞好农村社会管理，这是唯一正确的道路。从1995年，开始完善村组管理制度，加强对村委会干部的培训工作，大力开展村民自治示范和村务公开活动。从1996年开始，圆满完成了历届的村委会和居委会的换届选举工作。2004年，彭阳县开展以村务公开、民主管理为主要内容的村民自治模范县创建活动。通过创建，被自治区政府命名为“全区村民自治模范县”，12个乡镇被固原市政府命名为“村民自治模范乡(镇)”，156个村被县政府命名为“村民自治模范村”。

2008年9月，将在村任职的年龄在18周岁以上，男年龄未满60周岁、女年龄未满55周岁的村干部全部纳入基本养老保险，极大地调动了村干部干事创业的积极性。2011年，建立健全了村级民主理财小组，积极推行“五牙子章”民主理财制度，不断提高为民服务水平。

老龄工作开展至今已有十多年了。2003年，对全县60岁以上老年人和

贫困老年人进行了一次全面调查摸底，并分类建立了档案。调查结束后，县民政部门及时安排65岁以上无法定赡养人的孤寡老人24名入院集中供养，对48名无生活来源的贫困老年人进行了最低生活保障，对380名生活困难的贫困老年人进行了救助。

2007年，按照"一人一卡、一村一册、一乡一盒"的模式，对全县21799名60岁以上老年人重新建立了档案。并积极组织中小学生和助老单位开展各种形式的为老服务活动，为任河、周沟、刘河等村配齐了象棋等活动器材。重阳节前夕，为全县49名90岁以上农村老年人每人发放慰问金200元。彭阳县被民政部评为"全国老龄工作先进县"。2008年，开展了《家庭养老协议书》签订及老年人生活状况调查和80岁以上老年人普查登记工作。将80岁以上城乡生活困难老年人全部纳入城乡最低生活保障范围为5368名农村生活困难老年人解决了生产生活难题。同时，积极开展敬老模范村（社区）创建和孝亲敬老楷模、孝亲敬老之星评选活动，全县有2个乡镇（部门单位）、7个村（居）委会和8名个人被固原市老龄委评为老龄工作先进单位、敬老模范村（社区）和老龄工作先进个人、孝亲敬老楷模及孝亲敬老之星。县民政局和老龄工作委员会办公室分别被自治区民政厅和自治区老龄工作委员会办公室评为先进单位。

还有行政区划、地名管理、社区建设等等社会事务工作。

社会事务工作的内涵太丰富，随着社会分工和政治、经济、文化事业的发展，它的内涵将会更加丰富，这必将使民政工作面临新的挑战和压力。

而彭阳县民政局的各项社会事务工作都取得了巨大成绩，并且很多工作走在市区的前列。人少事多，如何统筹兼顾？

"打仗可以以少胜多，工作也可以。我们的民政干部，就是要老将出马——一个顶俩！"这是以敢打硬仗著称的虎地局长最鼓舞士气的一句话。

如果你是一滴水，你是否滋润了一寸土地？如果你是一线阳光，你是否照亮了一角黑暗？如果你是一颗粮食，你是否哺育了有用的生命？如果你是一颗最小的螺丝钉，你是否永远守在你生活的岗位上？

彭阳民政人为社会事务工作的每一次付出，就是一滴水的滋润，就是一线阳光的温暖，就是一颗粮食的哺育，就是一颗最小的螺丝钉的坚守！他们爱岗敬业，恪尽职守，任劳任怨，像一只可爱的春蚕，吐丝不止，为社会的稳定、健康、和谐发展绘就了一道道靓丽规范的“斑马线”！

结束语

采访结束，再看民政大楼楼顶中央的中国民政标志，顿觉无比生动和亲切：

圆形的轮廓，正面由双手、人像（“民政”汉语拼音第一个大写字母 M 和代表太阳的圆点）、太阳和光线组成。双手象征民政部门“俯首甘为孺子牛”的奉献精神；人像象征广大人民群众；太阳象征光明和温暖；太阳两侧的 12 道短线，既象征太阳的光芒，又代表一年 12 个月份。总的意思是，民政部门时刻为人民奉献，代表党和政府给人民群众送温暖。一句话，民政标志反映民政工作全心全意为人民服务的宗旨。

青春抒写岁月，奉献绘就画卷。彭阳县民政工作人员用自己的行动生动地阐释了这种孺子牛的奉献精神，代表党和政府把太阳般的温暖送给每一个需要的人。现任局长虎地常常告诫职工们说：“‘意莫高于爱民，行莫厚于乐民’。作为一名民政工作者，要身怀爱民之心，恪守为民之责。要身体力行地践行‘上为政府分忧，下为百姓解愁’的民政工作职责，切切实实地帮助群众解决生产生活中的实际困难。群众利益无小事，只有把这一件件‘小事’做好、做实，民政人才可以释怀。”

新年伊始，现任书记李忠仓在 2012 年工作安排会上郑重强调，全体民政工作者要继续牢固树立“以民为本，为民解困，为民服务”的宗旨，要把人民群众的利益作为第一诉求，把人民群众的呼声作为第一信号，把人民群众的满意作为第一标准……

正是这种责任心和使命感，彭阳民政局近年来以加强和创新社会管理为依托，积极打造“阳光民政”“亲情民政”“和谐民政”“党建民政”四个品牌，

切实转变工作作风，提高办事效率，深化为民服务，促使各项工作走在全市，乃至全区的前列。

“人的生命是有限的，可是，为人民服务是无限的，我要把有限的生命，投入到无限的为人民服务之中去。”雷锋的这句话，成为新时期民政人的信仰和追求。

信仰是心灵的绿洲，是每天都要升起的太阳，是永恒的光芒和温暖。它涵养着生命的水源，孕育着生命的希望！

我依稀看到：在一片片崭新的黎明曙光里，化茧而出的蝶，在历经挣扎和努力后，扇动着小小的美丽的翼翅，继续把太阳的光明和温暖传递！

（原载《彭阳文学》2012 年第 1 期）

见 证

——彭阳县林业发展纪实

刘天文

遮不住的青山隐隐，看不尽的碧波绿浪。彭阳的山川秀色是一部广博的书，是这片土地上的干部群众用近30年的心血和汗水书写的生态巨著。所有山河岁月，一同见证。

——题记

群岭叠翠，绿树成荫。一群鸟儿在蓝空下自由翻飞，它们清彻的眸子里，辉映着怎样的一番碧波绿浪？

青山含黛，琼林玉树。三五行人，款款而行。置身泼墨山水画一样的彭阳山川大地，旖旎心底的，又是怎样的诗情画意？

勃勃绿色篇章，宏宏生态画卷！

曾经，这里是千沟万壑、风沙满天的穷山恶水；是十年九旱、荒芜凋敝的穷乡僻壤。“山是和尚头，有沟没水流，十年九年旱，地无三尺平”，因生态环境的恶劣，曾被联合国冠名为“最不适合人类居住”的地区。

追本溯源，是哪位设计大师要为这荒岭秃山量体裁衣？

朝丝暮雪，是哪位丹青妙手在这大山鸿沟上点绿染翠？

时过境迁，谁亲历并见证了这浓墨重彩的杰作和奇迹？

有一种眼光，能够洞穿厚厚的岁月。如果这是一个地方决策者的眼光，那是这个地方人民永远的福祉。彭阳县委、县政府的历届领导高瞻远瞩，从“生态立县”的宏伟蓝图上，最早见证了林业的一步步崛起。

穷则思变。20世纪80年代中期，彭阳县委、县政府在分析研究长期以来“种田不得甜”的原因时认识到，干旱多灾是制约彭阳发展的主要因素，面对恶劣的自然环境，从可持续发展的长远战略出发，以提高生态、经济和社会效益为目标，提出了“山区贫困的根子在山，潜力在山，希望在林”的口号，确立了“生态立县，科教兴县，特色富县，工业强县，依法治县”二十字建县方针，把“生态立县”置于首位。

1992年，县委确立了以发展“果、烟、牧”三大支柱产业为主要内容的全县经济建设“百字方针”，把经济林放到三大支柱产业之首。

“九五”期间，县委、县政府紧紧抓住宁南山区“两杏一果”扶贫开发工程、山区综合开发项目等重点林业工程的实施机遇，及时制定了“1335”工程和“345”目标，把农民人均5亩经济林作为全县经济发展的主要奋斗目标。

进入新世纪以来，县委、县政府抓住西部大开发战略和国家退耕还林（草）工程实施的历史机遇，在充分论证分析的基础上，提出了“10年初见成效、20年大见成效、30年实现彭阳山川秀美”的宏伟目标，把生态建设提升到一个新的更高的层次。

2006年，县委、县政府又提出了建设“生态型新农村”，并全面启动实施了生态建设“813”（利用3~5年时间，在全县创建8个生态乡（镇）、100个生态村、30000个生态户）提升工程，力争将彭阳建设成为“生态经济强县、生态文化大县、生态人居名县”。

2009年，又提出了建设以“大花园、大果园”为蓝图的生态家园、致富田园、和谐乐园的宏伟构想，决心把生态建设成果转化为经济优势，走出一条符合县情、特色鲜明的“富民强县”科学发展之路。

“十二五”（2011~2015）时期，彭阳县林业发展要紧紧围绕大六盘生态经济圈建设，结合生态移民，大力发展木本粮油和特色经济林产业、林下经济产业、森林旅游产业、花卉苗木产业和退耕还林工程五大富民产业，着力提升林业传统产业，积极培育林业战略性新兴产业，力争“十二五”末新增林地面积 81 万亩，林地保存面积达到 276.5 万亩，森林覆盖率达到 30%，经济林总产量达到 35 万吨，林业总产值突破 50000 万元。

2011 年 10 月，在县第七次党代会上，县委、县政府又提出了“五个彭阳”建设，其中“生态彭阳”居于首位。强调要以创建“全国生态文明示范县”为目标，扎实开展生态环境保护工作。

没有规矩，不成方圆。这些思路和目标的提出，不仅从方向上确立了生态建设在县域经济发展中的主导地位，而且找到了生态建设与经济社会发展的最佳结合点。

近 30 年来，彭阳历届县委、县政府始终坚持“生态立县”方针不动摇，坚持“人接班、事接茬，一张蓝图干到底”的精神，摸索出一整套治山治水、治穷致富、建设生态的成功模式，生态环境步入良性循环的道路，林业对生态、经济、社会发展的贡献率越来越高。

毋庸置疑，“生态立县”方针的决策者和坚守者是最早的见证者，他们过去的眼光触摸到今天的风景；他们今天的眼光看到了明天的希望！

近三十年的时光里，彭阳县的干部群众，用一把永不锈蚀的铁锹，以愚公移山般的毅力和自信，用至诚的生命光华和勤劳的汗水在彭阳大地上抒写了“彭阳精神”。他们是大山的播绿者，是奇迹的缔造者和见证者。

待从头，收拾旧山河。这是怎样的一种气魄和毅力？

独木不成林，一花不是春。举全民之力，植树造林，改变落后面貌是彭阳县林业建设上的一大突出特点。

历届领导班子团结一心，一任接一任，上下一盘棋，领导干部身先士卒，率先垂范。球鞋、铁锹、遮阳帽，是各部门单位办公室里的三件“宝贝”：春秋两季干部们就可以戴上帽子，换上球鞋，拿起铁锹到田间地头、荒山野岭上种树播绿。基层干部常年工作在生产第一线，同老百姓在工地上同吃同住，没有补贴和补助，没有公务车，全靠自己买的摩托车奔波于沟壑纵横的山间地头。正是有这么一支可亲可敬、不计得失、甘于奉献、勇于带头的干部队伍，才有彭阳林业的一步步崛起。

雨天一身泥，晴天一身土。林业建设的奇迹，更是25万回汉群众汗水的结晶。每年造林的季节，农民背上干粮，麻乎乎上山，热乎乎一天，黑乎乎回家，一干就是十天半月的。他们生活在自然条件恶劣的大山深处，但不惧苦难，不畏艰辛，顽强地用一把永不生锈的铁锹，改变并主宰自身的命运。

我们不能忘记这样一批播绿者：倾尽全部心血培育浇灌10万亩针叶林的吴志胜；身残志坚、孤身一人使和沟村200亩荒山沟道染绿的李志远；营建果园160多亩，创建“杨万珍模式”的生态大户杨万珍；在南部山区大规模栽植旱地果园并取得成功经验、“余沟大黄梨”的培育者王占国；带领100多名农民技术员组成的专业造林队伍，足迹遍及彭阳梁梁峁峁、沟沟岔岔的造林英雄杨凤鹏……

他们总共获得了“全国绿化祖国突击手”“全国自强模范”“全国绿化奖章”“绿化长城奖”“感动宁夏2005年度人物”“全国劳模”“全国优秀工作者”等称号、奖项和荣誉近百次。他们是“彭阳精神”最生动的注脚，是榜样的“常青树”，是感召我们不断前进的有力臂膀！

在彭阳人民投身于“生态立县”，一任接着一任干，一代接着一代干，一张蓝图绘到底的改山治水、治穷致富的伟大实践中孕育并形成了“勇于探索，团结务实，锲而不舍，艰苦创业”的“彭阳精神”和“领导苦抓，部门苦帮，群众苦干”的“三苦”作风。这种海纳百川的力量，使彭阳的林业建设源溯泉涌，本固木长。这种热火朝天的干劲、埋头苦干的韧劲和战天斗地的毅力，正是“彭阳精神”的集中体现和真实写照。

1997年5月21日，全区林业现场会在彭阳召开，周生贤副主席在讲话中首次提出要发扬彭阳精神。同年6月，在自治区七届七次全会上，区党委、政府明确提出山区八县要学习“彭阳精神”，推广“彭阳经验”。

“彭阳精神”是彭阳人民丰富的“精神生态”。可以说，彭阳林业的发展，就是这种精神开出的花朵，结出的硕果。勤劳智慧的彭阳人民亲手缔造并见证了彭阳林业的发展和崛起！

山川为证，大地为证。彭阳的林业建设是一项了不起的成就，是镌刻在彭阳大地上的一篇永不褪色的政绩。

骐骥一跃，不能十步；驽马十驾，功在不舍。彭阳的林业建设历经近30年的发展取得了举世瞩目的成就：曾经的荒山秃岭如今莽莽苍苍，被蓊蓊郁郁的树木覆盖，这就像给群山穿上了一件件厚厚的绿衣服；曾经的千沟万壑也是绿意融融，被葳蕤茂盛的灌木丛填充，就像给悬崖峭壁镀上了黄釉绿彩。

截至2011年底，全县森林资源保存面积197.6万亩，其中退耕还林75.6万亩，森林覆盖率由建县初的3%提高到24.8%，累计治理小流域103条，控制水土流失面积1779平方公里，治理程度由建县初的11.1%提高到76.3%，基本实现了“山变绿，水变清，地变平，人变富”的目标。

天地有大美而不言。我们一一见证之。

风景这里独秀：小流域治理

走在彭阳每一条流域的崎岖小径上，爬上流域的每一座山头，赫然出现在视野的是：一层层盘山环绕的林带和梯田，密密麻麻的鱼鳞坑，漫山遍野的山桃、山杏，如诗如画，赏心悦目，就像置身于一座座风光优美的森林公园。

彭阳把每条小流域既作为一个完整的水土治理单元，又作为一个经济开发单元，实行统一规划，综合治理。按照“山顶沙棘、柠条、山桃戴帽，山坡地埂两杏缠腰，庭院四旁广种核桃、花椒，河谷川台规模发展苹果、梨、桃，杨、柳、椿、槐下滩进沟上路道，土石质山区封造结合、针阔混交”的林草布局模式，大规模植树造林。

彭阳的流域治理是摸着石头过河，坚持边建设、边探索，及时总结经验，并通过观摩交流，在全县推广，辐射带动其他流域治理。从1970年代的白岔小流域样板到1980年代的梁壕等小流域治理典型，1990年代的阳洼、姚岔、寨子湾、麻喇湾小流域治理模型，一直到2000年以来的大沟湾、小虎洼和近两年的南山等小流域治理模式，都分别代表不同时期的治理技术。通过综合治理，基本做到了规划一次到位，质量一次达标，流失一次控制，实现了生态、经济和社会效益相统一。累计治理的100多条流域，成为彭阳林业发展史上浓墨重彩的一笔。

现在，以这些流域为支柱的生态绿色旅游业也逐步发展起来，有不少游客慕名而来。2009年4月8日上午，第五届六盘山山花旅游节暨"生态旅游年"启动仪式在彭阳县白岔流域举行，满山争奇斗艳的桃花和杏花吸引了不少游客前来观赏。一曲《我爱彭阳杏花美》，使彭阳的林业建设成果享誉九州大地。

2011年10月，彭阳县县委书记张国彦在调研流域治理新模式时指出，要按照"以重点支流为骨架，以小流域为单元"的治理思路，因地制宜，科学规划，争取项目支持，不断拓展流域综合治理的规模，在有条件的治理区应将流域治理与发展农家乐旅游开发有机结合，把项目区建成为集旅游观光、生态建设、科普宣传、试验示范的综合性生态科技示范区，达到"治理一方水土，发展一方经济，造福一方群众"的目的。

流域治理，内涵丰富，任重道远。彭阳，正在路上。

生态与经济双赢的选择：经果林

发展林业除了除了涵养水源、调节气候、美化环境等生态效益外，能不能给老百姓带来更大的经济实惠？

发展是硬道理。随着国家产业政策的调整和林业建设的不断深入，彭阳的林业后续产业也在艰难的探索中起步并快速发展。

以扶贫开发、兴山富民为目的的“两杏一果”扶贫开发工程于1996开工建设，吹响了彭阳经果林建设的号角。提出了在山坡地埂种“两杏”，庭院四旁种核桃、花椒，河谷川台规模发展苹果、梨、桃的布局结构，特别是“两杏”产业培育，按照北部山杏、中部仁用杏、南部鲜食加工杏、城郊发展设施栽培来布局。这些思路的提出和实施，促使彭阳县生态经济型林业建设迈上了发展的快车道。

2007年，彭阳县提出了“一个中心三个经果林带”（以育苗中心带动红、茹河流域和长城塬三个经果林带）的发展格局。在制定《关于加快推进生态经济社会科学发展若干问题的决定》中提出了牢固树立“经营生态”的理念，力争用3~5年时间新发展经济林50万亩，其中集中连片发展经济林20万亩，发展庭院经济10万亩，改造提升低产山杏20万亩。到2015年，全县农民人均经济林面积达到2亩以上，林果业提供农民人均纯收入1500元以上。

近年来，彭阳县林业局采取以流域经果林为支撑，庭院经果林为补充，设施经果林为引领，累计投资4000多万元，对低产山杏进行嫁接改良、培育了以优质杏为主的特色林果示范基地和园区。建成了长城塬、阳洼、麦子塬、白岔、新洼和安家川等流域以优质杏、核桃、花椒等为主的特色经果林示范基地10万亩，并把麦子塬流域建成节水高效林果示范基地。在杨坪发展千亩设施园艺林果示范基地和大伙设施林果园区，共建果树日光温室385栋，育苗棚45栋。在全县12个乡镇重点退耕流域实施低产山杏嫁接改良项目，嫁接改良面积8万亩。在石头崾岘建成育苗基地54亩和核桃、仁用杏采穗圃300亩。带动全县设施林果业发展上规模、上水平，初步形成了具有地方特色的林果产业发展格局。

科技是第一生产力。林果产业的发展需要科技的支撑。彭阳林业局培养组建了果树修剪、山杏嫁接改良、病虫害防治科技服务队伍，对经济林示范基地、园区进行中耕抚育，并通过采取疏枝、修剪、摘心、病虫害防治等措施进行技术管理。同时，加大对农民的林业科技培训，结合“百万农民培训”

工程、科技下乡等活动,有效提高了农民的管护水平。

酿得百花成蜜后,虽是艰辛苦亦甜。截至2011年底,全县以杏为主的经济林面积48.4万亩,其中山杏40.2万亩,鲜食加工杏3.7万亩,仁用杏2.3万亩,核桃1.5万亩,花椒0.5万亩,其他0.2万亩。挂果面积25万亩,正常年份可产干鲜果1.46亿公斤(其中干果7.2万公斤),年产值达7900万元,年提供农民人均纯收入336元。开发生产的精杏脯、五香杏仁等产品,远销日本、澳大利亚等国家,并赢得客户的好评。

彭阳县先后被国家林业局授予"全国经济林建设先进县"荣誉称号,被国家经济林协会、国家林业局命名为"全国名特优经济林仁用杏之乡"。

昔日挡沙子,今日产金子。林果业正在成为新农村建设的新的经济增长点,提升了生态建设成果,加快了产业结构优化升级,实现生态建设产业化、产业发展生态化,达到人与自然和谐共生。

中国的生态长城:退耕还林工程

自2000年被自治区确定为退耕还林试点示范县以来,紧紧围绕"生态立县"这一目标,以建设绿色彭阳为主题,认真贯彻国家"退耕还林,封山绿化、以粮代赈,个体承包"十六字方针,按照"严管林,慎用钱,质为先"的要求,科学规划,周密部署,精心实施,依法治林,圆满完成了工程建设任务。

据估算,彭阳"88542"工程整地带的长度可以绕地球三圈,被香港友人形象地称为"中国生态长城"!

2003年3月12日,彭阳县正式颁布实施《彭阳县退耕还林草办法》,并从5月1日起,在全县范围内实行封山禁牧,发展舍饲养殖。为实现全县林业"十一五"发展规划和彭阳县全国生态示范区建设确定的既定目标,县委还做出关于加快全县沟道治理建设的决定。

2004年,国家对退耕还林工程进行了结构性、适应性调整。彭阳县退耕还林工程工作思路进行了大动作调整,一是以退耕建设为主调整到抓管理求质量要效益上来，二是以生态建设为主调整到与后续产业培育同步协调发展上来，三是以退耕还林和荒山造林为主调整到沟道治理上来。

实践出真知。彭阳县从实践摸索出“山顶沙棘、山桃株间混交，隔坡地埂苜蓿、柠条，山坡桃杏缠腰，土石质山区针阔混交”的乔、灌、草立体复合配置模式和“88542”隔坡反坡水平沟、大鱼鳞整地标准及方式，还积极推广截杆深截、地膜覆盖、生根粉、保水剂等抗旱造林技术，提高了退耕还林工程建设质量，形成了北部水保饲料林、中部桃杏生态经济林、东南部优质干果林、西南部水源涵养林的区域格局。“88542”是一项近乎苛刻的旱作林业整地技术，即在每个山头先挖宽、深 80 厘米的槽，挖出土方筑成高 50 厘米、顶宽 40 厘米的田埂，再用熟土回填种树，田面宽保持 2 米。如此在荒山上构造土坡，工程量巨大，但能截留雨水，提高苗木成活比率和生长量。据彭阳林业局统计，如将这一工程连接，长度可绕行地球三圈还多。

这分明是一场绿化山河的马拉松长跑。

汇滴成海，聚沙成丘。截至 2011 年底，全县累计完成工程任务 150.7 万亩，其中，退耕地还林 75.6 万亩，荒山荒地造林 70.3 万亩，封山育林 4.8 万亩。2005 年，彭阳县被确定为宁南山区退耕还林工程后续产业培育开发示范县。2007 年，国家林业局特授予彭阳县“全国退耕还林先进县”荣誉称号。同年，自治区命名彭阳县为“宁夏生态建设模范县”荣誉称号。

十年树木，百年树人。退耕还林的生态效益、经济效益和社会效益均已显现。一道道盘山卧岭的“长城”，保卫着我们的家园，保卫着我们的衣食，保卫着我们生存的精神尊严！

巨型空气加湿器：水源涵养林

“木欣欣以向荣，泉涓涓而细流”。这是彭阳水源涵养林挂马沟林场的生动写照。相传，曾有一位异人骑马进沟，被荆棘挂住，未能入内。挂马沟之名，由此而得。这里群山连绵，沟壑纵横，古木参天，松柏葱茏，郁郁苍苍，满目

翠绿，犹如碧海。真乃“一山参差树，缚马灌木群。极目蓊郁海，涉足荆棘丛”！

挂马沟林场于1984年成立，把人工林建设提上了议事日程。1986至1998年一期工程进行六盘山外围针叶林基地建设，采取封育结合的办法，营造人工针叶林10.7万亩。1998~2000年二期工程采取针、阔、灌木混交的方式造林，共完成工程造林6.85万亩，林地总面积达到17.95万亩。2001年，立项启动了挂马沟三期工程造林建设，共投资1040万元，用5年时间（2001~2005年），完成工程造林8万亩。经过水源涵养林一、二、三期工程建设，挂马沟林场的森林保存面积达到21.4万亩，林区天然林仅1.4万亩，森林覆盖率达到40.2%。

荒山变绿岛，沙床变水泽；兔走鹿奔，鸟语花香。挂马沟林场已成为附近市县居民休闲观光的好去处。挂马沟水源涵养林建设对调节气候、湿润空气、涵养水源的作用日趋凸现，在改善我县生态环境和农牧业生产条件方面发挥了重要作用。它就像一个面积达25.2万亩的巨型空气加湿器，源源不断地滋养着红河、茹河，呵护着彭阳的山清水秀和人民安康。

彭阳的林业建设成绩骄人，成为全市、全区甚至全国的一颗耀眼的生态明珠，为建设祖国西部生态屏障做出了贡献。这项功在当代、利在千秋的大业在“生态立县”方针政策的指引下，将再造山河，再立新功！

三分造七分管。彭阳县林业局坚持“造管并重，封造结合”的管护政策，有效巩固了林业建设成果。一个个面目黧黑的森林执法者和普通护林员们，栉风沐雨，以山为家，见证了棵棵幼苗的一圈圈年轮，见证了片片山林的艰辛孕育和成长。

严格执法，严厉打击偷牧、盗伐、滥发等违法行为。1988年，彭阳县组建森林公安组织，成立挂马沟林场派出所，负责林区的毁林案件和治安工作。1992年，改名为彭阳县林业公安派出所。2005年，又更名为彭阳县公安局森林派出所。1988~2009年，全县共发生各类毁坏森林案件326起，查处304起，查处率为92.65%。特别是1994年以来，共开展“猎鹰行动”“候鸟行动”

"绿剑行动""绿盾行动"等专项严打整治行动20多次，打掉盗伐、滥发林木及猎捕、贩卖野生动物团伙15个，处理各类违法行为人160余人。

森林防火工作常抓不懈。1989年，成立森林防火机构，组建了扑火队，坚持把森林防火工作始终摆在保证"生态安全"的重要位置，认真贯彻落实"预防为主，积极消灭"的森林防火方针，按照"谁管辖，谁负责"和"谁管理，谁负责"的原则，逐级签订目标管理责任书，形成"横向到边、纵向到底"的管理网络，实现重点时段、重点地段"山有人看，林有人护，火有人管，责有人担"。牢固树立"防管结合，预防为主，管火先管人"的思想，建立健全县、乡、村三级联动机制，有效保障全县森林资源安全。1994年，对全县森林防火区域划分为重点防火区和一般防火区，并规定了防火周期和重点防火时段。

加强林业有害生物防控。1999年，彭阳被国家林业局确定为国家级中心测报点。2000年，县林业局内设森防站。2005年，成立彭阳县林木检疫站，强化林业有害生物防治项目管理，落实防治目标管理责任制度，继续坚持"预防为主，科学防控，依法治理，促进健康"的方针，切实加强林区鼢鼠、野兔、沙棘木蠹蛾和杏子食心虫等的防治，对长城塬、阳洼、新洼、友联、高建堡等优质杏子示范基地和园区进行了全面的病虫害防治，加大防治措施，提高防治效果，建立有效的长效防治机制。完善基层监测网络，扩大有害生物监测覆盖面，继续在重点防治区设立有害生物测报点，安排专人定期观测记录，确保早发现、早预报、早防治。深化检疫执法专项行动，全面做好检疫登记工作。加强苗木产地检疫，严防有害生物入侵和人为扩散，推动森林资源健康发展。

封育管护有备无患。2000年，境内始搞封山育林作业设计。采取全封和围封方式，禁止一切采伐、砍柴、放牧、割草等不利于林木生长繁育的人为活动，并根据封禁范围大小和人、畜危害程度，配备了专职或兼职的护林员进行巡护。2000~2009年，总投资626万元，共封育1.3万公顷。

居安思危，有备无患。一株绿色在有效的管护中有了可喜的高度；一片

绿海在有效的监测中有了惊人的广度。

国家领导人不断莅临彭阳视察林业建设,他们见证了彭阳生态建设的成果,见证了彭阳林业的崛起,见证了彭阳干部群众为生态建设而做出的不懈努力。

天不言自高，地不语自厚。彭阳人改天换地的壮举和成就赢得了社会各界的认可和尊重。党和国家领导人、国家各部委领导专家多次来彭阳视察、调研生态建设,均给予充分肯定和高度评价。

2003 年 9 月 5 日,中共中央政治局委员、国务院副总理回良玉视察了大沟湾流域后说:“看了大沟湾点,就看到了退耕还林的希望。”

2004 年 5 月,全国人大常委会副委员长盛华仁到彭阳,实地视察了大沟湾流域的治理后，对我县以小流域为单元的治理模式给予了高度的评价,要求在黄土高原类型区大力推广。2005 年 3 月,在全国人大十届三次会议上将《关于在全国黄土高原类型区推广“彭阳经验”的建议》列为全国人大常委会重点办理的建议(1798 号建议)之一,在黄土高原类型区大力推广。随后,5~6 月,水利部、农业部、全国人大常委会办公厅联络局等相关人员两次赴彭阳,先后到阳洼流域、大沟湾流域等进行了现场调研,梳理“彭阳经验”。2007 年 9 月、2010 年 9 月,盛华仁副委员长又先后两次到彭阳县视察,为彭阳的发展指明了方向,更加坚定了我们加快生态型林业向生态经济型林业建设的信心和决心。

层层梯田碧绿,朵朵杏花粉红。2007 年 4 月 12 日,胡锦涛总书记在视察了阳洼流域后十分欣慰地说:“退耕还林的综合效益已经显现了，我的心里有底了。彭阳虽小,但生态环境治理保护成效明显。实践证明,治理和不治理确实不一样。像这样扎实的工作成效和明显的效果，国家投点钱是十分值得的。”

2008 年 8 月 16 日,中共中央政治局常委、国务院总理温家宝视察大沟湾小流域综合治理时说:“生态治理要有‘一张蓝图绘到底’的决心,又要不断丰富新的内容。要实行山水草、林田路综合治理,一代接一代干下去,改变生态环境,最终让农民致富。”18 日,人民日报、光明日报、经济日报、中央人民广播电台等 30 多家中央媒体记者在彭阳县采访生态建设和小流域综合治理情况,一位记者赞叹道:“真是没有想到,地处干旱带、十年九旱的黄土高原上的彭阳县竟然靠人工的力量使荒山披上绿装,实现了山变绿、地变平,水不下山,泥不出沟的目标。”

这一双双关注的目光,是肯定,是赞誉,是鼓舞,是鞭策,是引领我们继续前行的力量!

我们共同见证:彭阳,成为绿色的翡翠;绿色,成为彭阳的名片!

时值初夏,彭阳的繁华正诉说着一个个抽枝拔节的美丽。

走在彭阳大街上,婆娑如盖的槐树给你撑起一把遮阳的大伞;徜徉在治理流域的山林里,凉风习习,枝叶摩挲,鸟鸣啾啾,幽深恬静;到庄户农舍边,是“绿树村边绕,青山郭外斜”,是“一水护田将绿绕,两山排闼送青来”……

人道敏政,地道敏树。

绿色,是生命的颜色。植一棵树,就给大山抹去一寸荒芜和贫瘠;种一片树,就给心灵增添一抹绿意和希望。

绿色,在彭阳大地委婉成一行行妩媚的诗句,绘成一张张泛青溢翠的画卷,站成一尊尊永恒矗立的丰碑!

像一株树那样沉静,像大山一样朴实,默默无闻的彭阳人用锄头、用铁锹、用不变的赤诚继续描绘着自己心中的梦想。在他们心灵深处,有一棵树永远常青。那是他们的信仰,是他们神往的天堂!

我们共同见证——

彭阳,成为绿色的翡翠;

绿色,成为彭阳的名片!

(原载《彭阳文学》2012 年第 4 期)

点点滴滴系民生　一枝一叶总关情

——彭阳县生态移民工作纪实

徐　洁

至今在河北、河南、山东、东北、陕西、甘肃、宁夏等地区仍流传着一句民谣:“问我祖先在何处，山西洪洞大槐树。祖先故居叫什么？大槐树下老鸹窝。”这首民谣数百年来在我国许多地区广为流传,唱出了数百年前移民的无奈与心酸。

根据《明史》《明实录》等史书记载,自洪武六年(1373年)到永乐十五年(1417年)近50年内,先后共计从山西移民18次,其中洪武年间10次,永乐年间8次。这些移民迁往今北京、河北、河南、山东、安徽、江苏、湖北、陕西、甘肃、宁夏等10余省,500多个县市。

在中国北方地区,大量的民间家谱、碑文资料有详细记载,在地方志如《温县志》《宝丰县志》《宁阳县志》《丹凤县志》《商南县志》《山阳县志》等都明确记载了在山西洪洞大槐树下集中移民的事情。

能够代代相传的东西,一定有着不同凡响的特质与魅力,比如一些博大精深、约定俗成的俗语,一些含义丰富、概括力强的话语,凝练,含蓄,通俗,简洁,脍炙人口,经久传播。水往低处流,人往高处走,是说谁都渴盼自个儿的日子安逸、实在。树挪死,人挪活,又说明人适应环境的能力比树强,从一个生来就熟悉的热土迁出,到一个完全陌生的环境里,逐步适应,逐步站稳脚跟,慢慢繁衍生息,发展壮大。历史上无数次的民族迁徙,除了政策原因与政府强制外，由于天灾或战乱，大多数的移民，都是为了生存与发展的需要，为了养家糊口，苟延喘息活下去，为了家族的繁衍生息与香火绵延不绝，为了能够生活得像个人样儿，过得稍稍滋润些。

自古移民多艰辛、生计无着落，而今生态移民虽有乡愁，却无哀愁。党心民心，心心相连，生态移民生活稳定，安居乐业，共吟党群政群干群深情一首歌。

——题记

移民感言

我活了大半辈子，没想到还能住上两室一厅的砖瓦房，用上太阳能热水器。

——彭阳县王洼镇崖堡村移民王正刚

新家好得很。安顿下来后，我就思谋着好好学技术，先把温棚里的菜侍弄好。现在，很多移民和我一样变成了城里人，祖辈多年的梦想在这里实现了。

——彭阳县王洼镇尚台村移民薛志刚

搬迁时，我担心没水喝，还特地从老家带了一桶水过来，没想到刚搬进来就能用上自来水。

——彭阳县孟塬乡高岔村移民张芳儒

引　子

我家住在黄土高坡，大风从坡上刮过，不管是西北风还是东南风，都是我的歌，我的歌。我家住在黄土高坡，日头从坡上走过，照着我窑洞晒着我的胳膊，还有我的牛跟着我。

……

一曲《黄土高坡》既唱出了人们对家乡的无限眷恋，也道出了生活在恶劣自然条件下人们的无奈。“一方水土养不了一方人”仍是西海固的基本现

状，发展基础薄弱，生存条件艰苦，生态环境脆弱的状况没有根本改变。彭阳县作为宁夏南部山区贫困县之一，发展水平与与发达地区、川区各县(区)相比还有很大差距，特别是还有近 4 万群众仍居住在山大沟深、土地贫瘠、干旱少雨、交通闭塞、自然灾害频繁的“苦瘠”之地，这些群众受行路难、饮水难、就医难、上学难、通讯难等困难的困扰，多数群众生活处于贫困状态。

彭阳县位于宁夏东南部边缘，六盘山东麓。现辖三镇九乡，156 个行政村 4 个居民委员会，总人口 26.26 万人，其中，农业人口 23.5 万人，占 89.5%；回族 7.87 万人，占 30.0%。人口密度 103.9 人/平方公里。总土地面积为 2528.65 平方公里，其中耕地面积 100.3 万亩，海拔 1248~2418 米，年降水量 350~550 毫米，年平均气温 7.4~8.5℃，日照时数 2311.2 小时，无霜期 140~170 天，属典型的温带半干旱大陆性季风气候，自然灾害相对频繁，是一个以农业经济为主的山区县。

对黄土高坡上的彭阳人来说，生在这片土地，一切便由不得自己。这是一片最旱的“海”。干旱令庄稼无法播种，缺水让农民背井离乡。贫困就像一个阴影，笼罩在全县干群的心头，也深深牵动着县委、县政府领导的心。消除贫困，成为全县各级领导和干部、广大贫困农民最迫切的愿望和祈盼。

没有水。家家户户挖一口窖，夏盼暴雨，冬背积雪。十年九旱，人们不得不走十几里路，到几十米深的大沟去驮苦水。苦水连牲口都不肯喝，却可以养活一家人的命。

比水更苦的，是生存。春种秋不收，养多了牛羊养不活人。统计数据显示，这里耕作一年的收成，还不如退耕还林拿的补贴多。一孔破窑，前面土炕，中间锅台，旁边就拴着牲口……这样的景象在彭阳并不少见。

彭阳的“苦”让人揪心。人饮解困工程、“母亲水窖”……从政府到民间，援助从未停止，贫穷却仍像影子一样纠缠着彭阳。截至 2010 年底，这里仍有 4 万贫困人口生活在这不适宜人类生存的地方，极度贫困。

搬出大山才有希望。2011 年，宁夏全面启动生态移民工程，决定拿出上百亿资金，用 5 年时间，将西海固地区极度贫困的 23.2 万人从不适宜人类居住的地区搬出来，迁到近水、沿路、靠城，适宜生活和创业的地方。

为了紧紧抓住这一千载难逢的历史机遇和顺利完成这一宏大的移民工程，彭阳县坚持以科学发展观为指导，把“改善民生保稳定，生态移民求发展”作为全县工作的两大主题，在区市党委、政府的正确领导和有关部门的大力支持帮扶下，始终团结带领全县干部群众，发展生产促增收，攻坚克难搞建设，在移民工作上取得了很大突破，保持了社会稳定、和谐发展、有序移民的良好局面。

以民为先，雷厉风行。走出大山见天日，西海固人百年的梦想，今日终成真。

造“服”于民——群策群力抓搬迁，群众安居笑开颜

金窝银窝，不如自己的土窝。金洞银洞，不如自己的窑洞。

在山坡上劈一道坎下去，挖个土窑洞——孟塬乡高岔村 64 岁的村民张芳儒，已经记不清在这个“家”住了多少年。

窑洞不大，推门进去手右边就是炕，手左边有一个已脱落了漆皮的柜子上放着一台十几寸的电视机。张芳儒的老婆说，两年前，村里来了石油队，通上了电，不再用煤油灯了，电视也是那时候政府给的，这里的孩子想上学，最近都要走 5 公里的山路，最远要走 30 公里。

一个极端的例子是，在当地孩子中，能喝上一口“甜水水”，是最大的梦想，而所谓“甜水水”，只是山外没有盐碱苦涩的普通自来水。

人们忍不住感叹，孟塬到银川，几百公里就像时光隧道，一头是曾经，一头是现在；一头是大山，一头是平原。

尽全力，把好关，让苦了多少辈子的山里人住上砖瓦房，喝上自来水，过上好日子。这样的信念支撑着彭阳每一位从事移民工作的干部。

生态移民工程攻坚战打响后，彭阳县委、县政府高度重视，把实施生态移民工程确定为新一轮扶贫开发的重大任务，科学编制《彭阳县“十二五”生态移民规划》和《彭阳县实施生态移民方案》，将六盘山水源涵养林外缘区、地质灾害区、煤矿塌陷区、水库淹没区以及不适宜居住、不适宜发展且就地难以脱贫致富的偏远艰苦地区等“五个重点区域”纳入移民搬迁，确保将条件最艰苦、道路最难行、生活最贫困且最需要搬迁的群众尽快搬迁出来，挪出穷窝、拨掉穷根，实现异地置业就业创业致富。根据《宁夏“十二五”中南部地区生态移民规划》，“十二五”期间，确定对12个乡镇154个村8676户36333口人实施生态移民，占农村总人口的15.5%，其中，县外移民5444户22800人，占移民总数的63%；县内移民3232户13533人，占移民总数的37%。

为切实保证生态移民工程建设的有序推进，县、乡、村三级党政领导亲自挂帅，专门成立了生态移民工作领导小组和工作机构，为顺利实施生态移民工作提供了强有力的组织保障，形成了运转有力、信息畅通、指挥得力、团结协作、各负其责的移民工作领导指挥机构。全县各级党委、政府主要领导和分管领导亲临建设现场，决策、指导生态移民工作，召开专题会议，及时解决生态移民工程建设中出现的突出问题，发改委、移民办、财政、水利、国土、住建、教育、扶贫、交通、农牧、民政等各部门积极配合，在移民工作指挥部的统一领导下，步调一致、稳步推进、紧张有序地开展工作，切实做到了“一线管理，一线监督，一线协调，一线服务”。先后出台涉及生态移民的水资源利用、土地调整、住房建设、资金管理、产业发展、科技支撑、教育培训、社会保障、民政救助等方面的政策措施，全县上下形成合力，齐心协力为生态移民建设提供了有效保障。

生态移民既是一项政治工程、经济工程，也是一项社会工程和文化工程。确保移民“搬得出，稳得住，逐步致富奔小康”，走出一条产业支撑富民、生产生活及居住条件得到改善、移民收入稳定增长、生态环境不断恢复的生态移民新路子，是彭阳县委、县政府贯穿于生态移民攻坚全过程的终极目标。

始终坚持正确舆论导向，制订了移民搬迁宣传工作方案，层层召开会议，宣传移民政策，户户发放《致广大移民群众的一封信》，把党的政策、声音传播到千家万户。针对群众怕政策兑现不公、怕迁入地住房无保障、怕搬迁后生活无出路的问题，县乡各级党委、政府领导班子对症下药，逐村逐户逐人做教育转化工作，最大限度地消除移民群众的思想顾虑。坚持整组搬迁和集中连片相结合，将区域内移民统一安置到规划的安置区，做到移民搬迁和安置“两方便”。坚持超前谋划，统筹兼顾，做到责任主体、工作责任“两明确”，日常工作和阶段性工作“两促进，两不误”。坚持生态移民工作全县“一盘棋”，树立“大移民，大宣传”思想，做到“纵向到底，横向到边”，使生态移民工作家喻户晓、人人皆知。

强化调查摸底，多层次、多渠道收集民意，准确掌握乡情、村情、户情，多种形式深入宣传生态移民政策和生态移民的社会效益、环境效益，建立县乡村三级责任网络，层层分解落实工作任务，把移民住房政策、土地政策、惠农政策、户籍政策、社保政策、融资政策、教育政策、生态恢复政策、计生政策晒在阳光下，从根本上消除群众疑虑，坚定群众生态移民的决心。从确定移民搬迁对象、填报审核登记表、收缴住房自筹款、分配住房和土地、组织搬迁、办理迁转手续和后续工作等方面，为移民提供全程充满人情的服务，使移民们高高兴兴搬家，安安心心移民。

对于未知的银川生活，张芳儒不像他的儿孙一样兴奋。他有顾虑，人过六十，他怕离开自己熟悉的环境、熟悉的人。但他又不得不考虑到全家的现状：“搬过去我们没啥技术，靠啥谋生？又人生地不熟，与当地村民能不能和平相处？”

为了让搬迁移民能了解安置区的居住、生产、就业等情况，解除他们远离故土的担心和顾虑，2011 年 8 月 23~26 日，由彭阳县委宣传部、县广电局、信息中心、移民办组成摄制组一行在县委常委、宣传部部长李志坚的带领下到银川市西夏区、兴庆区、金凤区及县内草庙、新集、城阳、古城等乡镇考察彭阳县生态移民安置区建设情况，用镜头和文字，向家乡广大人民群众直观地介绍未来的新生活，并见证生态移民这一伟大的历史性工程，期盼家乡的移民过上更加美好幸福的生活。“新搬迁移民每户将分到由政府提供多半资金的54平方米房屋、户均1栋的温棚及人均1亩耕地。一个村1座卫生室，还有小学、幼儿园。2座泵站也将扩容，保证移民们能喝上甘甜的水。新的安置点靠城、沿路、近水，紧邻月牙湖乡特色小城镇，距203省道仅1公里，且毗邻黄河，生活、出行、农田灌溉十分便捷。2011年9月底，月牙湖乡万亩奶牛生态养殖园区建成，届时有20余家企业入驻，提供就业岗位600余个，并能带动该乡饲草产业发展，让移民搬来即能有活干。”

张芳儒很快就被打动了。当听到移民区紧邻203省道、距离黄河仅有500米时，原本思前想后的张芳儒，眼睛亮了，嘴微微张开，胡须抖动——这个地地道道的庄稼汉，太渴望水了，变得有些失态。他将成为首批搬迁的高岔村的147户人家中的一员。而月牙湖乡作为银川市唯一的移民安置区，将接受来自彭阳县的移民4000户16800人，其中2011年安置移民1016户4291人，涉及该县罗洼、古城、冯庄、孟塬、新集5个乡镇11个行政村的18个村民小组，这些人，都将被迁移到银川平原上富庶的土地里。据了解，在“十二五”规划的5年内，我区各级政府将筹资105亿元，建设274个移民区。这将是我区历史上规模最大、要求最高的移民搬迁工程。20世纪80年代以来，我区累计有60余万贫困人口在移民政策的引导下，走出大山，开始了新的生活。

跪别故土把美好的记忆留在心底。2011年4月26日，是彭阳县二次县外移民搬迁安置工作中有着里程碑意义的重要一天。也是首批孟塬乡高岔村147户移民群众正式搬迁的一天。早上6点，张芳儒老汉就领着儿子、孙子们来到祖坟旁，给祖辈上完最后一个坟，站起身，浑浊的双眼向远方的大山注视了一会儿，他又双腿跪下，对着埋葬了不知多少亲人的祖坟说:“再见了，先辈们！再见了，父亲母亲！再见了！我的兄弟姐妹们！”随后，他对着儿子、孙子们说：“孩子，记住！这里是生你们养你们的地方！将来我下场（去世）了，一定要送我回来！”

亲人不再难舍，故土不再难离。上午 9 点，宁夏军区、固原军分区、武警固原支队出动部队运输车 49 辆，指挥车 6 辆，组织近 120 名官兵，分六路开赴彭阳县孟塬乡 2 个行政村 5 个村民小组，帮助移民群众拉运家具、物资等，高岔村 147 户移民群众带着全县人民的祝福、带着对故土的恋恋不舍、带着对新生活的美好憧憬，即将启程前往银川市兴庆区月牙湖滨河家园。

在这次服务孟塬乡移民搬迁中，官兵们提前两天进驻迁出村组，克服山路颠簸、沙尘以及昼夜温差大等不良气候影响，充分发扬特别能吃苦、特别能忍耐、特别能奉献的人民军队优良传统，白天帮助移民装车，晚上打地铺在车上夜宿，吃干粮，喝矿泉水，严格遵守军队纪律和地方民族政策，坚持帮民不扰民，真正做到了“途中运输军事化，宿营就餐野战化，全程管理正规化”的要求，全方位展示了军队服务地方中心工作的良好形象，用实际行动感动温暖着移民群众的心，人民子弟兵用自己的实际行动诠释了“人民军队为人民”、军民鱼水情和军民团结和谐，共建美好新家园的优良作风。

移民们听到了幸福的脚步声。新家是一个很大的、错落有致的村庄。房子刚刚粉刷一新，防盗门，塑钢窗，门的旁边印有牌号，每一户都是客厅、卧室、厨房、卫生间分开设置，每排新房旁边都有宽敞的村道，门前栽有各种树木。村部还配置了图书室和电子阅览室，门口就是社区警务室。村民们在安置方工作人员的引导下，很快领到了新家的钥匙。

“没想到新家这么漂亮，但不知我两个孩子读书方不方便？”来自高岔村的一对夫妇刚到新家，立即被新家的漂亮吸引住了，不过他们也担心两个孩子读书的事情。此时，随移民群众同去的县移民办工作人员连忙解释说，出来就能看见，那幢红色的楼房就是小学，两夫妇一下子笑了起来。有学校、治安室、卫生所、图书室……这分明就是一个城里人生活的环境，什么样的疑问都会有人回答，什么样的困难都会有人帮助，移居来的村民们就这样被幸福包围着。

挥手别故土，再踏新征程。今天的结束是明天美好的开始，生态移民们放下的是故土难离的情结，带着对新生活的向往和追求，开始为生命谱写新的乐章。我们坚信，彭阳人民一定会在新的家园里过上幸福美满的生活，会创造出更加辉煌灿烂的业绩。

彭阳县从4月25日开始，利用15天时间，分6批次对兴庆区、西夏区1150户4867人统一组织搬迁，移民群众开始新的生活。

5月1日国际劳动节这天，彭阳县县委书记张国彦带领副县长杨天峰及冯庄乡有关领导赴银川市兴庆区月牙湖滨河家园移民安置区，看望慰问新迁入的彭阳县移民群众，给他们送去党和政府的温暖和关怀。张国彦在慰问中对搬迁的移民群众表示祝贺。他深入部分困难移民家中，详细询问他们的生产生活、家庭经济收入、身体健康状况、子女受教育等情况，鼓励群众要有走出困境的信心，在新家园找准致富的项目，合理安排生产，勤劳持家，力争尽早脱贫致富。希望广大移民群众尽快地适应环境，发扬彭阳人民吃苦耐劳、务实苦干、勇于拼搏、团结奉献的精神，沉下心，扎下根，辛勤劳动，早日致富，积极与当地居民攀亲戚，结对子，加强相互之间的交流交往，尽快融入当地社会，共建美好家园。张国彦说："县委、县政府在今后将继续关注移民的生产生活，为移民解决实际困难，帮助移民群众早日走上致富路，目前困难只是暂时的，大家要坚定生活信心，相信有党和政府的关怀和帮助，一定会帮助你们渡过眼前的难关！"冯庄乡小园子村移民安希有说："党和政府的惠民政策真好！党和政府对困难移民的各项政策更好，才让我们这些困难群众的生活有了盼头、有了希望！"

张国彦在慰问中强调，全县各级党委、政府都把这次移民搬迁看作重头戏，把关心困难群众摆上重要位置，记在脑里、放在心上，切实落实各项惠民惠农政策，妥善安排好困难群众的生产生活，千方百计帮助他们解决生活上的实际困难,确保移民都能过上幸福、安康的日子。

华丽转身,敲开幸福门。这些祖祖辈辈生活在山大沟深地方的群众,改变观念、走出大山,落户到了富庶的宁夏平原,“耕者有良田,居者有新屋,发展有天地,致富有途径,生活有保障。”这意味着新的生活之门正徐徐开启,幸福的花朵正在悄然绽放。

造“富”于民——产业规划伴搬迁,安稳致富暖人心

移民搬迁的目标是“搬得出,稳得住,能发展,快致富”。结合本地产业优势和特点,因地制宜,合理配置,培育特色,让移民群众发展有基础,增收有保障,致富有路子。

一是大力发展林果产业。在城阳乡杨坪移民安置区依托彭阳县林果发展有限责任公司、彭阳县果品开发公司等龙头企业,建设以红梅杏、曹杏、葡萄和林木繁育为主的设施果棚 82 栋 82 亩,鼓励和支持发展林果产业。同时,选派懂经营、会管理的 8 名技术人员开展“手拉手”技术帮扶服务活动。

二是着力培育蔬菜产业。在新集、古城、城阳沟圈安置区充分利用移民区土地集中连片和光、热、水资源优势,依托宁夏七级蔬菜标准园白河拱棚辣椒示范基地、浩源农业产业化示范园和城阳现代设施农业示范基地,为每户移民建设大中型拱棚 1 栋,共 421 栋 421 亩,着力培育以辣椒、西红柿、芹菜等设施蔬菜,因地制宜,适度发展覆膜路地瓜菜种植;探索“协会+基地+移民”新模式,成立设施蔬菜产业技术开发专业合作社,选派专业技术能力强、实践经验丰富的干部进行产前培训、产中技术指导、产后销售服务。

三是引导发展草畜产业。按照“先建圈,后扩群,再提质”的发展思路,在孟塬乡草滩移民安置区利用庭院面积大、饲草充足的优势,为每户移民建设 30 平方米庭院养殖圈舍 40 栋,发展庭院小群多户牛羊养殖;在古城、新集、草庙移民安置区依托江苏雨润集团彭阳产业园区、宁夏卫民廼河肉牛养殖示范园区等企业,通过政府引导,项目带动,集中养殖,为每户移民建设

70平方米标准化养殖暖棚430栋，实行规模养殖，促进移民区畜牧产业发展。按照“政府主导，企业经营，群众参与，生态为本，综合治理，共建双赢”的思路，加快生态移民迁出区生态恢复，在实地踏查规划和充分调研的基础上，制订了《彭阳县生态移民迁出区生态恢复实施方案》，根据迁出区的实际情况，坚持因地制宜、适地适树的原则，积极创新工作机制、经营机制、投入机制、管护机制，打包治理，通过引进企业承包经营，解决投资问题，加快了生态环境治理恢复，促进了辖区各种闲置资源的有效转化利用，有效提高了生态效益、经济效益和社会效益。积极探索生态治理新路子，小岔卷槽以“经营促治理”的生态修复模式，得到了区市领导的肯定。两年共完成生态恢复65994亩，占下达任务的101.4%。

四是鼓励发展商贸服务业。在城阳沟圈移民安置区，开发建设边贸市场，配套建设二层商业用房80套8246平方米，货棚2660平米，硬化市场2700平米；在新集乡团结新村，新建货棚4200平方米摊位416个，提供就业岗位1957个，保证了移民发展有基础，增收有保障，致富有路子。

五是强力推进劳务产业。以全力打造“聪慧勤劳，诚实守信”的彭阳劳务品牌为目标，在充分发挥公共就业服务机构职能的同时，利用劳务中介组织和劳务经纪人联系市场紧密的优势，巩固拓展区外和区内及周边地区重点工程项目建设和季节性用工基地，形成区外沿海发达地区从事技能型、区内和周边地区体力型、县内季节性为主的就业基地，为移民群众提供充分的就业岗位。在充分挖掘移民自身潜能的同时，选择移民家庭有一定技术专长的青壮年劳动力，作为重点培训对象，有针对性地举办了电子电工、电焊工、瓦工、镶贴工、农艺工等各类特色班、中高级职业技能培训班。同时，根据体力型、技能型、知识型劳动力短缺的实际，变“闲人”为“忙人”，对留守妇女和有基本劳动能力的留守老人普遍进行了轮训，确保移民家庭劳动力走上易就业、好择业的工作岗位，获得了满意的工资收入。

生态移民这项民生工程给老百姓带来了希望和机遇。生活在大山里的群众，从此将实现一个跨越，步入了与全国人民同步实现小康生活的康庄大道。他们走过的每一步，都记入了生态移民的历史宏篇，是一首党和人民共谱的赞歌。

造“福”于民——情为民系办实事，建设幸福新家园

移民离开故土老屋，走进一个崭新的家园，这翻天覆地的生活巨变所折射出来的，是党和政府光荣而艰巨的使命。

坐落于彭阳县固彭公路西南侧的古城镇皇甫移民新村，一排排整齐的红色砖瓦房显得格外醒目。彭阳县坚持把生态移民攻坚作为头等大事和一号工程，不讲条件，不打折扣，不犯糊涂，不打退堂鼓，全面贯彻落实区、市党委、政府关于生态移民工作的各项决策部署，着眼长远谋规划，倒排工期赶进度，落实四制保质量，责任到人抓落实，高标准规划，高质量建设，把移民安置点建设与新农村、小城镇建设和扶贫开发相结合，将彭阳历史、东山文化和民俗风情充分融入建设方案，打破“兵营式”布局，避免了移民安置区“千村一面”的布局，充分彰显依山傍水、错落有致的生态宜居特色。在工程建设中严格落实“四制”管理，完善“建设单位+监理公司+质检机构+农民监督员”的“四位一体”工程质量监督机制，严把施工企业准入、建筑材料购置和工程建设监管三道关口，落实生态移民工程联席会议、责任追究、值班和通报等“四项制度”，明确时限，倒排工期，不断加快建设进度，全力保障生态移民按时搬迁入住。

2012 年，全县搬迁移民 2405 户 10002 人，其中县内移民 1095 户 4500 人，县外移民 1310 户 5502 人。年内建设县内移民安置区 6 个，安置移民 1095 户 4500 人，占“十二五”县内移民的 33.9%。其中生态移民安置区 5 个，安置移民 591 户 2484 人，5 个生态移民安置区移民住房、人畜饮水、供电工程、排水工程、道路工程、教育设施、农村能源、特色产业、设施农业、新村绿化等工程于 2012 年 8 月底全部竣工，于 9 月 10 日开始搬迁入住，入住率达

到100%；栖凤花园劳务移民安置区建设于2012年底完成基础工程，2013年9月竣工，11月底前搬迁入住，安置移民504户2016人，届时将完成“十二五”总任务的65.5%。年内共搬迁移民1310户5502人，全部为生态移民，其中金凤区260户1092人，兴庆区890户3738人，西夏区160户672人。经与金凤、兴庆、西夏三区对接沟通，2012年10月中旬，金凤区244户1052人已搬迁入住，西夏区于2012年11月29日搬迁入住29户124人，剩余的兴庆区、西夏区和金凤区下欠的1037户，将在2013年5月前完成搬迁，届时将完成“十二五”总任务的50.6%。

在总结去年经验基础上，继续实行部门(单位)帮扶县内生态移民户帮扶制度，通过一个部门包抓多个移民户，开展帮贫济困活动，了解掌握移民群众生产生活中的困难和问题，重点协调解决好移民群众当前口粮、过冬衣被、取暖物资等方面存在的困难，鼓励移民群众自力更生、勤劳致富，切实保障移民生产生活、就业培训、安全过冬。截至目前，为每户移民发放1吨取暖煤，500元取暖费和500元水电费，组织动员协调各帮扶单位开展“送温暖”活动，同时，抢抓农闲有利时机，及时组织开展移民群众技能培训，拓宽就业渠道。

为了把生态移民工程建设成为载入彭阳史册的瑰丽华章，彭阳县委、县政府坚持抓跟踪服务，按照属地管理、分级负责原则，把移民安置区建设同社会主义新农村建设有机结合起来，充分发挥党组织和社团组织的桥梁纽带作用，结合城乡环境综合整治和民风建设等活动，积极开展环境卫生、“五好家庭”评比活动。大力开展“自力更生，感恩教育”，激发群众艰苦奋斗，改变命运的信心和热情。配齐配强移民新村“两委”班子成员，选派县乡干部和大学生村官到村挂职，为移民办好事、办实事。制定出台了《关于加强和创新生态移民社会管理服务工作的意见》《彭阳县生态移民管理暂行办法》《彭阳县关于加强生态移民区产业发展的意见》和《关于加强生态移民社会保障工作的意见》等规范性文件，建立了村规民约、党务村务公开、村民小组长负责、村干部联点包片和民事调解、消防安全等方面制度。制作便民服务明白卡、便民服务项目公示栏、便民服务流程图，推行“一站式”服务、“一窗口”办结工作模式，为移民群众提供社会保障、社会救助、社会福利、优抚救济、计划生育、基本医疗、户籍管理、宅基证办理、就业信息传播等方便、快捷地服务；制定完善各项村规民约，开展宣传教育活动，引导移民群众守法经营，倡导健康文明新风尚，构建服务型社区管理新模式。不断加强移民培训，树立“大移民，大培训”理念，采取“走出去与请进来”相结合，坚持先培训技能，再搬迁安置的原则，对移民进行农业实用技术培训、就业缓助培训和转移就业创业等培训，真正使他们有一技之长，确保“培训一批、移出一批，致富一批、稳定一批”，发挥引领示范作用，为移民增收注入“新鲜血液”，让每户移民至少有1人掌握1~2门生产技术或职业技能，积极推行1个部门帮扶多户移民发展生产，力争移民在短时间内做到生产有技能、致富有门路。严格“一把手”负总责和“五定三包”责任制，主要领导亲自部署、盯着抓，分管领导具体协调、亲自抓，工作人员跟踪指导、蹲点抓，及时解决移民工程建设及搬迁安置过程中的困难和问题，为生态移民工程顺利实施提供了强有力的组织保障。

为了确保县外移民安置到位，彭阳县委、县政府积极抓协调，建立县外移民工作沟通机制和联席会议制度，明确一名县级领导、一个工作协调班子，全面跟进，盯着落实，及时与银川三区协商制定搬迁安置和就业创业方案。同时，互设“一站式”服务窗口，积极做好移民户籍转移、社保转接、惠农政策落实等协调服务工作，扶上马，送一程，使县外移民搬迁工作进展顺利。

瀚海有边，大爱无言。正是因为这浓浓的亲情，彭阳县广大党员干部不分节假日，在数九寒天风餐露宿，在炎炎烈日下挥汗如雨，“进百家门，知百家情，解百家忧，排百家难”，谱写了一曲曲和谐移民的感人篇章。在他们心中，移民不是一群孤独游走的孩子，而是党和政府对他们的无尽牵挂。这种牵挂，就是血浓于水的鱼水亲情!

鹰击天风壮，鹏飞海浪春。在学习贯彻党的十八大精神之时，彭阳县委、县政府在生态移民上又有了新的举措，组织四大机关领导和县直部门(单位)主要负责人深入部分乡镇调研选址，将2013年县内移民安置区已确定。并结合本县实际，提出“十二五”期间县内移民“五年任务三年完成”的目标。

2013年，计划建设县内移民安置区5个，安置移民1082户4543人(生态移民安置区3个，安置移民143户600人，劳务移民安置区2个，安置移民939户3943人)。目前已完成可行性研究报告、初步设计、勘察、建设方案等文本编制。项目报批，工程施工图设计，工程招投标前期准备等工作。生态移民项目计划4~6月完成移民住房建设工程、大中型拱棚和养殖暖棚墙体工程，10月份移民搬迁入住；劳务移民项目计划4月初开工建设，8~10月完成主体工程，2014年6月底完成小区所有外网配套设施项目，8月开始搬迁入住。

岁月如歌，往事如昨。回想数百日的移民迁安历程，彭阳移民人的眼睛湿润了，已深深爱上新家的移民们眼睛湿润了。盈盈泪光中，一幕幕感人的场景在眼前浮现。

怎能忘，无论是炎炎夏日还是数九寒天，彭阳县的各级领导无数次前往移民安置点考察调研，商讨对接，工地上、移民家中，处处留下了他们亲切的音容。怎能忘，县生态移民办的同志们深入山村，一户一户动员，一家一家说服，对他们关怀备至，嘘寒问暖，让一拨又一拨的移民群众离开了贫瘠的土地。怎能忘，宁夏军区、固原军分区、武警固原支队的子弟兵视移民如亲人，他们白天长途拉运物资，夜晚地铺打上夜宿，真正做到了途中运输军事化，宿营就餐野战化。一点一滴，一幕一景，这次县外移民搬迁恰似一部雄浑壮美的史诗，以其感人至深、动人肺腑的旋律，在彭阳、银川之间激昂回响，在移民群众的心头久久荡漾。

东风好做阳和使，逢草逢花报发生。移民是一个古老的话题，但在当今这个伟大的时代，移民就有了一个全新的语境。蓝天，白云，阳光，绿树，整齐林立的民居，宽阔平坦的道路，曲径通幽、生机盎然的社区……当笔者漫步在西夏区镇北堡、金凤区良田镇、兴庆区月牙湖和彭阳县草苗乡、古城镇、城阳乡等移民新村时，不仅为这里的祥和、宁静而又蕴蓄着极富节奏感的旋律感动着，为这片田野里升腾起的新希望感动着。

雄关漫道真如铁，而今迈步从头越。彭阳县2011年、2012年县内外移民搬迁工作已经完美谢幕，接下来的移民搬迁仍然任重道远。相信在下一步的移民搬迁工作中，这首壮美的移民史诗必将被演绎得更加宏伟壮丽!

结 语

穷家难舍，故土难离，一方水土养活一方人，这是中华民族的故乡情结。然而，当一方水土养活不了一方人的时候，出路在哪里？俗话说得好，“树挪死，人挪活”。这些走出大山的人们，在国家和自治区的各项政策的扶持下，通过他们自己的努力，一定能摆脱靠天吃饭的困境，走上致富之路，真正做到“搬得出，稳得住，逐步致富奔小康”，也为正在进行的生态移民搬迁工程和准备搬出大山的人们起到了很好的示范作用，让他们对将来搬迁后的生活充满了信心。我们坚信，有党和国家的亲切关怀，有各级党委、政府的正确领导，有社会各界的鼎力支持，移民的生活会越过越火红。相信在未来的日子里，移民们一定能够用勤劳智慧的双手，为自己的儿孙后代描绘出更加绚丽美好的新画卷。

（原载《彭阳文学》2013年第1期）

描龙绣凤新画卷

——彭阳县城建工作侧记

刘天文　张秉玺

是谁描龙绣凤，让城市最初的轮廓在一张张图纸上清晰显影？是谁精雕细琢，在市民心灵深处抒写了“宜居”两字？是谁增砖添瓦，让漂泊的灵魂有了一个家？是谁采月摘星，让城市里每条街道都灯火辉煌？是谁顶着风雨冰霜，让一座城市的容颜永葆靓丽？是谁东奔西走，给我们一片碧水蓝天？

——题记

大手笔　新蓝图

“一街十里净，两山相对出。明月对孤灯，谁人知我心？”这是一位作家几年前途经彭阳写下的诗歌。诗歌虽然赞扬了这座城市的干净，但从另一个侧面也道出了彭阳城市建设长期陷入了“一字长蛇阵”的发展困境。

1983年底，彭阳由固原县分设置县，县城位于南北两山之间长6公里的茹河川道上，形如一字长蛇，南北最窄处仅384米，面积只有1平方公里。长期以来，由于历史原因和自然条件的制约，彭阳城市发展一直处于相对落后的状态，与川区的县城相比，城市规模不大、基础设施滞后、功能配套不全，辐射带动能力不强，在与川区城市的竞争中明显处于劣势，在与周边城市的竞争中也无更多优势。2011年，县城框架被拉大到近5平方公里，还是太小，难以形成对人口、产业、物流的强力吸纳，交通拥堵、基础设施配套不合理、占用大量耕地等问题无法从根本上解决。2002年，彭阳城镇化率只有8.9%，低于固原市3.48个百分点；2011年，该县达到24.01%，而固原市达到32%，远远落后于全区的48%，差距越拉越大。由于可拓展空间小，房源少，而进城农民日增，2011年彭阳县城楼房每平方米均价超过3000元，与固原市最繁华的原州区不相上下。

这一困就是29年。

城市建设，规划先行；谋划发展，重在起点。

2011年底，彭阳县委、县政府抢抓宁南区域中心城市暨大县城建设战略机遇，下决心破除“一字长蛇阵”，一改县城由东向西平地直线带状延伸发展为向南北山坡上发展。

为此，彭阳县政府编制《彭阳县城总体规划(2011~2030)》。这一规划将进一步展示彭阳县城市特色，适应新的城市发展形式和目标要求。

县城总体规划修编为：城市规划区总面积60.17平方公里，规划用地总面积22平方公里，其中城市建设用地面积11.95平方公里。构建悦龙山、栖凤山、卧虎山和茹河、小河“三山相望，两水环绕”的城市发展空间，休闲服务区、行政文化区、门户综合区、老城区、工业区五个功能区紧密衔接，力争2016年全县城镇化率达到40%。

规划确定未来县域城镇体系空间布局结构为“一核、三心、两轴、三区”。

“一核”即彭阳县城(白阳镇)，是全县的政治、经济、文化、科教中心。

“三心”即工业发展中心王洼镇，商贸发展中心草庙镇(乡)，旅游发展中心古城镇。

“两轴”即沿省道203的南北向经济发展轴，贯穿古城镇、白阳镇、城阳乡的东西向旅游发展轴。

“三区”即北部城镇发展区(包括王洼镇、罗洼乡、孟塬乡、小岔乡和冯庄乡)，为工业发展片区；中部城镇发展区(包括白阳镇、草庙乡)，为综合商贸服务片区；南部城镇发展区(包括古城镇、新集乡、红河乡和城阳乡)，为旅游

发展片区。

无规矩不成方圆。这科学、规范、精细的规划，必将为彭阳县城镇建设抒写下最为浓墨重彩的一页。

我们没有理由不憧憬这美好的开始，然而你可知道，那一张张城市建设规划图中，凝聚着决策者多少汗水和心血；那一道道城市亮丽风景线上，闪耀着规划者多少青春和智慧的光芒！

掀起你的盖头来——悦龙山新区开发建设

2011 年 10 月，县委书记张国彦在县第七次党代会上首次提出“实施城乡规划建设兴县战略”，明确了“生态旅游休闲”县城建设主题定位，决心打造“天蓝、山绿、水清、城净”的城市特色，坚定不移地推进大县城规划建设。

2011 年 11 月 21 日，彭阳县党政代表团一行 30 人赴云南、重庆、陕西、深圳等地考察城市建设。这些城市的长远规划、大手笔建设给彭阳人上了生动的一课：彭阳不能再重复东西单一发展的城市建设老路，总体规划必须修编，悦龙山新区开发建设提上了重要议事日程。

2012 年 2 月 2 日，县委书记张国彦在大县城建设工作动员大会上研究确立了包括悦龙山新区建设等一批县城重大建设项目，着力在完善城市功能，提升城市品位，增强县城的辐射力、带动力、吸引力和竞争力上取得重大突破。

这是县委、县政府从全县经济社会发展全局出发做出的重大决策，是对彭阳城市发展全新的定位和战略选择。

这令人怦然心动的目标，奏响了大县城建设的号角。

2012 年 4 月 18 日清晨，悦龙山上云雾环绕，杏花竞艳。

县委书记张国彦、常务副县长何永吉正在同自治区住建厅总规划师杨洪涛带领的区内规划、建筑、勘查、岩土等方面的 5 位专家，实地调研论证悦龙山新区开发建设选址工作。张国彦就县委、政府关于当前和今后一个时期彭阳县城建设的总体思路和悦龙山新区开发建设的构想，对专家组一行进行了详细介绍："彭阳县以悦龙山新区开发为主战场，突出"生态、旅游、休闲"城市主题定位，改变过去城市发展由东向西平地直线带状延伸为南北上山发展，解决了带状发展带来的交通拥堵、基础设施难以配套、占用大量耕地三大难题。"

专家组认为，悦龙山新区开发建设是彭阳发展史上的一件大事，符合彭阳县城的发展需求，对于拉大县城框架、平衡区域结构、利用荒山水域、保护农耕用地，促进经济发展，都具有十分重大的现实意义，原则同意悦龙山新区选址建设。

2012 年 7 月 20 日上午，悦龙山下彩旗飘飘，礼炮隆隆。

悦龙山新区开发建设暨安定大桥开工仪式在悦龙山山下举行。这是彭阳县城市建设发展历程中的一件大事和喜事！

这一天，人们翘首以盼；这一天，注定要成为一个新的里程碑；这一天，宏大的悦龙山新区建设工程掀起了神秘的盖头……

"悦龙山新区建设工程预算总投资 14.6 亿元，具体实施"六大工程"：一是新区道路给排水工程；二是县医院迁建工程；三是四星级酒店工程；四是危旧办公楼改造迁建、会议中心、人大、政协综合楼和市民广场等工程；五是博物馆（图书馆）、党校、档案馆等工程；六是安定大桥工程。悦龙山新区的全面开发建设，对进一步拉大城市框架，完善城市功能，提升城市品位，增强县城的辐射力、带动力、吸引力和竞争力具有重大意义。"县委书记张国彦在致辞中激昂地说。

"为彰显城市的个性魅力，实现城市与自然和谐相融，在新区建筑布局上，依山就势，高低错落，使山与城相依相融，建筑与环境和谐共生；在建筑风格上，以徽派为主基调，体现时尚现代，并融入地方文化元素，形成景观效果；在建筑色彩上，以灰色为主导，深褐色为点缀，塑造诗意山城；在基础配套上，坚持一步到位，路网、电网、管网齐头并进，做到不留遗憾，不搞重复建

设。”县长赵晓东介绍说。

“心动”化“行动”，2012年的紧张和忙碌，需要用一系列数字去阐释。

一期工程计划总投资15277万元，建设6条道路及给排水工程。外运土方28万立方米，路基挖方27.5万立方米，路基填方18万立方米，完成投资774.9万元。危旧办公楼迁建改造的土方工程总投资6600万元，总挖方约633万方，已完成总挖方470万方，填方约25万方，外运土方445万方，完成投资4700万元。彭草35KV线路改造工程总投资652.2万元，新建35KV同塔双回线路10.76公里，单回线路1.78公里，通信线路11公里，全线采用角钢塔共计43座。当前，购置塔材及导线等，开挖土方9400立方米，灰土垫层等，完成投资484万元。危旧办公楼迁建改造工程投资8600万元，正在进行方案设计和施工图编制。四星级酒店建设工程投资4.5亿元，已开工建设。图书馆、博物馆、党校、档案馆、司法综合楼和社保服务中心等项目投资1.98亿元，正在方案设计和施工图编制阶段。

如今登上悦龙山，只见栖凤山、卧虎山和悦龙山以及茹河、小河构成的“三山相望，两水环绕”的城市发展格局容貌初显，休闲服务区、行政文化区、门户综合区、老城区、工业区为一体的“五大功能区”紧密衔接，呈现出一派勃勃生机……你只能被震撼，只能被吸引。200多辆推土机、挖掘机、翻斗车的轰鸣声，正使悦龙山、栖凤山、卧虎山从千万年的沉睡中苏醒过来。这座“全国文明县城”“国家园林县城”的“龙吟、虎啸、凤鸣”时代开始了！

这是怎样的气魄胆识？这是怎样的雄才伟略？这是怎样的妙笔生花？

惊叹细节——市政建设

市政建设是一座城市存在和发展的基础，是城市规模、功能、经济、技术等的体现。市政建设主要涉及公共交通设施、给水、排水、防洪、燃气、绿化、环境卫生及照明等基础设施建设，是城市生存和发展必不可少的物质基础，是提高人民生活水平和对外开放的基本条件。

自固原市第四次工作会议和大县城建设实施以来，彭阳县加快市政设施建设，不断完善县城功能，在生态环境、公共服务、人居生活方面精雕细琢，全力打造“宜居彭阳”品牌。“宜居彭阳”是彭阳城市建设目标，具体是指建立完备、高效、稳定的城乡基础设施系统，明确中心城区城市特色与风貌，凸显城市品牌，打造独具魅力的西北山水田园小城市。

通过道路改造、给排水改造、一号和三号供热站改造、夜景亮化、天然气利用、再生水利用、防洪渠改造、保障性住房建设等项目的实施，将初步实现城市供水、供气、供电、供暖、污水处理、垃圾处理等市政功能全覆盖，逐步把县城区建设成为功能完善、道路通畅的宜居新县城。

2010年，总投资1137万元的县一中改扩建、1241万元迁建二中、1913万元续建三中、茹河大街道路建设等38个重点项目总建筑面积超过42万平方米，个个都是“大手笔”。投资5320万元，新建兴彭大街、茹河大街道路2710米，铺设兴彭大街、茹河大街、西环路和萧关路排水管道6134米、给水管道2797米。投资2585万元，新建三号供热点一期工程，铺设供热管道6.1公里，安装40吨供热锅炉1台。投资2993万元，实施城市集污及污水处理工程，新建兴彭大街等6条道路污水管网14.4公里，建成处理1万吨/日的污水处理厂1座。投资1970万元，实施茹河大街北侧园林绿化工程。投资175万元，实施茹河河道治理二期工程，砌筑拦水坝2座，加固1座，建设湿地3万平方米。投资350万元，建成总占地5300平方米的文化园，安装汉白玉栏杆340米。

2011年，投资2150万元，新建萧关路、泰和路等6条道路共5.1公里。投资468万元，铺设皇甫北路、西城西路、南关街、富阳路、茹东四号路、203省道安装给水管网5.6公里。投资1500万元，完成南关街、茹东一号路等4条道路铺设集污主管网11.2公里，建泵站1座，出水口2座。投资1500万元，铺设钢筋砼管约780米。投资1600万元，改善燃煤热水锅炉等供热设备。投资1885万元，实施茹河街北侧绿化二期工程、振阳路等新建道路和新

二中门前绿化工程。总投资 880 万元，安装太阳能路灯 350 盏，装机容量 112KWp,完成投资 576 万元。投资 133 余万元,对县城兴彭大街、广安路、栖凤山部分地段、广安桥沿途树木、桥梁用 LED 灯带(串)、护栏管等进行装饰。

2012 年,彭阳县投资约 4.7 亿元,实施“三街两园”建设项目,对栖凤街、兴彭大街、振阳街人行道硬化以及 28 条小巷进行改造提升,将茹河生态园和百草园打造成居民休闲观光的生态园、中小学生认识经果林的科普园,提升县城品位。投资 1.1 亿元在新城与老城中架起富阳、安定 2 座新桥梁。总投资 9190.4 万元,新建栖凤街、朝那路、南关西街等城市主干道 4.32 公里,铺设集污管网 14.7 公里、给水管网 5.7 公里、安装路灯 288 盏。再生水利用工程投资 2863 万元,新建 0.8 万方中水处理厂 1 座,铺设再生水管道 27 公里。投资 300 万元,规划新建城市公厕 12 座。

在公共建筑建设上,有许多可圈可点的标志性建筑,成为人们休闲娱乐的好去处。这里说说茹河生态园。

茹河生态园位于县城北侧茹河二级阶地，南至滨河路北侧，北至赵洼组,东起茹河 4 号桥,西止周沟村李寨沟口,总面积 68 公顷。由宝鸡园林绿化设计院规划设计,共分 4 个景区:即九州向荣区、有凤来仪区、春晓林苑区和沃野缀瑛区,分三期建设,总投资 3531 万元。一期工程于 2005 年完成,绿化面积 30 公顷。共整治茹河河道 5.4 公里。二期工程建设于 2006 年 3 月开始,总面积 293.35 亩,由南岸建筑群、北岸绿化长廊、河道中心“同心岛”、观光农业示范区四部分组成。三期工程于 2012 年 6 月开始,总规划面积 32.9 万平方米,硬化铺装道路、广场、停车场 6.3 万平方米,建设园林小品 1100 平方米。

彭阳茹河生态园区的治理美化,从根本上解决了河道脏、乱、差的现状,使河道 68 公顷滩涂地变为城市绿化建设用地，新增绿地面积 61.72 公顷，条条绿色林带,块块青色草坪,簇簇各色鲜花,汪汪片池碧水,天蓝、地绿、道净、路畅、水清、环境美，充分展示彭阳人与自然和谐共处、协调发展的新风貌，为广大市民和游客提供一个新的娱乐、休闲、健身的好去处，进一步提高县城品位，优化了投资环境。

彭阳市政建设速度惊人，成绩喜人。与2008年相比，截至2012年底，县城建成区面积由2.8平方公里达到5.5平方公里；城市集中供热面积由40万平方米增加到104.7万平方米；城区建筑物总面积由38.1万平方米增加到175万平方米，其中居民住宅面积109万平方米，人均住房面积达到21.8平方米；保障性住房从无到有，共建成2717套，解决了低收入家庭的住房问题；建成区绿化覆盖面积由117.9万平方米增加到180.9万平方米，新增63万平方米，园林绿地面积由99.7万平方米增加到158.2万平方米，新增58.5万平方米；建成道路44条45.86公里（含悦龙山新区道路），新增29.86公里；累计铺设排水管道91.35公里，新增37.35公里，给水管道50公里，新增21公里；建设日处理能力1万吨污水处理厂1座，污水处理率70%，垃圾无害化处理厂1座，垃圾无害化处理率100%；建成天燃气利用工程1座，开创了宁南区域用气先河，"国家卫生县城"通过初步评审验收。

彭阳，正以优美的生态环境、丰富的文体生活、和谐的人居住房、繁华的商业氛围、便利的公共服务凝聚着人气，使城市规模扩大，品位提升，成为真正的生态宜居城市。

成就这些的，正是市政建设的一个个细枝末节。

有关民生问题的一份合格答卷——保障性住房建设

"各安其居而乐其业"，自古就是每个人对住所的基本需求。今天，住有所居仍是大部分市民尤其是城市低收入家庭的美好祈愿。近年来，彭阳县县委、县政府高度重视民生，始终关注低收入家庭的住房问题，坚持把住房保障工作作为事关民生、关乎群众福祉的"民心工程"和"实事工程"来抓。先后制订出台了《彭阳县廉租住房建设规划》《彭阳县"十二五"住房保障规划》

《彭阳县廉租住房保障办法》和《彭阳县廉租住房实物配租方案》,明确了套型面积、资金安排、规模结构、保障方式、申请和批准程序等内容,从政策上保障了全县保障性住房建设工作顺利开展。

在住房保障部门的努力下,越来越多的人得到住房保障政策的救助,越来越多的困难家庭享受到党的惠民政策温暖。

2010年,按照保障性住房建设规划,以县城西门的民乐小区和县城南门的南苑小区为廉租住房和经济适用住房集中建设区。民乐小区保障性住房一期、二期工程共建成廉租住房135套6750平方米,经济适用住房80套7074平方米,总投资1869.6万元,已全部入住。南苑小区保障性住房一期、二期工程建成廉租住房604套30200平方米,经济适用住房290套24102平方米,总投资9420万元,县城330户低收入家庭925人入住南苑小区廉租住房。同时,对人均住房面积不足15平方米的1043户2742人的城市低收入家庭按照人均10元/平方米的保障标准发放住房补贴,全年共发放273.48万元。

2011年,建成廉租住房1032套,完成分配任务100%;建成经济适用房180套,超额完成10套;建设公共租赁住房615套(建成264套),超额建设15套;新增租赁补贴保障户411户,超额保障211户,累计保障1336户,占任务的118.1%;完成廉租住房实物配租680套,占任务的107.1%;完成国有工矿棚户区改造300户,超额建成160户;签订城市棚户区改造拆迁协议231户。对人均住房面积不足15平方米符合条件1336户3465人发放廉租补贴465.05万元。

2012年的保障性住房项目分别在宁馨花园和栖凤花园建设,规划总用地279.1亩,总投资约7亿元,规划建设保障性住房2986套约18.5万平方米,其中廉租房1104套,公租房852套,城市棚户区改造房810套,经适房220套。

2013年,将完成惠民家园保障性住房工程的建设任务。总占地143.8

亩，总建筑面积 204268 平方米，住户 2546 户，其中公共租赁房 604 套 33651.8 平方米，廉租房 603 套 30000 平方米，经济适用房 216 套 15120 平方米，硼户区改造住房 490 套 43324 平方米，劳务移民周转房 633 套 31590 平方米。

这些数字是无比温暖的。

这些增长的数字直接提升了县城居民的幸福指数。

“安得广厦千万间，大庇天下寒士俱欢颜，风雨不动安如山。”一千多年前大诗人杜甫心忧天下的梦想，在以民为本的和谐社会主义社会里，正一步步变成现实。

权为民所用，利为民所谋，情为民所系。如果说诸多的民生问题是呈现在当政者面前的一份试卷的话，那么彭阳的保障性住房建设无疑是一份最合格的答卷了。

创卫——让城市管理工作插上腾飞的翅膀

桃杏争艳，春意盎然。彭阳县创建国家卫生县城动员大会于 2012 年 3 月 15 日在彭阳会堂隆重召开……

创卫的全称为“创建国家卫生城市工作”。“卫生城市”是一个城市综合功能和文明程度的重要标志。通过创卫是对城市的综合整治，对推动城市基础设施建设，加强城市管理，改变城市面貌，改善人居环境和投资环境，提升城市品位，促进经济发展，提高人民生活水平具有重要意义。

会上，县委常委、纪委书记王萍宣读了《彭阳县创建国家卫生县城实施方案》，对“创卫”工作进行了详细的安排部署，县长赵晓东与各相关责任部门签订创卫工作责任书。

赵晓东在讲话中强调，“创卫”是继彭阳县创建“国家园林县城”“全国文明县城”之后，全县经济社会发展中的又一件大事、要事。旨在巩固和扩大自治区卫生县城创建成果，提高县城环境卫生管理水平，改善发展环境，提

升县城品位，增强彭阳县在经济社会发展中的竞争力和吸引力，加快生态彭阳、宜居彭阳、富裕彭阳、诚信彭阳、和谐彭阳的建设步伐。

安排到位，措施到位，行动到位。彭阳县把“创卫”工作和城乡环境整治工作紧密结合，把县城所有卫生死角尤其是各街道巷尾、农贸市场等部位作为重点，仅用3个月时间，就彻底改变县城及周边环境卫生“脏、乱、差”等问题。各乡镇结合危窑危房改造、小城镇、生态移民安置点建设等工作，开展环境综合整治，切实做到道路畅通、院落整洁、排水通畅、垃圾及时清理、村容村貌清洁，努力提高农村环境卫生管理水平，不断改善卫生条件。同时，彭阳县建环等部门把活动与大县城建设结合起来，一并规划、同步建设。在不断提升县城污水处理厂和垃圾处理场运营能力的同时，在主街道、干道增设果皮箱，畅通城区排水、排污系统，全面提升城区的垃圾、污水处理能力。林业等部门结合春秋季植树造林活动，推进县城街巷绿化和“四个一万亩”生态工程建设，进一步提高县城及周边绿化覆盖率。

彭阳县把环境卫生基础设施建设作为“创卫”的重中之重，实施了城区硬化、净化、绿化、亮化、美化“五化”工程。硬化县城居民巷道23条30万平方米，铺设供排水主管线57公里，更换、修补街道破面砖3000平方米。将县城5座旱厕全部改建为水冲式厕所；建设生活垃圾填埋场，配备封闭式垃圾箱、垃圾清运车，彻底改善垃圾收集、中转、堆放条件，实现了城区生活垃圾日产日清。开展“园林单位”“园林小区”创建活动，对主要路口全部实行节点绿化。实施道路、广场、公园、临街建筑物亮化工程，为25家沿街单位建筑安装了灯带、轮廓灯，新安装路灯560多盏，实现了道路亮、楼体亮、牌匾亮、门面亮、橱窗亮、广告亮的亮化目标。

2013年，监察大队将开展“城管工作整顿提升”，集中实施“街道秩序整治大行动”和“违章建筑拆除大行动”，着力整治垃圾乱堆、占路为市、违法乱建等行为；环卫队要开展“环卫工作巩固提升”活动，进一步落实“门前三包”“门前六包”和全天候保洁责任制。努力实现城市管理和保洁由粗放型管理向精细化、数字化管理的转变……

一年多时间的创卫，促使县城人居环境明显改善，宜居指数不断攀升。城市基础设施建设得到快速发展，城市环境卫生质量得到显著改善，生态与居住环境得到不断优化，城市管理与服务能力得到整体提升，居民健康卫生水平得到明显提高，彻底改变城市脏、乱、差的面貌。创建“国家卫生县城”，共建生态、旅游、休闲城市，提升人民生活水平，已经成为彭阳人民的共同心愿；成为县委、县政府践行“三个代表”重要思想，落实科学发展观，坚持以人为本的重要举措，成为创建“生态彭阳”和“宜居彭阳”的具体行动。

这个心愿一定如期实现！

这项行动一定开花结果！

创卫，任重道远，彭阳正在路上。

遍地开花——乡镇建设

彭阳县辖三镇九乡。截至2012年底，已有8个乡镇编制了总体规划。各乡镇的基础设施工程都取得了很大进展，可谓满眼春色，遍地开花。

以古城镇、王洼镇、新集乡和草庙乡为例。

——古城镇，中国针灸鼻祖皇甫谧故里，彭阳县西大门，南部旅游中心，按照商贸旅游型城镇功能定位。镇区人口8200人，城镇化水平达到24%。新建污水处理场和垃圾填埋场各1处，安装太阳能路灯150盏、镇区垃圾收集、硬化、绿化、亮化，供水达到全覆盖，排水畅通，垃圾做到日产日清；形成“五纵三横”的道路网络和3个农贸市场、2个生态移民点，特色小城镇建设初具规模，营造了良好的人居和招商引资环境，聚集进镇个体工商户238家。

——王洼镇，县域交通枢纽，以商贸流通、农副产品加工和煤炭资源开采为主的工贸综合型小城镇功能定位，镇区人口4700人。打通了西环路、市场路、东进路，拉大了城镇框架，并解决了街道供排水和道路硬化问题。完成了政府南街延伸、原王洼乡街道排水和道路硬化、原石岔乡街道硬化改造工程。建成了王洼汽车客运站、文化站、计生服务站、欣安文化广场和集中供热站，通过水、电、路等基础设施的逐步完善，使城镇的服务功能和综合承载能力明显提高，服务能源工业发展的功能日臻完善。

——草庙乡，县域交通枢纽，以商贸流通、农副产品加工和煤炭资源开采为主的工贸综合型小城镇。投资688万元，铺设给水管道2650米，铺设双壁波纹排水管网3087米，砌筑毛石防洪渠1300米。

——新集乡，以特色农业生产、旅游、商贸流通为主的农贸型小城定位。投资480万元，实施新集乡小城镇道路及给排水等工程，完成主干道硬化及给排水工程。建成商住楼1.8万平方米，铺设下水管道2500米，完成供排水、绿化、公共服务社区、文化活动广场、灯光球场等配套设施的建设，建成垃圾填埋场及污水处理厂，建设高标准农贸市场一处2340平米，完成政府机关整体搬迁。完成峁堡河大桥主体工程，实现了村村通油路的目标。

此外，各乡镇的生态移民工程、危房改造工程都取得了阶段性成果。2012年，完成农村危房改造3889户，完成任务的100%，新建房屋入住率达90%以上。总建筑面积210006平方米，户均占地340平方米，户均建筑面积54平方米，累计完成投资21408万元。生态移民集中建设了古城镇皇甫新村、新集乡民族新村、城阳乡沟圈居民点、草庙乡草庙新村和孟塬乡草滩五个居民点，安排生态移民户591户。完成了城阳乡和新集乡两个乡镇“塞上农民新居”旧村整治工作，共涉及农户190户。

目前，各乡镇都按照县域城镇体系空间布局结构“一核、三心、两轴、三区”来定位谋划自己的发展。

一朵鲜花扮不出美丽的春天。只有把12个乡镇都规划好，建设好，生态彭阳、宜居彭阳的目标才能实现，才能为彭阳各项事业的发展创造良好的环境，才能实现彭阳的可持续发展。

最近又最远的眼光——环境保护

风调雨顺，始自环境保护；人寿年丰，源于生态平衡。

彭阳县“十一五”以来环境保护工作取得了重大进展。

污染物排放总量得到有效控制，区域环境质量好转。“十一五”期间，全县依法关闭取缔不符合国家产业政策、资源浪费严重的石油脱水企业13家、污染严重的小造纸企业4家，关闭生产规模5000吨以下淀粉企业10家，生产能力50吨以下淀粉小作坊56家，拆除小型供热锅炉15台25蒸吨，淘汰落后的实心砖生产设备28套，组织5家企业完成ISO14000环境管理体系认证。全县纳入环统主要污染物增长得到有效控制。

环境基础设施建设步伐加快、污染防治成效明显。完成县城生活垃圾卫生填埋场工程、生活污水处理、集中供热工程三大环保工程建设，对严重影响区域环境污染物进行治理。环保部门不断加强环境监察力度，推动重点行业及企业工业污染物的治理。实施淀粉废水治理工程、王洼煤矿矿井废水治理工程、磷肥厂酸雾治理工程三项治理工程，对局部突出的环境污染和群众反应强烈的问题进行治理。

环境管理日臻完善，环境保护成为保障群众利益的重要内容。环境管理工作纳入各级政府的考核范围，形成齐抓共管的局面；各级人大不间断的环境执法检查，极大地推动了工作的开展；建设项目管理逐步走向规范化，预审、环评的范围不断扩大；完成污染源普查工作，摸清全县污染源底数，为管理工作奠定坚实基础；排污许可证制度全面展开，为总量控制制度执行创造了有利条件；开通了12369环保热线。

开展农村小康环保行动试点，集中治理农村环境突出问题。完成全县84个集中供水水源地普查、75个水源地堪界与保护区划分，52个水源地的保护；建立农村环境保洁制度，主要集镇、道路配备保洁员。全县22个集市（含乡镇政府驻地）均建立较为完备的生活垃圾收集的转运设施，配备了相应的管理机构的清洁人员，人口较集中的中心村、主要公路沿线不同程度的都建设有垃圾收集池；稳步推进农业产业结构调整，减少农药、化肥、农膜的施用范围，控制农业生产过程中面源污染；控制农业面源污染，发放废旧农膜搂膜机100台，开展“白色污染”治理。推广太阳能灶、户用沼气池，大力发展清洁能源。累计推广太阳能灶1.99万台，建设沼气池1.1万座。

引导各乡镇开展创建优美乡镇和生态村创建工作。2012年3月，红河乡被国家环保部命名为“国家级生态乡镇”。同年7月，古城镇被评为“自治区级生态乡镇”。

保护环境是我国的一项基本国策。保护环境，减轻环境污染，遏制生态恶化趋势，成为政府社会管理的重要任务。解决全国突出的环境问题，促进经济、社会与环境协调发展和实施可持续发展战略，是政府面临的重要而又艰巨的任务。彭阳自建县以来，历任领导班子始终坚持生态立县方针，把环境保护视为功在当代、利在千秋的大业抓紧抓好。

“给自然留下更多修复空间，给农业留下更多良田，给子孙后代留下天蓝、地绿、水净的美好家园。”刚刚召开的党的十八大把生态建设又提高到一个新的高度。

青山清我目，流水静我耳。保护环境，就是保护我们自己，保护我们的子孙后代，保护人类的共同家园。

立足当前，放眼未来，共建美丽彭阳——这更是彭阳环境卫士们最近又最远的眼光！

结语——永不停歇的脚步

回首过去，成绩斐然：2006年，彭阳县城被评为“自治区园林县城”；2007年，彭阳县被自治区政府命名为“宁夏生态建设模范县”；2010年，彭阳县被授予“国家园林县城”称号；2011年，彭阳县荣膺“全国文明县城”称号；2012年，彭阳县城建局被自治区住建厅评为“住房城乡建设工作先进集体”……

展望未来，信心满怀。现任书记韩志琦说："过去30年的时间，五任书记、十一任局长带领城建工作者，为彭阳城镇建设呕心沥血，付出了艰辛的劳动，做出了巨大的贡献。今天，我们在此基础上，继续保持城建人爱岗敬业、吃苦耐劳的光荣传统，进一步强化措施、创新思路，攻坚克难，举全局之力，抓住有利机遇，促使彭阳的城建工作上一个新的台阶。"

"2013年，是彭阳建县30周年，我们城建人要继续发扬艰苦奋斗、求真务实的作风和"五+二""白+黑"的苦干精神，倒排工期、抢抓黄金期，完成再生水利用工程、悦龙山新区道路给排水、2012年保障性住房续建、茹河生态园三期、农村危房改造和生态移民排水等工程。开工建设行政中心、会议中心、建环局综合业务楼、博物馆、市民广场、悦龙山绿化、悦龙山供热一期、惠民家园等保障性住房工程；配合完成新集小城镇建设。同时，坚持依法行政，抓好城市规划管理、城市市容环境卫生、建筑市场、房地产市场和建设工程质量安全生产管理。"现任局长袁继安坚定有力地承诺。

从大建设一路走来，彭阳人以"挟泰山以超北海"的气魄和胆略，以时不我待、只争朝夕的紧迫感，以食不甘味、夜不能寐的责任感，以义不容辞、责无旁贷的使命感，书写着彭阳城市建设几十年来未有之变局。

彭阳正以坚定的脚步走出一条后发城市的崛起之路。

彭阳人民用自己伟大的创造感受着幸福，收获着骄傲。

彭阳，龙凤呈祥，正以激情与信心跨越前行。

彭阳，描龙绣凤，展现给世人的将是一幅崭新的画卷！

（原载《彭阳文学》2013年第2期）

为有源头活水来

——彭阳县水利工作纪实

徐　洁　虎剑银

悠悠岁月，水可鉴史；兴修水利，强国富民。从大禹治水的开天辟地到三峡工程的举世瞩目，从郑国渠的开篇之作到南水北调的巨匠手笔，功在当代，利在千秋。治理水患、兴修水利成为了一个亘古的话题。彭阳水利人追随着历史的足音，在治山治水促发展的时代篇章中书写下了壮丽的一页。风景如画的流域，玉带缠腰的农田，清澈透明的库水，笔直如线的渠道，灌区里的丰收喜悦，自来水龙头前的欢声笑语，映射着水利事业的丰功伟绩，饱含着水利人的辛勤汗水。

“问渠那得清如许，为有源头活水来”……

——题记

绿染山川

盛夏的彭阳，青山含黛，树木葱茏。人们会惊奇地发现，这些年来，无论城乡还是农村，无论公路沿线还是偏远的山沟沟里，都悄然发生着变化。给人的直觉就是，山变绿了，地变平了，水变清了，环境变得干净整洁了！更加美丽了！东风吹来水利兴，片片庄稼绿意浓，座座水库荡碧波，条条水渠连阡陌，股股甘泉进农家，层层梯田美如画，风调雨顺政策好，天时地利人勤劳……一幅幅靓丽的风景画在红茹河畔的朝那大地缓缓舒展开来。

建县以来，彭阳历届县委、县政府始终把水土保持生态建设摆在各项工作的首位，坚持以小流域为单元，山、水、田、林、路、草统一规划，沟、坡、梁、峁、塬、滩综合治理，一任接着一任干，一张蓝图绘到底。实施了以农田为主的“温饱工程”，大力推广机械施工，打破地界，集中连片治理，实行“宽、大、平”建设标准；以窖坝为主的“集雨工程”，围绕“天上水”“地表水”的合理利用，坚持新建与维修并举，截流与疏导同步，在干旱片带打窖，建蓄水涝池，在沟底河道筑库打坝，截流蓄水，解决人畜饮水，发展微灌农业；以林草为主的“生态工程”，立足涵养水源和改善生态环境，结合退耕还林还草、荒山造林，大面积开展造林种草和“813”（利用 3~5 年时间，在全县打造 8 个生态乡镇、100 个生态村、30000 个生态户）生态提升工程，着力加强荒山荒沟、村庄庭院、机关单位、道路的绿化；以道路为主的“通达工程”，坚持流域治理到那里，道路就延伸到那里，新修流域道路 680 公里，形成了“三纵两横”流域路网络，将全县所有流域串接在一起。探索形成了具有彭阳特色的“山顶林草戴帽子，山腰梯田系带子，沟头库坝穿靴子”的立体治理模式（山顶封山育林，涵养水源；山坡退耕还林还草，保持水土；坡耕地修建高标准水平梯田；干支毛沟修建谷坊、塘坝、水窖，拦蓄径流发展灌溉，并适当开发沟坝地）和点、线、面协调配套的立体治理结构。坚持把学习外地经验同本县实际结合起来，先后到山西吕梁、河北涿鹿、甘肃庄浪等地考察学习，积极借鉴这些地方的先进经验，总结出了“88542”（开挖深 80 厘米、宽 80 厘米的水平沟，筑高 50 厘米、顶宽 40 厘米的外埂，回填后面宽 2 米）的隔坡水平沟整地技术成功诠释了水保“就地渗入”和“流而不失”的理论。据计算，彭阳“88542”工程整地带的长度可以绕地球三圈，被香港友人形象地称为“中国生态长城”，被自治区质量技术监督局确定为地方标准。

截至目前，累计治理小流域 100 条，新修基本农田 59.8 万亩，建骨干坝 45 座，建淤地坝 149 座，治理水土流失面积 1360.8 平方公里，治理程度由建县初的 11.1%提高到 63.9%，林木覆盖率由 3%提高到 22.4%。有 12 条小流域通过水利部、财政部"十百千"联合验收和命名,并涌现出了杨寨、大沟湾、阳洼等一批综合治理的样板,初步呈现出"山绿、水清、地平、路通、人富"景象。回良玉副总理视察了大沟湾流域后说:"看了大沟湾点,就看到了退耕还林的希望。"2007年4月12日,胡锦涛总书记视察了阳洼流域后十分欣慰地说:"退耕还林的综合效益已经显现了,我的心里有底了。彭阳虽小,但生态环境治理保护成效明显,实践证明,治理和不治理确实不一样。像这样扎实的工作和明显的效果,国家投点钱是十分值得的。"同年9月,全国人大常委会副委员长盛华仁一行来彭阳对《关于在全国黄土高原类型区推广彭阳县经验》的1798号建议进行考察调研时强调指出,彭阳县20多年来坚持"生态立县"方针不动摇,"一任接着一任干,一张蓝图绘到底",小流域综合治理取得了显著成就,现要认真研究还没有治理的流域的治理工作,进一步完善彭阳经验。2008年8月16日,温家宝在视察大沟湾流域时说:"生态治理要有'一张蓝图绘到底'的决心,又要不断丰富新的内容。要实行山水草、林田路综合治理,一代接一代干下去,改善生态环境,最终让农民致富。"

几十年日复一日的不断治理,彭阳县生态建设已初见成效,如何将生态成果转化为经济优势,又成了摆在彭阳面前的一道新课题。"如何转""转什么",针对县域内不同的基础、气候和水资源条件,彭阳人开始探索生态治理向生态经济型转型的流域治理新路子。在杨寨小流域,建成了"坝、池、窖(井)联用,以水定业",具有区域特色的坡地改造、集水、蓄水及高效农林牧复合型、多功能的防护体系和可持续经营的水土保持示范区;在和沟流域,以农业综合开发,生态提升为主攻,采用沟道长流水和坡面雨水集蓄互补利用,发展经济林节水灌溉,形成了"塬地保障基本口粮田,塬边沟沿开发经济林带,水保生态林下沟道"的开发治理模式;在西庄流域,围绕建设"大花园、大果园",以改善生态环境,增加农民收入为主线,形成以"路为骨架,上保下培,特色引领,提质增效,规模治理"的水土保持治理模式——西庄流域山地果园示范点,打造了草畜型、水资源综合利用型、果园型流域转型模式。

尤其是在南山流域治理中,形成了“规划引导,政府主导,财政牵头,水利搭台,项目整合,全民参与”的协作机制。探索形成了“上保(山顶塬面修建高标准基本农田,保障口粮)、中培(山腰坡耕地培育优质高效特色经济林,发展林果产业)、下开发(川道区发展设施农业、实施生态移民、整治河道、坝地开发)”的生态经济开发治理模式,初步实现了人口、资源、环境的协调发展。

水利部水保司司长刘震、副司长金大中先后带领调研组在南山流域调研,在形成的《流域治理出实效生态经济惠民生—西海固地区科学实施水土保持小流域治理情况调研报告》上,水利部部长陈雷批示:“这份报告很好,西海固的模式和经验值得各地借鉴。”水利部副部长刘宁批示:“望落实好陈部长批示要求。西海固水保生态发展的路子值得在新的形势和条件下,从报告的新视角给予进一步总结归纳,为荒漠和沙化区的生态建设提供好的分类指导意见。”

水上旱塬

长城塬位于彭阳县城以东15公里,茹河北岸,因塬上筑有雄伟的战国秦长城而得名。1935年10月7日,毛泽东、张闻天、周恩来等老一辈革命家率领红一方面军翻越六盘山,挥师东进。第二天,毛泽东来到长城源,当晚在今长城村乔渠渠一户农家的窑洞里住了一宿。《清平乐·六盘山》这首脍炙人口的诗词,正是这期间所作。

长城塬总面积约3.2万亩,塬区土地平整,土质松软,光照充足。在风调雨顺、艳阳普照、惠风和煦的盛夏,这里麦浪滚滚,一片金黄,谁都会把这里当成丰收的北大仓。但这样的好景十年难得一次。由于长期干旱缺水,这里粮食产量低而不稳,群众生活特别是人畜饮水极为困难,塬区内无地下水可取,一般年份饮水要靠夏蓄雨水,冬蓄雪水。若遇大旱,还要爬山过沟到数公里外靠人担畜驮来解决。塬区内饮水困难的人口占彭阳全县饮水困难人口的1/3。长城塬区2.1万人口曾经生活在如此的境地里:由于长年缺水,

这里十年九旱，粮食产量低而不稳，人民生活十分贫困，尤其人畜饮水更是难中之难，一般年份饮水主要靠夏蓄雨、冬蓄雪，若遇大旱，还要爬山过沟到数公里以外靠人担畜驮来解决。塬区饮水困难的人口占彭阳县人口的1/3。说到水，城阳乡长城村支书李玉荣张口就来了段顺口溜："没有水上塬，十年有九旱。山高不长树，沟深没水源。路长不平坦，地多不肥沃，吃粮靠救济，花钱靠贷款。"末了又补白一句："1992年，这里人均收入只有276元。"

水上长城塬，成为塬上老百姓心中的一个梦想，长城塬在等待、在企盼。面对此情此景，各级领导忧心如焚。1984年，刚刚成立不久的彭阳县委、政府、人大、政协四大机关提出的建县以来第一个待建的水利建设项目就是长城塬引水工程。1995年3月27日，自治区计委批复了《彭阳县长城塬引水灌溉兼人畜饮水工程项目建议书》。1995年4月，原固原地区水利勘测设计院完成了可行性研究报告。1997年5月，原固原地区水利勘测设计院、彭阳县水利局完成了"彭阳县石头崾岘水库初步设计"工作，及"长城塬引水灌溉兼人畜饮水工程扩大初步设计"工作。1997年3月，在自治区人大第七届五次代表大会上，"长城塬引水工程"终于列入了这次人大议案之中。

1998年3月31日，在彭阳县召开的自治区主席现场办公会上，时任县委书记姜文奎和县长王玉明将"长城塬引水工程"作为扶贫项目再次提出，得到了自治区领导以及有关部门负责人的明确答复：原则同意兴建"长城塬引水工程"，并在当年安排前期费用，开展前期论证立项工作。

1998年5月28日，为了使长城塬引水工程前期工作进展顺利，县上决定成立长城塬引水灌溉兼人畜饮水工程建设指挥部，下设办公室，抽调专人开展工作。

1998年10月17日，自治区计委以宁计(农经)发〔1998〕432号文件正式批准该工程开工建设。40年的企盼，40年的等待。1998年11月18日，几代人企盼已久、几代水利工作者为之奋斗，一个功在当代、利在千秋的浩大工程——长城塬引水工程开工了。这个工程的建成，将结束长城塬常遭旱魔侵袭的历史，迎来“塞上江南”的新天地，谱写长城塬历史上惊天动地的一页。喜讯传来，人们奔走相告，彻夜长谈，为彭阳县有史以来投资最大、受益群众最多、经济和社会效益极为显著的这项水利工程的开工而欢欣鼓舞。

长城塬引水灌溉兼人畜饮水工程，结构复杂、工序繁多、施工技术和难度几乎涉及水利工程所有的建设项目，是一个庞大而又复杂的水利工程。为保证工程按期按质按量地完成，彭阳县委、政府始终把工程作为一项“富民”工程和“德政”工程来抓，多次召开专题会议协调解决有关问题，并深入一线工地抓质量、促进度。建设者在项目法人责任制的运行基础上，按作业流程、工艺流程跟班监督检查，实行全过程质量跟踪。同时实行“监理单位控制，施工单位保证，政府部门监督”相结合的质量管理制度，以单元工程项目划分为基础，实施“链条”式作业。那些奋战在一线的工程建设者们不怕风吹雨淋，不怕严寒酷暑，团结协作，苦干、实干、巧干。克服技术水平低、设备条件差、工期短、气候环境恶劣等一系列因素，充分发挥合同管理制的优越性，大胆、广泛地采用新技术、新工艺、新材料，顺利完成了各项建设任务。

一分耕耘，一分收获。长城塬引水灌溉兼人畜饮水工程建设者们，以不到长城非好汉的精神经过4年多的艰苦奋战，终于在2002年12月完工并开闸试水一举成功，完成总投资6680万元，建浆砌石溢流重力坝1座，总库容1552万立方米，泵站2座，净扬程219.7米，配套干支渠道75.9公里，发展灌溉面积4.16万亩，解决了2.13万人、0.7万头畜、2.1万头猪(羊)的饮水问题。工程建设内容几乎涵盖了所有水工建筑物，被誉为“宁夏水利博物馆”，创造了“石头崾岘水库6孔5×5米平面铸铁闸门全区最大、单跨36米双榀悬臂桁架式渡槽全区唯一、单机泵站净扬程119.7米全区最高”的3项全区水利之最。

“扬水洒山塬，甘露润众生”。长城塬引水工程，这个数万名群众翘首期待、梦寐以求的“民心工程”，这个功在当代、利在千秋、数万名建设者为之流汗的“德政工程”，这个各级领导为之奔波、为之操劳、给予了说不清的关心

和支持的“形象工程”，终于迎来了竣工的一天，彭阳县24万回汉人民终于“水”梦成真，长城旱塬迎来了“有水赛江南”的一天，它圆了几代人梦寐以求的梦想。清澈甘洌的河水，撒着欢儿上了长城塬，流进了这片历经沧桑的旱塬，流进了群众的心里。从此，流走的是一块块贫瘠，淌来的是一片片富裕……

昔日，人在山头住，水在沟底流，吃水贵如油，十里河坡挑水愁……

如今，人在家中坐，水被抽上山，清泉流灶头，亘古旱塬水龙舞……

长城塬土地上的人民不仅结束了千古为水所困的历史，还充满了对新生活的渴望。

有水了，一些年轻人不再走出家门，而是留在家乡的土地上欲干出一番作为。只要有农业技术人员讲课，塬上各村常常座无虚席。上百名农民还到八百里秦川最为耀眼的明珠，陕西经济最具发展潜力的增长点和西部大开发的亮点的杨凌农业高新技术产业示范区参观，实地去感受土地的金贵。望着那绿油油的田野，膘肥体壮的牛羊，百花吐艳的花卉基地，他们为有这样好的农业而赞叹！大家只有一个心愿，那就是，用实际行动把我们的家园装扮得更加得清秀美丽。

踏上长城塬，放眼望去，一片片高效经济林在渠水的灌溉下茁壮成长，一派醉人的绿意。头顶烈日，长城村村民赵德明老人高兴地算起了账：“以前干旱地里连籽种都收不回来，得‘长引工程’之利，小麦、玉米等农作物产量翻倍增长，家里的粮仓满满的，栽种的林果亩均收入3000多元，今年大旱之年稳产不减收，穷了一辈子的农民终于走出缺水阴影，直起腰板做人了。”

涝池村农民人均纯收入前后的变化就是一个佐证。水上塬前，该村农民人均纯收入800元；水上塬后，农民人均纯收入跃至2600多元。

如今的长城塬，恍若世外桃源：数千亩土地平展展地躺在那里，让人一览无余，农家炊烟袅袅升起，祥和，宁静……

绵延的大山作证，古老的长城作证：长城塬的明天更加美好！

水润民生

望着丰收的辣椒和西红柿，彭阳县红河乡友联村村民关学武笑逐颜开，他说:“今年的收入估计在12万元以上，如果不是友联设施农业供水工程保证供水，这50多棚的辣椒、西红柿可就没多大希望了。”像关学武这样因水增收的设施农业种植户在彭阳县有1500多户。

大禹治水，功在千秋；李冰围堰，万民称颂。长期以来，水务局把解决灌水难、吃水难等群众关心的热点难点问题作为工作重点，着力发展民生水利，以浓墨重彩的时代手笔，谱写了农田水利基本建设事业新的壮丽画卷和精彩篇章。

影像一:水源工程初具规模。一座座崭新雄伟的大坝，一片片浩瀚烟波，犹如一颗颗碧绿的翡翠镶嵌在彭阳大地。一座水库一处美景，除险加固后的水库成为彭阳县一道道亮丽的风景线。2012年初，在水利厅主持召开的重点项目前期工作对接会上，石家峡水库已进入全国“十二五”规划大中型水库前期工作序列，这标志着石家峡水库建设被正式提上议事日程。石家峡水库位于石头崾岘水库上游18公里处的小河流域上游郑家庄村附近，控制流域面积928平方公里，设计总库容1420万立方米，为中型水库。该水库建成后可与下游的槐沟、石头崾岘水库联合运行，不仅可有效减少石头崾岘水库的淤积和防洪压力，每年还可向槐沟和石头崾岘水库补水130万立方米，满足下游灌水需要，同时可为县城工业发展提供水源保障。建县以来，彭阳县先后建成庙台、周庄、石家坪等水库6座，石头崾岘水库是宁南山区第一座混凝土坝，西庄水库泄洪洞孔径4米，断面尺寸为宁南水利建设之最。截至2011年，全县共有水库39座，其中，中型水库5座，小(一)型水库9座，小(二)型水库25座，总库容1.2亿立方米。完成了国家病险水库除险加固一期项目，对乃河、店洼、雅石沟等11座水库进行了除险加固，新增库容900万立方米，恢复改善灌溉面积3.78万亩，将水库的防洪标准平均提

高了200年。启动了小型病险水库除险加固项目，开始对吴川等14座小型水库进行除险加固。在红、茹流域新建灌溉机井94眼，发展井灌面积0.7万亩，红河申川机井日出水量达8600吨。为全县的农田灌溉和工农业用水提供了保障。建成古城、红河、城阳、长城塬万亩以上灌区4处，配套砌护干渠137.44公里，支渠252.95公里，有效灌溉面积达10.6万亩，为全县粮食的高产稳产打下坚实基础。

影像二：饮水条件极大改善。白阳镇陡坡村村民任兆武看着哗哗的自来水流进自家水缸里，激动地说："没想到啊，真是没想到，自来水能通到我家的锅头跟前，再也不用我老汉到十几里外的沟里担水吃了，真是太享福了，感激不尽啊！"像老人这样用上自来水的农户在彭阳占55%。建县以来，彭阳县始终把解决农村饮水问题作为水利工作的一个重点，因地制宜确定工程形式。在水源有保障、人口集中、经济条件较好的地方，建集中供水工程；对于地下水资源较好的地区，采用打井提水的方式解决；在水源条件差，地形复杂、人口居住分散的部分山区，采取打井打窖、建硬化集水场、配屋檐集水等方式解决；在泉水较多、水质、水量较好的地区，进行泉水改造。1999年7月，积极响应自治区党委、政府关于实施"生命工程"的号召，率先在草庙乡建成"生命工程第一井"，实施"生命工程"。2000~2003年，完成了彭阳县农村饮水解困一期、二期工程。2004年，启动农村饮水安全项目。截至2011年底，通过集中并网、整合延伸等措施，在全县建成集中供水工程39处，改造泉水145眼，打井窖5.91万眼，修混凝土集水场9149处，配套集雨布4940块，配套屋檐集水1300套，建成涝池14座，自来水入户3.64万户，自来水覆盖率超过80%，解决了17.5万人的饮水安全问题，基本形成了以彭阳县东部、中部、红河川、茹河川农村饮水安全工程为骨架，小型泉改、水窖为补充的农村饮水供水网络，大旱之年无大面积水荒现象发生。

影像三：节水灌溉效益显著。在麦子塬节水灌溉工程示范区，技术人员坐在控制室的电脑前轻点鼠标，果树跟前的滴头就开始自动滴水，同时，各区域的灌溉情况通过电视屏幕一一显示。这是引进推广的较为先进的灌溉自动化控制系统,通过田间管网系统、中央控制系统和视频监控系统,实现灌溉的远程控制、自动灌溉、视频监控和自动化运行。近年来,彭阳县围绕水资源的高效利用,针对不同类型区制定了不同的节水措施。在库灌区、机井、扬水灌区全面推行小畦灌溉技术,每年完成小畦面积 5 万亩以上。积极推进灌区节水改造,推广喷灌、管道输水灌溉技术,完成城阳、红堡、石头崾岘等灌区节水改造工程 7 处,恢复改善灌溉面积 7.86 万亩,新增节水灌溉面积 3.91 万亩。同时采取"政府主导,项目整合,土地流转,公司带动,群众参与"的机制,把工程微喷灌、滴灌等先进节水灌溉技术的配置与与发展苗木花卉、蔬菜等高效农业有效结合,建成了六盘山苗木花卉基地、红河宽坪设施农业科技示范园等节水高效农业示范基地和设施农业供水工程 30 处,可节水 40%,增加农民收入 700 多元,在解决农民就业、农业新技术开发、科技培训等方面起到了积极的示范作用,经济效益、社会效益十分显著。在北部干旱地区推广集雨补灌,发展窖灌农业、庭院经济,配套微灌设备 1.6 万套,探索出适宜干旱地区的"坐水种""注水灌溉"等节水微灌技术,每年发展窖水微灌面积 4.7 万亩。围绕集雨微灌技术开展科学研究,完成国家"九五"重大科技示范项目:坡地径流窖灌溉农业高效用水模式与产业化示范项目、北方干旱半干旱地区(宁夏)集雨补灌技术集成与示范项目、半干旱退化山区生态农业建设技术与示范(上黄经验推广)项目,使水资源得到充分利用。

影像四:水利管理逐步规范。2011 年 8 月,在水务局召开的农村饮水安全工程管理攻坚战动员会上,原任局长王永贤斩钉截铁地说:"农村饮水安全工程是最大的民生工程,农村饮水安全工程管理是我们工作的重中之重,在这个问题上,我们没有退路,不管有多困难,我们必须下力气解决。"在 2012 年水务局的工作部署会上,现任局长刘胜利语重心长地说:"工程质量是我们的生命线,如果工程质量不过关,我们上对不起国家,下对不起群

众，浪费人力财力，我们将会成为历史的罪人。”为此，全局上下把工程运行管理、建设管理和水资源管理作为重点，常抓不懈。在工程运行管理上，积极推行水利产权制度改革，出台了《彭阳县小型水利工程产权制度改革实施方案》，在全县成立灌溉管理委员会12个，农民用水者协会78个，拍卖机井眼22眼。成立灌溉管理站和农村供水工程管理站，对全县的灌溉工程和人畜饮水工程进行监管。先后制定了《彭阳县农村供水工程管理办法》《彭阳县灌溉工程运行管理办法》《彭阳县设施农业供水水源机井建设管理办法》等管理办法，在全县成立了4个水利工作站，推行水利工作站管理泵站、灌溉管理所的模式，建立了以农村供水管理总站和各水利工作站为主体、农民用水者协会参与的管理机制，组织开展了“双百”(抽调100人，为期100天)攻坚战，有效解决了工程管理中存在的问题。在工程建设管理上，全面推行工程建设“四制”(项目法人责任制、工程招标制、工程监理制、合同制)管理，组建项目法人，统一管理全县水利建设项目。明确各工程责任人员、完成时限和奖惩措施，制定《彭阳县水利工程质量监督管理办法》，推行“第三方”质量检测制度，成立了彭阳县水利工程质量监督检验站，加强人员和设备的配备，对工程质量跟踪监督。实行月度例会制度，在工程建设期间由主管领导负责组织对在建工程全面检查，召开工程建设例会，通报问题，落实整改措施，并把工程质量管理与进度款拨付直接挂钩，落实工程质量终身责任制，工程建成移交后，实行工程质量“回头看”，对出现的质量问题，由相关责任人负责维修，直到符合设计要求。在水资源管理上，全面落实《国务院关于实行最严格水资源管理制度的意见》，严格执行水资源开发利用总量控制、用水效率控制、水功能区限制纳污“三条红线”，严格实施水资源论证、取水许可和水资源有偿使用制度，严格入河排污口设置审批管理。加强地下水管理和保护，划分了地下水禁采区、限采区和可开采区，对违法打井取水现象进行全面排查。积极落实行业和用水产品用水效率指标体系，开展节水社会载体评价工作。建立了水政监察大队，加大水行政执法力度，努力保障全县各业发展用水需求。利用“世界水日”“中国水周”等活动，积极开展节水进校园、进家庭、进社区、进企业等宣传活动，推进了节水型社会建设。

上善若水，水惠民生。厚德、包容、勤劳的彭阳人将在这片广袤而充满希望的土地上，用自己的聪明才智和勤劳汗水书写更加辉煌、灿烂的篇章，创造人水和谐的幸福生活……

润物无声

发展是关键，改革是动力。加快自身发展始终是搞好水利工作的重要保证。彭阳县水利局有一个荣誉室，里面整齐地摆放着建县以来水利局所受的各种表彰奖励，有省部级的，地厅级的，县级的，基层群众的，这些奖杯、奖牌、证书、锦旗，浓缩了水利局精神文明的创建成果和水利事业的发展历程。20多年来，水利系统干部职工不断为精神文明建设制定新措施，注入新内容，树立新目标，齐心协力浇灌的文明之花已悄然开遍了彭阳的水利工地，水库灌区，为彭阳水利事业的发展注入勃勃生机。

在领导班子建设上，彭阳县水利局始终坚持民主集中制原则，强化班子民主议事制度，推行政务公开，加强领导班子的政治理论学习、思想作风、党风廉政建设等，提高了领导班子的科学决策水平。同时，加强职工队伍建设。认真开展“机关效能建设”“解放思想、干干净净办事”等主体实践活动，把落实科学发展观贯穿于主题实践的全过程，组织广大干部职工深入学习党的方针政策，举办形式多样的实践理论研讨活动；围绕“党员三制”管理，承诺为民办实事10件，开展党员“评星定格”活动和党员“手拉手”活动，规范党员管理，与罗洼乡罗洼村20名党员结成帮扶对子，帮助他们脱贫致富。开展水利建设优质工程评选活动；开展形式多样的各类宣传教育、文艺演出，为汶川大地震捐款、献爱心等活动，成立扶贫小组，抽调专人先后在罗洼崾岘、交岔关口、石岔孙阳、花露、孟塬牛塬等村开展扶贫活动，帮助村部制订发展

规划、规章制度20余项，维修村部310平方米，配套桌椅58套，修建道路203公里，捐款1.4万元元，新修基本农田2300多亩。在城阳乡城阳村开展小康试点工作，新修村部6间。为全县中小学校建水窖318眼、集水场37处。先后为职工海春荣、军人的妹妹马向芳等人捐款1.1万元，为扶贫项目、教育事业、残疾事业等各组织捐款15.1万元，向汶川地震灾区捐款5.37万元。加强职工思想道德建设，组织学习《公民道德建设实施纲要》，大力倡导“爱国守法，明礼诚信，团结友善，勤俭自强，敬业奉献”的基本道德规范，教育职工遵守社会公德、职业道德、家庭美德，做一名有理想、有道德、有文化、有纪律的社会主义公民，强化了职工素质，提高了服务意识，展现了水利行业精神文明新气象，形成了比着干、跑着干，奋勇争先，不甘落后的工作局面。

春风化雨，润物无声。2001年，水利局被自治区水利系统评议水利行风工作领导小组评为先进集体。2002年，在全县经济发展环境创新群众问卷调查评议中，综合得分82.9分，在评议的23个部门中排名第一；2003年，在全区水利系统创新发展环境公开评议中综合得分80.15分，全区排名第二；2004年，在全区水利系统创新发展环境公开评议中综合得分86.4分，全区排名第一。

20多年来，县水利局先后80多次被上级部门表彰奖励。1991年，被自治区水利厅评为全区农村水利建设“六盘山”杯先进集体；1993年，被自治区人民政府评为宁夏西海固扶贫开发项目管理先进单位；1995年，被国家计委评为全国以工代赈先进集体，被人事部、水利部评为全国水利系统先进集体；1998年，被自治区党委授予区级文明单位，有2项水利科研成果被自治区评为科技进步二等奖；2001年，被自治区总工会授于模范职工小家；2004年，被自治区体育局评为全民健身周先进单位；2005年，被评为全国水土保持先进集体，全区“黄河杯”农田水利竞赛二等奖；2007~2010年被自治区精神文明建设指导委员会评为文明单位。

漫漫风雨创业路，历经艰辛成此景。今天，水利系统的干部职工为自己精神文明建设的又一个新目标——国家级文明单位而阔步前进。

希望与梦想交织，机遇与挑战并存。在全社会深入学习科学发展观之际，彭阳县水利人认真贯彻科学发展观，解放思想，实事求是，与时俱进，开拓创新，以执政为民的理念，提出新的治水思路和奋斗目标：在科学发展观的统领下，以建立节水型社会为目标，以促进农业增产、农民增收为目的，进一步加大水库工程、农村饮水安全、节水灌溉工程及水土保持生态环境建设等工作力度，全力推进节水型社会建设，努力实现水利工程建设与农村产业结构调整、生态环境、全县经济建设相结合，使全县水利建设和管理续写新的篇章，筑就又一轮新的辉煌。

1983 年 10 月，彭阳建县，随之成立了彭阳县林水科，管理全县的林业、水利工作。1984 年，林业、水利分设，成立了彭阳县水利电力科。经过近 30 年的发展，水利工作的职能和业务不断调整、完善，单位名称也先后更名为彭阳县水利电力局、水利水保局、水利局。2009 年 8 月，彭阳县水利局更名为彭阳县水务局。截至目前，县水务局共有职工 214 名，其中，水利高级工程师 27 名，工程师 132 名，下设水土保持工作站、水利服务中心等 7 个单位和红河、白阳等 4 水利区域站。负责全县水资源管理、水利规划、水利工程管理、水政执法和水保生态治理工作。

“事业要发展，干部是关键，思想是保障”，这是水务局总支书记郑小义经常挂在嘴边的一句话，加强思想教育也成了水务局长期坚持的一项工作。党总支始终坚持“围绕生产抓党建，抓好党建促生产”的工作方针，先后开展了“三讲”“三个代表”学习、实践科学发展观、保持共产党员先进性教育、“思想大解放，树立新形象”和营造风清气正发展环境等主题教育活动，认真组织职工学习党的理论知识和各项方针政策，提高了干部职工的思想素质。深入推进创先争优、“评星定格”活动，推进党员“三制管理”，围绕“五个好”“五带头”目标，加强党的基层组织建设，成立了离退休支部等基层党

支部9个，发展党员113名，其中女性党员9名，开展“四亮四创四评”活动，通过各种途径公开党员身份，设立党员示范岗、青年文明岗和巾帼建功岗，开展道德模范学习宣传活动。加强廉政风险防范管理，围绕工程建设、职责履行等方面查找到廉政风险点，制定防范措施，开展勤政廉政承诺。加强行风效能建设，认真落实“十项规定、八办要求”，聘请行风监督员加强作风监督。以节日活动为载体，以职工关注的热点、难点问题为重点，为全县水利工作提供精神动力为前提，积极开展各类文体活动，建立图书阅览室，推进学习型党组织建设，丰富了职工的文化生活。

春风细雨，溶物无声。榜样的带动，思想教育工作的深入开展，打造了一支作风硬、思想正、能打硬仗的水利队伍，创造了一个又一个的水利辉煌业绩。建县以来，县水务局受上级部门表彰奖励109次，其中省部奖励24次，地厅级奖励31次，县级奖励54次，先后被人事部、水利部授予“全国造林绿化县”“全国水利先进县”“全国水土保持先进县”“全国生态建设先进县”“全国水土保持先进集体”称号，被自治区精神文明建设指导委员会授予区级文明单位，被水利厅评为先进集体，被中共固原市委、彭阳县委授予为先进基层党组织、学习型党组织，5次荣获农田水利基本建设“黄河杯”竞赛二、三等奖。

风劲扬帆

过去的2011年，让我们经历了一个名副其实、浓墨重彩的“水利年”，开启了中国水利新纪元。

这一年，中共中央、国务院出台《关于加快水利改革发展的决定》，中央1号文件首度聚焦水利，制定出台、安排部署了一系列覆盖面广、针对性强、含金量高的政策措施。

这一年，中央水利工作会议召开，党中央、国务院再次对加快水利改革发展进行动员部署。重视前所未有，规格前所未有，力度前所未有。

新中国成立62年来第一次，中央以最高规格召开会议全面部署水利工作。

新中国成立62年来第一次，在我们党的重要文件中全面深刻阐述水利在现代农业建设、经济社会发展和生态环境改善中的重要地位。

新中国成立62年来第一次，将水利提升到关系经济安全、生态安全、国家安全的战略高度。

新中国成立62年来第一次，鲜明提出水利具有很强的公益性、基础性、战略性。

……

也是在这一年，自治区党委、政府出台《关于加快水利改革发展的决定》。彭阳县委、政府出台了《关于加快水利改革发展的决定》和《彭阳县贯彻落实两个〈决定〉和中央水利工作会议精神责任分工方案》，明确了彭阳县今后水利改革发展的目标任务、主要措施和任务分工。县财政按500万元额度设立水利建设专项资金，每年增长比例不低于财政收入增速；从土地出让收益中提取10%专项用于农田水利基础设施建设，建立了水利投入稳定增长机制。

“雄关漫道真如铁，而今迈步从头越”。新一届水务局领导班子立足当前，高瞻远瞩，抢抓机遇，以党的十七大精神为指导，认真落实科学发展观，全面贯彻中央治水方针和自治区分区治水思路，进一步深化水利改革，紧扣全县“1255”工作思路，确立了全县水利发展“1153”工作思路：即围绕一个中心（节水型社会建设），突出一个重点（项目前期工作），建设五大工程（灌区节水改造、病险水库除险加固、农村饮水安全、水土保持、防洪减灾），强化三项管理（水资源管理、工程建设运行管理、河道采砂管理），大力发展民生水利，为全县经济社会跨越式发展提供强有力的水利保障。

农田水利谱新篇，引得源头活水来。水是生命的源泉，水利是农业的命脉，治水安邦总是与社会发展、经济繁荣、科技进步密不可分。我们水利人

就要靠“亦余心之所善兮，虽九死其犹未悔”的精神成就治水兴利的事业。一个崭新的现代化水利时代和“河畅、水清、山绿、地平、景美”的生态彭阳正在大踏步地向我们走来，山川秀美、人民富裕不是梦。

曾经辉煌留青史，更有豪情向未来。随着彭阳县经济社会的迅猛发展，农业的基础地位更加凸显；面对未来，水利水保建设面临新的机遇和跨越。我们坚信，有县委、政府的坚强领导，有全县人民的大力支持，彭阳水利人一定百尺竿头，更进一步，把农田水利基本建设文章做大、做深、做出特色，在推动城乡统筹发展中再立新功！

（原载《彭阳文学》2012年第3期）

兼爱济民　厚德至善

——彭阳县医疗卫生事业发展纪实

徐　洁

这是一份神圣的使命，厚德载物，泽被一方，诠释着不断创新发展的精神；这是一项艰巨的责任，为民办事，替党分忧，彰显着城乡卫生事业的厚重力量；这是一种伟大的事业，造福社会，大爱无疆，为彭阳人民的健康事业保驾护航。

——题记

彭阳，历史悠久，早在旧石器时期就有人类居住。自秦迄明，曾先后置郡、州、县，秦长城、汉宋城郭故址犹存，是世界针灸鼻祖皇甫谧之故里，历史文化底蕴丰厚。彭阳以其独特的毓秀钟灵之韵，吸引了不少风流雅士、人杰英雄，他们驻足抒怀，演绎人生。毛泽东的“不到长城非好汉，屈指行程二万”乃千古绝唱；红军长征、西征两次过境并留宿，毛泽东、张闻天、王稼祥、彭德怀等老一辈无产阶级革命家曾在这里生活战斗过，解放宁夏的第一仗——“任山河战役”，就在这里打响，近四百名烈士用鲜血，在中国革命史册上书写了光辉壮丽的一页。

世世代代的彭阳人民在这里安居乐业，尤其是近几年来，彭阳以人为本，将保障人民身体健康放在第一位，在各级党委、政府和主管部门的坚强领导下，从改革体制机制着手，进行了一系列探索创新，取得了令人瞩目的

成果，人们的健康状况和健康观念发生了翻天覆地的变化，得到了卫生部和区市党委、政府领导的充分肯定和高度赞扬。

走进卫生局，给人的第一印象是环境优雅、忙而不乱。楼层走廊、楼梯、大小办公室，到处悬挂着文人墨宝行业语规，文化气息浓厚；从领导班子到一般工作人员，衣着整洁谈吐文明精神饱满，分明是一支训练有素、纪律严明、作风过硬的卫生队伍。这支队伍肩负着神圣的使命，任重而道远。是啊，医疗卫生事业是关系人民群众健康，关系千家万户幸福的重大民生问题，既是政府实行一定福利政策的社会公益性事业，也是社会关注的热点，更是展现经济发展成果、政府管理能力、党风政风建设、社会和谐公平的平台，没有良好的素质，没有严明的纪律，没有过硬的作风行吗？

众所周知，上学难、住房难、医疗难是困扰当今社会和人民群众的三大难题。其中“医疗难”问题是首要亟须解决的问题，因为它关乎人民的健康和生命安全，有什么能够比人的健康和生命更重要？谁也无法违背生、老、病、死的自然规律，人都会生病，缺医少药使人心酸，而有病不能及时医治更让人心疼，“看病难，看病贵”让多少身染疾病的人们对求医问药望而却步呢？

“新型农合” 绚丽乐章

“看不起病”这四个折磨着世代彭阳人的字，今天终于能够从人们心中渐渐淡去了。我们不用再为满身的疾病走不进医院的大门而着急落泪，不用再为因缺钱不能及时医治遗留的后遗症而终身后悔，不用再为一边是高额的药品一边是干瘪的口袋而尴尬难堪……

2006 年 1 月 1 日，是一个刷新历史的日子，是一个值得彭阳人民铭记的日子——彭阳县被国家确定为第二批新型农村合作医疗制度试点县。新型农村合作医疗工作是财政、民政、审计、人社、卫生、各乡镇的密切配合解民意、贴民心的政府惠民工作，是国家给予农民群众最真切的关怀和最本质的关爱，也是缓解群众“看病难，看病贵”、完善社会保障体系建设的民生计划。浩大的工程，需要坚定的信心和决心来完成。彭阳县卫生系统力克财力、人力、物力等诸多困难，对合作医疗政策、补偿比、缴费时间等内容，通过印制宣传单、刷写墙体标语、印发《致农民朋友的一封信》以及在县有线电视台、网站开设“健康家园”等多种途径和方式，全力以赴做好宣传动员工作，使农民群众首次对新型农村合作医疗这个新事物有了了解，有了认知，初步为营造农民群众积极参合的氛围打下了良好基础。

彭阳县地处宁夏南部山区，农民习惯于认为吃商品粮、报销药费、差旅费只是有工作的人的事，与自己无关。当听说办个证就可以报销药费，总觉得不靠谱。他们疑虑，他们观望，害怕自己辛辛苦苦挣来的几十元血汗钱没响声地打了水漂。

为了使农民群众放下疑虑积极参保，切实享受到国家给予的优惠政策和实惠，县委、政府高度重视，组织得力，责任到人，成立了由县长任组长，分管副县长为副组长，卫生、财政、监察、民政、审计、各乡镇主要负责人为成员的新型农村合作医疗管理领导小组，第一时间内派驻干部和卫生工作人员与乡、村两级工作人员跑乡进村，解疑释难，动员说服群众为自己投保。一次次，一趟趟，终于，犹豫不决的农民群众在对新型农村合作医疗工作深入了解的同时看到了“花小钱，看大病”的希望，纷纷解囊，积极参保。新型农村合作医疗工作走出了农民群众不愿参保的困境。

数字是枯燥无味的，但唯有数字才能显出实绩的分量。七年来，新型农村合作医疗制度覆盖了县域内三镇九乡 156 个行政村 803 个村民小组。随着调整实施方案，降低起付线，提高报销比和封顶线等惠民措施，参合率逐年上升。2006 年，新农合农民收缴人数 211061 人，参合率 90.61%，报销参合农民住院 4879 人次，核销费用 130.9 万元。2012 年，新农合农民收缴人数 212937 人，参合率 96%，报销参合农民住院 17416 人次，核销费用 3008 万元。相比参合率提高了 5.39 个百分点，享受政策的参合农民逐年增加。2008 年度，彭阳县被自治区评为“新型农村合作医疗工作先进县”。

全县现有医疗卫生机构21所，其中县级医疗机构2所，县级卫生机构3所，乡镇（中心）卫生院14所，社区卫生服务站2所。目前县医院、中医院、妇幼保健所3家为新农合县级定点医疗机构，14所卫生院全部为新农合乡级定点医疗机构。看着喜笑颜开的群众，卫生系统全体工作人员感觉付出的努力、流出的汗水得到了最大的回报。

如今，全县2528.65平方公里的土地上笑声荡漾，上至耄耋老者下至婴孩幼童，医疗跟得上，卫生有保障，健康水平从根本上得到提升和改善，不论贫富，拥有了相同的就医条件，做到了步履一样坚定地走进医院所得到同等救治，罹患疾病的父老乡亲彻底放下了"看病贵""看不起病"的思想包袱，有病不再硬扛、不再胆怯，花少钱治大病，尽情沐浴在国家医疗政策的春风里，充分享受新型农村合作医疗带来的实惠。

这个惠及千万百姓的民生政策，使彭阳县基本进入了一个全民享受医保的新时期，城乡居民得到了真正的实惠。一位在新型农村合作医疗窗口报销完药费的老大爷，手捏钞票，眼含泪花，胡须抖动，动情地说："以前有病，疼得炕上躺都躺不住，硬扛着也不敢上医院。自从交了那20块钱，一有病，医院就成了大路。"他边说边扬了扬手中的钱继续说，"咱再也不怕有病了。党比娘老子好，我们有病不再怕不再愁；大夫比儿子亲，大夫一天看我几趟，儿子一年半载才来一回。国家的好政策是我们的再生父母！"这一语道出了所有参保人的心声！

公共卫生　健康之眼

预防为主是做好一切事的宗旨，医疗卫生工作也不例外。预防保健工作是公共卫生的重要组成部分，疾控中心、保健所、监督所是公共卫生的主阵地。多年来，由于投入有限等诸多原因，彭阳县公共卫生工作发展速度缓慢、滞后，公共卫生机构基础设施建设滞后，应对传染病等突发卫生事件能力较低、管理不规范、服务意识不强、服务能力不高、乡村两级基础薄弱、三级网络基础不牢、工作人员年龄结构断层、专业技术人员缺乏、设备不全、服务能力低下等诸多因素，严重制约了公共卫生事业的发展。

2006年3月，为了顺应时代发展，适应全县人民多层次的健康需求，在原县防疫站(成立于1983年)的基础上，分设监督所，更名疾病预防控制中心。主要负责全县儿童免疫规划、传染病防治、地方病防治和慢性病管理等工作。坚持“预防为主，防治结合”的工作方针，以卫生惠民政策为依托，以农村为工作重心，城乡兼顾，以健全疾病预防控制体系、提升疾控能力为中心，以预防、控制和消除传染性疾病为重点，以温馨服务、真情服务为标准，以服务对象的需求和满意为出发点，全面提高了乡村防控人员的素质，夯实了乡村两级防控网络建设，为全力实施地方病、慢性非传染性疾病综合干预创造了有利条件，为巩固县、乡、村三级防控网络打下了坚实基础，为全面提高全县人民群众健康水平做出了不可磨灭的贡献。2012年，儿童免疫规划报告接种率均达到98%以上，病毒性肝炎、结核病等重点传染病得到有效控制。城乡居民电子档案建档率分别为85.68%、62.53%。城镇居民高血压、糖尿病规范管理率99.51%、100%，农村居民高血压、糖尿病规范管理率93.5%、98.12%，慢性病防控工作成效显著，被自治区卫生厅授予“自治区慢性病综合防控示范区”称号。以“十个一”为载体的健康宁夏全民行动取得了显著成绩，被自治区评为“先进县”。

分设后的彭阳县卫生监督所，受县卫生行政部门委托，卫生监督所目前承担全县医疗卫生、食品、化妆品、公共场所、学校卫生、放射卫生、职业病等卫生监督管理职能，监督管理全县公共场所160户，从业人员278人；生活饮用水供水单位1家，从业人员6人；职业危害风险单位11家，接触职业危害因素109人；各类医疗卫生机构185家，学校、幼儿园175所。通过下移卫生监督工作重心的工作方法，卫生监督职能延伸到了乡、村、社的每一个角落，经多方努力，全县乡镇卫生院设立监督室14个，聘任了乡镇卫生监督协管员32名，村卫生室监督协管员193名。2012年，受理各类行政许可171

家，其中公共场所卫生许可161家，生活饮用水卫生许可1家，放射卫生许可9家。办理从业人员健康证3135个。检查各类医疗机构、药店204家，监督覆盖率98%，对34家医疗机构进行了不良积分，对9家医疗机构放射卫生进行了重点检查。依法取缔“黑诊所”1家，查处违法使用非专业技术人员的个体诊所1家和无任何行医资质的“游医”2名，没收各类药品30余种，价值1100元。开展传染病、学校卫生、饮用水卫生等监督管理，对25家农村集中式供水单位和78所学校、托幼机构的食品安全、生活饮用水卫生安全、学校传染病防治工作进行了监督检查，进一步规范了学校卫生安全保障工作。同时，全面推行餐饮卫生监督公示制和卫生状况表情公示制，大力开展食品卫生专项整治活动，全县学校食堂、餐饮单位量化分级管理制度实施率、原料进货索证制度建立率、无卫生许可证经营单位的查处率均为100%，食品、公共场所卫生环境和卫生状况得到有效改善，卫生监督工作真正取得了实效。

妇幼保健工作是公共卫生的重要组成部分。彭阳县妇幼保健所成立于1984年，多年来，按照“保障妇女儿童健康”的宗旨，优化服务模式，拓宽服务领域，为维护全县妇女儿童健康做出了积极贡献。2012年，全县活产婴儿3505人，产妇总数3501人，孕产妇系统保健管理3227人，系统保健管理率92.07%，住院分娩3497人，住院分娩率99.77%，孕产妇死亡1例，死亡率28.53/10万。0~6岁儿童保健覆盖率92.04%，5岁以下儿童、婴儿和新生儿分别死亡53人、45人和26例，死亡率分别为15.12‰、12.84‰和7.42‰；出生缺陷检测26人，出生缺陷发生率92.51/万。危重孕产妇医院监测1205例。农村孕产妇住院分娩3024人，住院分娩补助2833人，补助率93.68%。完成婚前医学检查3526人，婚检率97%，婚检患病337人，患病率9.55%，完成新生儿疾病筛查2969人，筛查率92.65%，乳腺癌免费筛查3187人，确诊浸润性乳腺癌2例，宫颈癌免费筛查10056人，确诊CIN19例，尖锐湿疣1例。叶酸应服3640人，实际服用3563人，叶酸服用率97.88%。全县妇女儿童健康状况在卫生事业的突破发展中得到了明显改善，这不仅凝结着彭阳县妇幼保健所广大医护人员的辛勤汗水，更让百姓对彭阳县护佑妇幼健康的信心与日俱增。

近年来，在上级单位的领导和监督指导下，在上级领导的关心和支持下，以 10 类 43 项基本公共卫生服务项目为抓手，全面落实“442”工作督导机制，扎实推进基本公共卫生服务均等化进程，使全县公共卫生工作跨越发展了一步，实现了历史性突破，县疾病预防控制中心、妇幼保健所、卫生监督所曾多次受到区市表彰。

惠民医院　满园春光

古人云：“窥一斑而见全豹。”现今卫生系统整齐划一的大楼，翠绿的草坪，“服务对象是亲人”的服务理念等，无不让人赏心悦目，这其中蕴含了卫生人多少的艰辛和努力啊。完善基础设施建设，是改善人民群众就医环境，破解“看病难”问题的首要途径。破败的大楼、落后的设备、较差的技术、匮乏的经验、紧缺的医疗骨干人才……县卫生系统领导看在眼里急在心上，如何才能完善基础设施把全县人民“看病难”这一棘手问题解决好，从而推动全县经济稳定发展？俗话说，钱不是万能的，但是没钱是万万不能的。解决问题需要资金，把问题解决好更需要资金。为了使各医疗机构硬件设施跟得上人民群众日益增长的就医需求，在闽宁结对帮扶、国家高度重视医改工作等有利形势下，跑项目争投资，经多方奔走筹措，几年来，县卫生系统共争取各种项目资金 10700 余万元，先后完成了 15 所乡镇卫生院和 169 所村卫生室改扩建任务，建成了县医院住院部(一二期)、中医院门诊、妇幼保健所住院部、王洼和草庙卫生院住院部等重点工程，为 14 个乡卫生院配置了救护车辆和医疗设备 300 台(件)，为 156 个村卫生室配置了“小十件”设备，为县级医疗机构配置了螺旋 CT、彩超等大型先进设备，极大地提升了急诊急救和诊疗技术水平。以县级为龙头，乡级为枢纽、村级为基础的医疗卫生

服务体系逐步完善。特别是2012年,县中医院住院部与县卫生监督所业务用房合建工程顺利竣工,总投资1.86亿元的县医院迁建工程如期动工。新集乡卫生院迁建、城阳乡卫生院住院部和沟口卫生院门诊已批复立项。高标准完成了87个标准化村卫生室，极大地满足了农民群众小病就医的需求,使乡村卫生事业迈上了新台阶。一个数字凝结着一份艰辛和不易,一连串的数字串起了卫生人无法估量的艰辛和不易。“公公的鞋底子跑透了,新媳妇子到家了。”这句俗语道尽了责任与压力中当家人的艰辛和不易。卫生系统的当家人,为没有常规使用的设施设备、不能及时到位的资金、不能按期竣工投入使用的大楼……着急上火中满嘴燎泡，周旋奔波中脚底生茧，以“硬叫挣死牛不让翻了车”的倔强,克服一关又一关的困难,欣慰地看着一个又一个“新媳妇子到家”。

基础设施健全了,可较差的技术、匮乏的经验、紧缺的骨干人才等成为破解“看病难”问题的一块块绊脚石。正当彭阳卫生人为如何清除这些绊脚石苦恼彷徨的时候,解放军302医院,福建省人民医院、肿瘤医院、妇幼保健院、东山县医院,自治区第五医院,石嘴山第二人民医院等对口支援医院及时伸出了破解难题的援助之手。通过邀请专家来彭阳县开展“传、帮、带“等支援帮扶工作,紧紧抓住项目机遇,扩大对外合作交流,使彭阳县的医技力量迅速充实,医疗事业得到了突飞猛进的发展。

2001年,解放军302医院积极响应党中央和中央军委的号召,坚持革命理想,发扬长征精神,本着带好一所医院,服务一方群众,培育一批人才的目标,用送深情、送服务、送技术、送知识、送设备的“五送”活动,在物力、财力、技术、人才培养等诸多方面大力支持了彭阳县公共卫生医疗基础设施建设,首次给予了革命老区群众最本质的厚爱。几年来,蹲驻彭阳县的技术高超、医德高尚、经验丰富、责任心强的高素质医务人员,通过组织查房、手术示教、疑难病例讨论、专题讲座等各种临床带教、推荐走出去免费培训等诸多形式为彭阳县医院培养了一批又一批优秀的专业技术人才骨干。同时，派驻的医务人员通过参与彭阳县医院的医疗管理工作，提出了多项切实可行的整改措施，为彭阳县医院借鉴先进管理经验走科学发展、可持续发展路子奠定了坚实基础。除蹲驻人员以外，还有派驻的短期专家、投资兴建的医疗网络远程会诊系统、捐赠的各种仪器、设备……解放军 302 医院的对口帮扶工作，诠释了“军民鱼水，双拥共建”的佳话，为彭阳县医疗卫生事业的蓬勃发展提供了强有力的人才保障和智力支持，为彭阳县人民群众解除了身体的病痛，降低了治病费用，更给予了党中央、中央军委的亲切关怀！人们争相传告“302 医院又来专家了，去县医院找 302 医院专家看病去！”……

彭阳县人民群众“看病难”问题在上级部门的亲切关怀和彭阳县卫生人的不懈努力下，就医环境得到提升、就医条件大为改善、有病不能医的问题迎刃而解，群众就医实现了百年难求的“卫生系统领导高重视，医务人员齐心负总责，外援专家解疑又释难，彭阳百姓看病不再愁”的全新模式。

在加强基础设施建设的同时，利用对口支援、离职进修、招考等方式，加强人才队伍建设。采取“送出去，请进来”的办法，不断加强基层卫生人员教育培训工作，近三年累计培训各类卫生人员 634 人次。福建省选派 10 名医疗卫生专家到县医院开展授课、帮教和指导等服务活动，同时，县医院、中医院、妇幼保健所先后派出 18 名业务骨干到福建省人民医院、肿瘤医院、妇幼保健院、东山县医院进修学习，有力地带动了县级医疗机构业务发展和卫生队伍技术水平提高。自治区第五医院、石嘴山第二人民医院等二级以上医院对口支援乡镇卫生院工作成效明显，乡镇卫生院的业务水平进一步提高。积极协调扩编招聘，解决卫生人员严重不足的问题，近五年累计为乡镇卫生院招聘补充专业技术人员 139 名，逐步配齐基层卫生人员，为农村医疗卫生事业长远发展提供了人才保障。

强化监管　让利于民

实施基本药物制度是规范医疗机构药品购销环节、打破“以药养医”体制、解决群众“看病贵”的重要举措。基本药物制度实施以来,彭阳县积极做好药品“三统一”政策与国家基本药物制度衔接,统筹安排,狠抓落实。基本药物制度实施初,按照《宁夏回族自治区贯彻国家基本药物制度实施方案》《宁夏基层基本用药目录》要求,确定了全县基层基本药物目录共369种药品、776个品规,对医疗机构原目录进行了全面清退。全县14所乡镇卫生院、2所社区卫生服务站、156所村卫生室全部实施基本药物制度,村卫生室基本药物均在85个品种、100个品规以上,《基层目录》药品使用率100%,实行零差率销售。县医院、中医院、妇幼保健所《基层目录》药品使用比率均达到90%以上、“三统一”目录内药品控制在10%以内。如今基本药物已覆盖全县所有医疗机构,基本药物配送率和使用率平均达到95%以上,并全部执行零差率销售。据估算,药品执行零差率以来,累计直接让利患者近千万元。

政府每年都要与各相关单位签订责任状,层层分解责任,量化细化指标,加大考核力度,严格奖惩兑现,形成分管领导亲自抓,相关部门配合抓,卫生部门具体抓的工作机制。县卫生部门将基本药物制度和药品及医用耗材“三统一”纳入卫生综合目标考核之中,在抓好政策制定、制度完善、措施落实的同时,加大对基本药物和药品及医用耗材申购、使用、配送、回款等环节的监管,开展经常性督查指导,查找薄弱环节,及时研究解决。积极与配送企业沟通、协调,签订三方行政合同,合同签订率达100%。县药监部门结合“两网”(农村药品供应网、质量监督网)建设,对各医疗机构中标药品购进厂家、质量、仓储管理进行现场监督检查,向相关医药公司派驻药品监督员,坚持周巡查制度,严把药品及耗材质量关。物价部门不定期深入各医疗机构对药品和医用耗材价格执行进行核查,统一价格标签,实行明码标价。工商部门对卫生局、医疗机构、配送公司三方履行合同情况进行监督,确保履职到位。监察部门采取明察暗访、定期督查等方式,加大对成员单位履职和医疗机构监督力度,保证了政策执行到位。

近五年来,共集中举办基本药物制度及相关政策培训班10期,接受培训的医务人员1770人次。通过有线电视《卫生与健康》栏目,医疗机构设立咨询台、办宣传栏、悬挂横幅、开展宣传月活动、卫生下乡、收费窗口发放宣传资料等形式开展了国家基本药物制度宣传活动,收效明显。卫生局统一组织征订,为县、乡医疗卫生机构207名临床医师配发了《基本药物临床应用指南》和《基本药物处方集》,达到人手一套,并对培训工作做了专项安排部署,将基本药物制度的宣传培训工作纳入年度综合目标管理考核之中,有力地推动了国家基本药物制度的全面落实。

县药招办结合区、市的政策规定,制定了《彭阳县贯彻国家基本药物制度实施方案》《彭阳县基本药物申购使用监督管理办法(暂行)》。卫生局制定了抗菌药物临床使用管理制度,开展抗菌药物临床使用分级管理。加强医疗机构内部药事管理,开展基本药物处方点评。县、乡、村医疗机构药品及医用耗材申购严格执行规定目录,做到每批次采购计划、验收、随货同行资料齐全,药品采购数量和价格的总量控制落实到位,有效防止了量价失控;聘请部分人大代表、政协委员、各乡镇分管卫生工作的副乡长及各村党支部书记为基本药物和药品及医用耗材"三统一"社会监督员,公布监督电话,自觉接受全社会监督;药招办实行月督查、季考核制度,对医疗机构基层目录药品、中标药品和医用耗材的配送和使用、药品价格执行、30日内汇款等情况进行监督检查,严肃查处违规违纪行为,每季度召开一次协调联席会和医疗机构负责人会议,通报落实基本药物制度和药品及医用耗材"三统一"工作进展情况,对存在问题的医疗机构提出限期整改意见,并跟踪督查落实。乡镇卫生院实行周督查月考核制度,加大督查指导,严格考核兑现,确保了该项工作规范有序运行。

改革机制　提质增效

改革以来,彭阳县着力在创新管理模式、建立分配机制等方面下功夫,抓改革,建机制,增活力,提效率。率先在全市推行"收支两条线"管理试点,

实现了县域内公共卫生机构、卫生院和社区卫生服务站全覆盖，对取得的医疗服务收入扣除药品销售支出后，全部上缴财政专户，科学核定基层医疗机构的合理支出，将40%用于事业发展支出，60%返还医疗机构用于正常业务经费支出，并对缺口给予补偿，确保基层医疗卫生机构收支平衡，正常运转。率先在全市提高村医待遇，依靠本级财力，从2010年开始，每年安排专项经费93万元，将村医补助从100元提高到500元，保证了村医合理收入，调动了工作积极性和主动性。实行“乡村一体化”管理，制定了《彭阳县乡村卫生服务一体化管理实施细则》，确立了彭阳县乡村卫生服务一体化管理的“6421”模式（即“六统一”：统一规划设置、统一人员管理、统一业务管理、统一药械管理、统一财务管理、统一绩效考核；“四帮扶”：县级帮乡级、乡级帮村级、强乡带弱乡、强村带弱村；“两强化”：强化乡镇公共卫生人员专业化、强化乡村医生职业化；“一独立”：即法律责任独立）。全面推行乡村医疗卫生机构业务、财务、人员、工资、药品、考核“六统一”管理。制订了“四帮扶”实施方案，建立了县级与乡级、强乡与弱乡、乡级与村级、强村与弱村结对帮扶机制，初步形成了强弱联合、互帮互带的发展新格局，带动了农村卫生工作发展。统一为乡、村卫生机构印制了管理制度和人员岗位职责，规范了村级公共卫生、慢性疾病等资料管理。筹措资金60万元为9所乡镇卫生院和30所村卫生室统一制作门头标识，为156所村卫生室制作了接种台，使乡村医疗卫生机构在标识形象、硬件建设上实现了新的提升。

大胆探索　多措控费

医疗卫生是涉及群众最直接、最现实的健康利益问题，医药费用是否增长备受社会关注、群众关心。推进公立医院改革中，彭阳县在加快电子病历建设，探索改革补偿运行机制等基础上，把控制医药费用过快增长作为推进公立医院改革的头等大事来抓，建章立制，多措并举，有效遏制了医药费用增长的势头。一是推行按病种付费管理机制。坚持“稳步推进，试点先行”

原则，选择17种临床路径较为明晰病种，在县医院、保健所2家医疗机构开展按病种付费试点，既规范了诊疗用药行为，又控制了医药费用不合理增长。与去年同期相比，二级医疗机构门诊人次增长了7.3%，次均门诊费用增幅0.8%，次均住院费用增幅6.3%，均在区、市下达的控制目标内。二是实行临床用药监管机制。严格执行基本药物和药品"三统一"政策规定，制定了抗生素使用管理办法，每月对门诊处方和住院病历进行点评，发现不合理用药行为进行处罚。建立临床抗生素使用预警制度，实行动态监管，每月对医院用药监控检查情况、临床使用药品比例执行情况、单张处方金额排序前10名的进行公示，有效控制了不合理用药行为，二级综合医院药占比下降为42.9%。三是做到合理检查。落实"四项规定"(即对费用较贵、确需检查项目，必须征得家属同意；对不需要检查的项目坚决杜绝检查；对不是病情需要的，同一项目不得重复检查；对本次门诊检查且入院治疗的患者，除因病情发生变化外，不得重复检查)，严格控制不合理检查，大型设备检查阳性率达到70%以上，并实行同级医院辅助检查结果互认制度，减少了重复检查。四是规范医疗收费行为。将药品价格、收费项目和收费标准等全部公开，让群众明明白白看病。同时，严查分解收费和自立项目重复收费行为，落实次均费用控制、缩短住院日等措施，使医药费用增长得到进一步控制。

天道酬勤　成就斐然

因为浸入了卫生人的汗水，人民生活更加祥和；因为融入了卫生人的心血，有限生命更加旺盛；因为倾注了卫生人的智慧，卫生事业更加多姿。卫生系统，也许听来有些宽泛和陌生，可对于县人民医院、中医院、疾控中心、妇幼保健所、卫生监督所、乡镇卫生院、村卫生室这些与生活密切相关的卫生场所，全县人民哪个不知，哪个不晓？人们熟悉它们就像熟悉自家门前的钻天杨一样。

殚精竭虑，励精图治。多年来，彭阳县卫生系统树立"以人为本，质量第一，服务第一”的先进理念，牢记“利民惠民，亲民爱民，求真务实，开拓创新”的宗旨，以“保障人民健康”为己任，以“疾病监控、食品安全保障、医疗救治、卫生应急和医疗卫生单位内部安全运行”为中心，以“破解‘看病难，看病贵’，保一方百姓平安”为根本出发点和落脚点，坚持服务与发展并行，管理与监督并举，始终把班子建设和系统内从业人员学习、培训、教育作为根本，充分发挥班子的“核心”和“堡垒”作用，用“拉得出，用得上，打得赢”的标准，从严要求全体工作人员，不断加强卫生人才队伍建设，提升队伍整体素质。通过抓班子，带队伍，内强素质，外树形象，锻造出了一支政治坚定、纪律严明、作风过硬、务实创新、“力保人民健康与生命安全”的卫生新队伍。卫生系统不养懒人、闲人、庸人，对群众饱含感情，对工作充满激情，对事业深怀痴情。卫生人把工作放在心上，牢固树立“我为卫生添光彩”的责任意识，牢固树立“局荣我荣，局损我耻”的忧患意识，以“团结协作永不衰”的团队精神，奋力承担着全县26.26万回汉群众及周边省县部分地区各族群众的公共卫生服务保障工作。不难想象，如果没有卫生系统这支“咬定青山不放松”的队伍，我们的生活，我们的工作还会和现在一样整练有序吗?

春风化雨，润物无声。卫生队伍也是一支追求卓越文明的群体，根据形势的发展和依法管理卫生职责的需要，把文明创建作为发展壮大的载体，把行风建设当作一项永不竣工的形象工程摆进工作日程，当作创新地方经济发展环境、优化服务流程、促进和谐彭阳建设的民心工程，强化一手抓管理，一手抓医德医风的“一岗双责”制度，狠抓行风政风建设，加强自律管理，不断提高医疗服务质量，提高群众对医疗卫生服务的满意程度，同时以各级各类精神文明创建目标为动力，坚决抵制回扣、“红包”等不正之风，相应建立健全了教育、监督、惩处并重的纠风工作长效机制，设立了治理商业贿赂卫生系统人员自律条约等一系列约束规范条例，从根本上杜绝和遏制了不正之风的蔓延，有效地调动了工作人员争优创先的积极性和力争上游的激情。“农民健康教育有人教，‘四病’防治有人包，农民身体有人检，环境卫生有人管”目标扎实有序推进。同时，全系统各单位争优比先，切实发挥党、团、工会等群团组织的桥梁纽带作用，在“军民共建”、扶贫助困助残、扶助下岗职工、向贫困地区和灾区捐款献爱心等活动中不甘落后，大显风采，充分展示了卫生人心系民众、勇立潮头的精神风貌。

温家宝总理曾对卫生工作做出如下批示：“提高全民族的健康素质，是全面建设小康社会的一项重要任务。全国卫生系统的广大医疗卫生工作者担负着重要的责任。”这是国家领导人对卫生工作者的总要求。卫生局党委书记潘树斌说：“卫生系统是切实关系到民生的系统，是为人民群众排忧解难的系统，特别是一线工作，服务的范围广，承担的责任大，个人自身风貌与涵养直接影响着整个医疗卫生工作的发展，因此容不得半点含糊，这就要求我们要自觉做到与时俱进、争优创先。”

一分耕耘一分收获，艰辛的汗水换来了纷至沓来的种种光环和荣誉。近年来，卫生系统在全区政风行风建设连创佳绩，连续取得民主评议政风行风优异的成绩。这些成绩的取得，无不倾注着彭阳县卫生系统全体工作人员的心血和汗水。彭阳卫生人勇于承担历史赋予的神圣使命和人民群众生死相托的责任，敬业爱岗，奉献社会，为保障人民健康、破解“医疗难”问题，付出了百倍的艰辛和万分的努力。

目前，在彭阳县，大病不出县，小病不出乡镇，常见病不出村的医疗卫生框架基本形成。成绩是昨天的辉煌，开拓是永恒的主题。“彭阳县卫生系统继续把医疗卫生秩序整治、医疗卫生服务质量、药品质量价格监管、财务效益监管四项工作作为今后工作的重点，实施专项推进，继续把政风行风评议当作首要任务，把真情服务当作生活、工作的人生必修课，树立唯旗必夺、唯先必争的高标准责任意识，以更高的标准严格要求自己，以更高的标准衡量自己的工作，以更高的标准规划自己的目标，积极行动，扎实工作，决心以更加出色的表现和良好的形象争取更出色的新成绩，书写文明单位的新辉煌。”这是卫生局长章建波的话语，既是表白，更是承诺。

创卫答卷　硕果累累

创卫，是一项泽被后世的丰功伟业，一幅关系长远的宏业远图，更是一场旷日持久的保卫战。

以人为本，惠民利民，让人民成为最大的受益者，是彭阳创卫的出发点和落脚点。当“创卫集结号”吹响之时，彭阳的面貌开始了蜕变之旅。那悄然而逝的，是陈旧，是狭小，是杂乱，是保守；那扑面而来的，是生机，是大气，是有序，是创新。

按照创卫标准要求，举全县之力开展创卫工作。一是加强领导，落实责任。成立了创卫指挥部，下设办公室及11个工作组，制定了《彭阳县创建国家卫生县城实施方案》《彭阳县创建国家卫生县城目标管理考核办法》等文件，召开了动员大会，签订了工作责任书，形成了一级抓一级、层层抓落实的责任机制，有效推动了创卫工作的全面开展。二是深入宣传，营造氛围。制订了《彭阳县创建国家卫生县城宣传工作方案》，采取召开万人签名大会，向城区居民发出了倡议书，在县有线电视台编播节目、在政府门户网站编发新闻和悬挂横幅、制作标语、发放宣传资料等形式开展宣传。累计悬挂横幅120条，制作灯杆广告牌1200块，发放宣传画、册、单15万余份，制作大型创卫宣传牌6块，在公交车、出租车体张贴了创卫宣传标语160条，制作车椅套200套和义务监督员工作服100套，编发简报85期。三是扎实防制，严格管控。深入开展病媒生物防治工作，对县城及周边旱厕全部进行拆除，在城区适宜地段新建水冲式卫生厕所，定期使用药物消杀蚊蝇幼虫，在“五小”行业等重点单位投放粘鼠板、灭蝇卷，在下水井口投放消杀药物等措施，使病媒生物得到有效遏制。大力开展县城烟草广告清理整治专项行动，严格清理清除城区大小商铺、烟草专卖店门头、店内及各新闻媒体烟草广告，对公共场所进行了禁（控）烟整治，被自治区命名为无烟草广告城市。加强慢性病预防控制工作，开展创建慢性病综合防控示范区活动，并顺利达标。四是突出重点，综合整治。大力开展环境卫生综合整治，优化环境，对居民区、背街小巷、城乡结合部等进行了集中整治；对城区街道店外经营、占道经营、乱泼乱倒、乱贴乱画、乱停乱放进行了集中清理，确保环境整洁。五是加大投入，统筹实施。积极筹措资金，投资150多万元用于创卫宣传和日常开支；投资1190万元将县城5座旱厕全部改建为水冲式厕所，建设生活垃圾填埋处理场1处，配备各类垃圾车10辆、封闭式垃圾箱47个，实现了生活垃圾日产日清。全面实施城区亮化、绿化工程，为沿街单位建筑安装了灯带、轮廓灯，新安装路灯562盏、景观灯10盏。大力实施县城南环路改造提升、茹河北岸13.4万平方米绿化、茹河生态园三期建设和县城兴彭大街改造等三街二十八巷提升工程。通过全县上下共同努力，创卫已顺利通过国家爱卫办暗访验收。

这年，这月，这人，这景，凝结、升华为一种创卫精神，提炼、保存了一笔宝贵的精神财富，谱写成一曲感人肺腑、动人心魄的时代精神赞歌。长城不语，茹河有碑，经历着、见证着这片神奇的热土。这块瑰宝之地，一张永不褪色的城市名片，闪耀在现代文明的晨光中，上演着现代人乘时乘势、力众海移的时代大戏。

回眸几年来全县卫生事业的发展，我们可欣喜地发现，如今，公共卫生服务体系逐步完善，医疗卫生服务网络基本健全，医疗卫生事业迸发出巨大活力，卫生改革与发展取得突破性进展，人民健康水平不断提高。在全县人民用经济社会快速发展的旋律弹奏的激昂、高亢的“和谐彭阳”交响曲中，卫生事业俨然成为其中一颗响亮而又璀璨的音符。

忆往昔，风雨兼程，攻坚克难；看今朝，协力奋进，阔步前行。医院新建工程如火如荼，新农合制度巩固完善，国家基本药物制度全面实施，公立医院改革稳步推进，食品安全、卫生监督、城乡环境卫生清洁工作有条不紊……彭阳县医疗卫生工作取得的辉煌成果引人注目。凝眸远望，我们坚信，彭阳县的卫生事业一定能扬帆起航，驶向更加灿烂的明天。

（原载《彭阳文学》2013年第2期）

百年大计树丰碑

——彭阳县第一中学教育发展纪实

杨耀雄　杨永刚

彭阳一中教育栉风沐雨，春华秋实；彭阳一中发展披荆斩棘，篇章壮丽。谨向为彭阳一中教育教学做出贡献的教职员工致以崇高的敬意！

——题记

序　曲

栖凤山下，茹河之滨，年轻共和国的航船乘风破浪，全速“大跃进”的1958年，彭阳这个千年古城成立了固原东山第一所初级中学。彭阳建设需要人才，彭阳中学应运而生。历经25年的发展到1983年，学校规模基本形成。从1970年冬季正式招收第一届高中生一个班开始，到完全中学的建立，倾注了广大教育工作者的心血。其间，有武殿中、蒋明华、胡世俊等9位同志担任过校长。1983年析置彭阳新县，彭阳中学更名为彭阳县第一中学。

建县之初，百业待举，百废待兴，教育事业更是首当其要，刻不容缓。这一时期，赵玉祥、杨忠两位同志先后担任校长。为使教育教学工作尽快步入正轨，他们呕心沥血，殚精竭虑，付出了艰苦的努力，做了大量的富有成效的工作。之后，韩占魁出任校长，肩负起巩固发展提高的重任。他率先垂范，大胆管理，推进改革，办学规模不断扩大，教学质量稳步提升，学生高考成绩连续三年在固原市名列前茅。

12位离任校长在彭阳一中发展史上写下了浓墨重彩的一笔，他们尽了责，流了汗，付出了青春年华，奉献了聪明才智，让我们永远记住他们吧。

时光荏苒，岁月如梭。如今半个多世纪过去了，回首彭阳一中发展史，我们感慨万千。学校曾有过计划经济时期的辉煌，也曾有过"文革"时期的困惑，经历了奠基、发展、创新"三部曲"，撑起了彭阳教育的一片蓝天，树起了百年大计的丰碑。当改革开放的号角吹遍祖国大地之时，彭阳的教育事业也迎来了发展的春天。特别是成立彭阳县以后，在历届县委、县政府的领导下，在一代代教育人的努力下，全县上下共同书写着教育事业的壮丽篇章。尤其是近几年，县委、县政府以推进教育均衡发展，实现教育公平，努力办好让人民满意的教育为根本目的，为全面、协调、可持续发展提供良好的人才服务和智力支撑。全县教育事业一步步奔向新的目标，彭阳一中的教育教学也进入了一个崭新的发展阶段，以其创新的教学和管理模式，实践着国家中长期教育规划的深刻内涵。

面对新的机遇和挑战，学校领导班子审时度势，迎难而上，选择了一条求索之路，在推进素质教育进程中开展了一系列创新实践活动。全校上下解放思想，抢抓机遇，负重奋进，打改革牌，练服务功，走创新路，通过办学理念的创新，教学手段的更新，服务方式的转变，一年一个台阶，一年一个奇迹，实现了历史性的跨越，跃居市属重点中学、自治区"百标工程"项目学校、自治区级示范高中行列。学校达到49个教学班，拥用3449名学生、193名教职员工的规模，成为彭阳乃至固原市教育界的骄子。

彭阳一中逆境中求生存求发展，在每年大量优秀生源外流的情况下依然创佳绩出成果，这奇迹是怎样创造的？这辉煌是怎样铸就的？沿着时光的隧道，循着开拓者的足迹，答案，如同涟漪在心海蔓延开来；答案，宛若一道彩虹舞动在天际；答案，似一支起伏跌宕的长歌从远山传来；答案，犹如一幅长卷铺展在天地之间。

身先士卒排头兵

著名教育家陶行知说:校长是一个学校的灵魂,要想评论一个学校,先要评论他的校长。可见,有什么样的校长,就有什么样的学校。校长的素质体现着校风校貌,决定着办学的水平。

这里是彭阳的最高学府,这里是教书育人的一片园地。一个风和日丽的早晨,我约见了张建银校长,说明来意,寒暄几句,很快进入了话题。

2006年,彭阳县县委重新调整了学校领导班子,张建银调任一中校长。他从事教育管理工作多年,是彭阳教育界的佼佼者。他受命于近几年六盘山高级中学、育才中学扩大山区招生数额,以及固原一中、固原二中、银川一中选拔优秀生,而彭阳优质生源严重匮乏的艰难时期,担子不轻,压力更大。面对人心思动的教工队伍,他百感交集,久久思索:一中怎样才能走出困境?一中怎样才能持续发展?一中怎样才能重铸辉煌?

在学校生存攸关、去向何处的抉择面前,新班子统一了思路,认准了方向,坚定了信心,达成了共识:必须自觉树立"教育规律、效益规律一起讲,教育改革和教学研究两个轮子一起转"的坚定思想,力求突出"德育名校"特色,坚持"人本、科学、民主、规范"的管理,坚持"先成人,后成才"的教育理念,突出"德育名校"特色,彰显教学质量是学校的生命线,教中带研,以研促教。自此,新一届领导班子率领全校教职员工开始了一场改革发展的攻坚战!

学校主要领导始终坚持实行"一把手"工程,落实"三个到位"。要求教职员工做到的自己首先做到。主要领导自从来到这所校园,就把一颗心交给了学校。只要是与学校有关的事情,只要是与学生有关的事情,都在他们的脑海中存档,继而思谋应对和解决之法。一天二十四小时除睡觉之外,他们几乎都在想学校的事情。在校想,回家想,家人跟他们说话,总是含含混混,家人就笑:你一天到晚睁开眼睛就是学校,就连做梦都是学校,你卖给学校了?他们说:"领导把这个学校交给了我们,把这支教职工队伍交给了我们,把这些学生交给了我们,不努力怎么行?只想自己的事情怎么办学?"是啊,他们是把自己交给了学校。几年过去了,他们满头黑发落上了霜雪,皱纹深深地刻上眼角。那些奇思妙想,那些经典之作,那些不断增长的项目资金,那些大大小小的现代化教学设备,哪一样不是需要他们必须首先想到做到的呢?难怪老师们提起领导班子都赞叹地说:“这几年,可把这几位校领导累坏了,没有他们就没有学校的今天!”

如何落实好学生成人成才的教育理念?这是新班子成员经常思索的课题,也是新班子必须破解的难题。

他们把目光投向了加强师德师风教育。“求木之长者,必固其根本”,切实突显师德师风的主导地位,提出了“办规范加特色的学校,培养合格加特长的学生”的办学理念。“以人为本,和谐温馨,激扬生命,师生共同成长;育人首要,立德固本,知行合一,学生全面发展;教学核心,质量至上,更新观念,保持办学优势;健体关键,张扬个性,培养特长,为学生生存发展奠基”的办学思路和“德育名校,科研兴校,人才强校”的学校特色。形成了“勤学多思,守纪爱校,求实进取,尊师爱生”的校风,形成了“为人师表,探索创新,言传身教,诲人不倦”的教风,形成了“勤奋刻苦,比学赶帮,务实求真,顽强拼搏”的学风。在严格要求、严格管理的前提下,提倡和谐与宽容,倡导人文关怀和刚柔相济,领导者尊重教师的人格,倾听教职工的心声,换位思考,给每位教师搭建一个公平竞争的平台和机制,一个公正的评价和待遇,全面实现教育观念现代化、学校管理规范化、办学条件标准化、教育教学质量明显提高的“三化一高”目标。实行全方位的目标责任管理和责任追究制度,健全目标考核和双向选择、择优任用制度,考核评分奖勤罚懒的等次分配办法。形成严谨规范、科学合理的日常教学管理规范,以及完善的教学质量监督评价体系。领导面对师生必须做到公正、公平,领导干部始终与师生员工同呼吸、共命运、心连心,重实际、说实话、办实事、求实效,形成人心思进、团结和谐、共促发展的良好氛围。

学校领导以身作则和人性化的管理,就是无声的动员令。于是,人们心热了,干事了,劲足了。

营造全方位育人环境

教育就是要以育人为本,德育为先。德育一输,全盘皆输。所以,彭阳一中毫不动摇把德育放在优先地位,大胆创新,营造全方位育人环境。

学校在构建和谐社会与和谐教育的时代背景下,遵循《关于进一步加强和改进未成年人思想道德建设的若干意见》精神,以"树魂立根"为宗旨,以养成良好行为习惯、提高基础道德与基本素质为核心,制定了具有针对性、渐进性和长效性的目标体系,确立了不同年龄段学生的具有时代感的教育内容,积极营造课内外互补、校内外结合、家长学校互动的全方位动态的育德环境和育人氛围。

积极探索新课程背景下学生德育教育思路,并付诸实施,全面落实"先成人,再成才"的教育理念,以讲座、主题班(团)会、义务劳动等形式开展主题教育活动,提高了学生的思想认识,陶冶了学生的情操。不断创新德育工作方式和内容,切实突出"德育名校"特色,使其成为学校的一大亮点和品牌。

教育活动形式丰富多彩:充分发挥环境育人功能,利用学校的宣传橱窗,采用图文并茂的形式,贴近学生实际生活,进行育人;利用校园电视台,自制拍摄德育专题片,对学生进行文化熏陶;在教室里、走廊上及校园的各个角落悬挂名人名言、各种警示语录,让每一面墙壁都说话,让每一个建筑物都育人。

深入推行德育导师制, 构建全员德育工作机制。学校要求每位科任教师对学生的德育教育做到教案中有记载,教学中有渗透,学期有导师教育活动,笔记中有导师谈话记录,并定期进行检查,纳入个人年终考核,形成了德育工作"人人抓,时时抓,处处抓"的良好局面。

积极开展文明宿舍、文明班级、优秀班(团)干部、优秀学生、优秀团员、"校园之星"等评选活动,努力发挥先进的模范带头作用。

通过演讲、诗文朗诵、办板报和手抄报、知识竞赛、创建“书香校园”活动，熏陶学生的道德情操。充分发挥团队组织的主阵地作用，通过组织学生到烈士陵园祭奠英烈、新团员在烈士墓前宣誓、定期到敬老院看望慰问孤寡老人及到公园、街道清扫垃圾等活动，使学校、家庭、社会教育寓于丰富多彩的活动之中，增强思想政治教育的趣味性，极大地提高了教育效果。

注重学生习惯养成教育，学生德育量化考核贯穿学期始终。每年都定期组织开展“文明礼貌月”“行为习惯规范月”“弘扬民族精神月”“孝敬父母月”等专项教育活动，并定期组织学生学习《中学生日常行为规范》《中学生守则》《彭阳一中校园纪律30条》和《彭阳一中学生一日规范》等。通过加强学生的养成教育，培养学生良好的行为习惯、生活习惯、学习习惯、卫生习惯；通过加强诚信教育，使学生诚实守信；通过加强感恩教育和传统美德教育，培养学生能理解、会尊重、懂感恩三种情商；通过加强公德教育，培养学生关心社会、奉献社会，关心他人、服务他人的使命感和责任感；通过加强法制教育，培养学生的法律意识，让学生学法、知法、用法、守法；通过加强学生心理健康教育，使学生正确认识自己，客观面对现实，培养积极、主动、乐观的心态；通过加强德育工作，全面提升学生素质，使学生学会做人、学会求知、学会健体，做一名合格的中学生。

分层次开展德育活动。学校在实践中逐渐形成“分层次教育，全方位育人”的思路：高一起始阶段，着重抓好学生行为规范和学习规范，以行为规范养成为主要目标的“为生”教育；高二中间阶段，着重抓好学生法律意识、公民意识、道德教育，增强学生的社会责任感与使命感，以培养社会合格公民为主要目标的“为民”教育；高三阶段，着重抓好学生理想、职业道德教育，以培养学生成为社会有用人才为主要目标的“成才”教育。

凸显教师的榜样作用，加强课堂教学的德育渗透。学校要求教师率先垂范，用美好的人生理想和信念去启迪学生，用纯洁的品行去感染学生，用美好的心灵去塑造学生。带有浓厚本土文化元素的升旗仪式、“值日班长、

班主任和家长日志”已成为学校德育特色，在区域内产生一定的影响力。各年级定期开展的主题教育课、系列主题班会等诸多活动，抓得紧，做得实；讲文明有礼貌在学校蔚然成风，获得了外界的一致好评：彭阳一中的学生文明礼仪确实很好，学生纯朴懂礼、尊师爱校、团结互助、吃苦耐劳。

彭阳一中德育为先，解决了学生“为谁学”即“成人”的问题，而掌握“真本领”，即“成才”则必须打造持续性优质教育。

打造持续性优质教育

打造优质教育，是学校发展的关键。张校长认为：“优质”，就是指建立在科学发展基础上的优质，是以人的全面发展、和谐发展为前提，以素质提高为根本的综合高质量标准。而老师的专业成长、学生全面素质的培养、学校的持续性有效管理又直接决定了教育质量的提升。只有实现了办学条件一流，师资力量一流，教育教学质量一流，才能真正办人民满意的教育。

彭阳一中为打造学校持续性优质教育，狠抓课程建设、课堂教法改革和教育科研的同步发展，努力凸现三课联动机制，以科研为引领，推进并催化课程和教法的变革；以校本课程为抓手，促成教改任务和科研计划接轨，教学和科研协同，教研组建设和老师专业发展同步，学生成长和学校协调发展。具体说是强调学习需要实践，感悟需要体验，提高需要反思，通过一次次的实践、体验、反思，达到质的飞跃，从而取得立竿见影的效果。学生不仅在课堂中完全能够听懂、理解老师所讲解的内容，而且能在实践中运用。老师也能在教学过程中不断反思—修正—再实践—再提高—走向成功。有效的课堂活动，不仅活跃了课堂教和学的气氛，而且提高了学生对学科的兴趣，还增加了师生的亲和力。社会的一致评价是：一中教师们能吃苦，奉献精神好，业务能力强，团队作用明显，起到了“1+1>2”的效果，因此该校的教育质量和教学成果能一直名列前茅。

长期强化教研活动的“三落实”，即落实人员考勤，落实活动时间，落实活动内容;“三个有”,即组织活动有准备,设计有目的,过程有记录;突出“四个一”,即每次开展教研活动时抽评一个教案,每个教师每周听一节课,每位骨干教师搞一次专题讲座,每个班级每周推出一节精彩课。

加强集体备课，实行以年级组为单位的学科集体备课制度。每天至少进行集体备课1小时,每个年级组的每个学科都设立了备课组长,学科教师之间共同研究学生、研究教材、研究教法和学法,相互交流教学经验和信息,进一步提升教师课堂教学水平。

积极开展对高中新课改的研究工作。除了校内组织教师进行《新课程标准》培训、新课改的研究之外,还采取走出去、引进来的办法,与县内外、区内外兄弟学校积极开展校际教研交流,学习他们先进的管理、教学经验。同时,与宁夏师范学院、宁夏大学、陕西师范大学等区内外高校开展合作交流,使学校成为各高校的教育教学实习基地,尤其是与陕西师范大学的“高位对接”,为学校教师培训、教育观念更新、人才的引进等方面建立了一个长效机制,真正实现陕师大与彭阳一中“双赢”的长远目标。依托“明星教师工程”,实行高位对接,加大培训力度。及时了解相关信息,到福建省南靖一中和南靖二中参观学习,学习借鉴先进经验,转变教育观念,更新教学理念,进而提高教育教学质量。

创造优越的条件,制定优惠政策,采取结对帮扶、文化知识考试、演讲比赛、三笔字比赛、多媒体运用比赛等多种方式,加强对青年教师的培养。提出“一年站稳讲台,三年成为合格教师,六年成为校骨干教师,九年成为县名师”的发展目标,鼓励年轻教师不断进取。建立青年教师考试题库和青年教师考评激励机制,鼓励青年教师尽快成长为职业道德高、业务能力强的教育教学骨干。大力发扬教师苦教、学生苦学、领导苦抓的“三苦”精神,有效弥补了优质生源大量外流、硬件设施落后不良因素的缺陷。

全面优化教师结构,优化学历结构,具有本科及以上学历的教师占教师总数的100%,引进了5名研究生学历的教师,使中青年教师人数达到教师

总数的 70%以上。经过有针对性的培训，明星教师对教材和课堂的理解、把握都取得了显著的进步，教学的实际效果也发生了明显的变化，教师整体素质得到全面提升。

学校为进一步提高教师的教学能力，由教科室统一安排，教研组组织实施，大力倡导教师进行教育教学研究，广大教师积极参与，在教学研究方面取得了丰硕的成果。

在科研课题的申报、研发和校本教材的开发工作上，学校根据高中新课改的要求，结合学校、学生的实际情况积极展开。对申报、研发课题、开发校本教材的部门及教师给予政策上、经济上的大力支持。政教处的《彭阳一中高中生心理健康状况及对策研究》、生物组的《地方剥制标本制作与研发的策略》等两项区级课题已经结题。语文组的《新课程下高中生写作心理问题与对策研究》已作为区级课题立项，即将结题。政治组课题《山区县城高中生心理、思想品德状况成因及对策研究》在区教研室立项并在研究中；区级骨干教师王志科的课题《大班额中如何实施"自主、合作、探究"学习方式》在县区教研室立项并在研究中。还有 3 个课题《新课程下历史主题式学法体系探究》《用新理念教英语特困生》《新课程背景下乡土地理教材可开发与实施》已向区教研室申报。另有 5 个校级课题正在研究之中。

校本教材的开发工作不断推进，地理组编写的校本教材《彭阳地理》和英语组编写的校本教材《高中英语新教材语法同步专项训练》已正式出版并作为选修课开设，政治组的《心理健康教育》校本教材经学校审查，已进入再编阶段。通过研发，将逐步建立起适合学生实际的校本课程体系。科研课题、校本教材的开发，已经走在了区市的前列。

学科竞赛上，坚持"凡赛必参，力争获奖"的原则，积极组织参加各种竞赛。在学校物理、化学、生物、英语教师的精心指导下，学生取得了优异的竞赛成绩。在 2007 年全国高中生物竞赛中，学校参赛学生中有 2 人获国家级奖，3 人获区级奖，物理、化学、英语竞赛获区、市级奖的学生有 10 多人；

2008年全国高中化学竞赛中,学校参赛学生中有3人获国家级奖,1人获区级奖,多人获市级奖;2009年全国高中物理竞赛中,学校参赛学生中有1人获国家级奖,3人获区级奖。教师发表论文、参加各级论文大奖赛成果丰硕,仅2009年获区级奖的就有99人次。由于教研工作成绩突出,学校先后被评为"全区中小学幼儿园教研工作先进集体""全区中小学校本培训先进集体""第二届全区教研工作先进集体"等荣誉称号。

"工欲善其事,必先利其器"。教师素质的提高,知识的更新和贮备,只是为了培养出更加优质的学生。

倾尽心血育桃李

办好一所学校，要有一支过得硬的教师队伍。陶行知曾经说过:"在教师手里操着幼年人的命运,便操着民族和人类的命运。"

青年学生是父母的希望,是祖国的希望,是人类的希望。青年学生也渴望成才,渴望做一个于国于家有用之人。而学校,是他们起飞的跑道;学校,是他们淬火的熔炉;学校,是他们汲取知识的海洋;学校,是他们攀登高峰的阶梯。学生招来了,如何塑造他们的灵魂?如何向他们传授知识?如何教育他们成为国家有用之才?要改变那些学生的命运,不让一个学生掉队,使每一个学生都最大限度地实现人生理想,这是全校教师共同的愿望。

苏联教育理论家马卡连柯说:"培养人就是培养他对前途的希望。"是啊,人类本质中最殷切的需求是渴望被肯定。可是,多少掌握他人命运的人却独独缺少肯定他人的美德啊。尤其是教师,一句话,可以扼杀一个人的理想;一句话,也可以种植一个人的理想。但愿我们社会多一些善于肯定他人的人，尤其是多一些善于肯定学生的教师。广大教师牢牢地抓住学生思想苗头,培养他们对前途的希望。甚至,对那些被家长都放弃的学生,对那些连自己都放弃自己的学生,彭阳一中的教师们始终坚持不放弃。

镜头一:一名学生曾经当着老师同学的面辱骂自己的父母,对家长特别

不恭敬。面对这种情况，学生家长痛哭流涕地说："老师，你不用管他，让他自生自灭，就算我没生他。"但老师没有放弃这名学生。话，不知说了多少；心，不知操了多少。在老师耐心的帮助教育下，这名学生终于慢慢发生转变，思想行为逐渐发生了变化。其他家长看到这种情况，从心里信服了，说彭阳一中就是彭阳一中，能把这样的学生教育好，还有什么说的呢。之后，许多家长就让自己难以管教的孩子也报考这所学校。

镜头二：曾有过违法犯罪记录的一名刘姓学生，家庭嫌弃，同学瞧不起，班主任却不抛弃，晓之以理，动之以情，与公安局签订协议，多方挽救帮助，使这名学生树立起正确的人生观，改变了恶习，成就了学业。

镜头三：现实生活中，得不到别人尊重的人，往往有最强烈的自尊心。这是马卡连柯的名言。当教师的都知道如何关注那些得不到别人尊重的学生。学生张某平时少言寡语，经常坐在角落里发呆。一次联欢会，老师让他主持，就是这次联欢会，竟然改变了她的命运。从此，她变得开朗了，变得自信了。毕业后，他外出工作，企业召开联欢会一时找不到主持人，她说："我试试。"结果，大获成功。

"学高为师，身正为范"。在教书育人的实践中，涌现出了一批先进骨干教师，他们是学校的中坚和柱石。

典型一：王志科，自治区级骨干教师，优秀班主任，彭阳县"十佳教师"。2009 年所带的班参加高考，本科上线 79 人，其中一本上线 20 人，二本科上线 59 人。2010 年所带的班上线 117 人，其中一本上线 53 人，二本上线 64 人。他所任班级学生的高考成绩(及格率、优秀率和平均分)名列全市同类学校前茅，他本人被县政府授予"教书育人"奖。

我向他讨教"绝招"，他有些腼腆地告诉我：注重教学技巧，讲究教学艺术，抓好备、辅、考三个环节。备——备课标、备教材、备学生、备重点、备难点、备课堂教学中的各种突发因素，辅——辅优生、辅差生、辅"边缘"生，考——不超纲、不离本、考题灵活、开发思维、迅速反馈、及时补漏。课本是高考的“根”,“两纲”是高考的“脉”。课堂精讲,课后精练。优化考试心理,消除失分隐患。唯其如此,才能收到事半功倍的效果。

典型二:杨志平,本科学历,中学一级教师。在教学和班级管理中,坚持“以学生为本,构建和谐班级”的教育理念,以提高学生的综合素质为出发点,强化学生的思想品德教育,注重因材施教,严格班级管理,取得了优异的成绩,撰写的《浅谈化学教学中学习自主性的培养》《浅谈新课程下化学研究性学习的开展》2 篇理论文章,分获全国基础教育二等奖及固原市教育一等奖。参加工作 18 年来,有 11 次评为校级优秀班主任、先进工作者。2007 年被评为“自治区优秀教师”。

典型三:丰国年,1993 年毕业于固原师专英语系。他放弃到川区条件好的学校工作机会,回到彭阳一中。当时全县英语教师非常缺少,大部是从外地聘用或是从本地培训出来的。他们没有受正规的英语专业教育,致使全县英语成绩很差。丰国年到校后,主动承担起高中英语教学,担任教研组长,带领一中英语老师,培养学生学英语兴趣,注重听说读写训练,改变了英语学科拉学生成绩的状况,受到广大师生的好评。

丰国年做学生工作认真细心,特别是对差生和问题学生,投入更多的关爱。2010 年,他带的高三(13)班中有一个叫祁相娥的同学,家住偏远山区,经济困难,学习虽然很刻苦,但成绩一直不理想。当年,高考前夕,父亲又因病去世,生活的压力全落在她的心上,她心身疲惫,处在濒临崩溃的边缘。丰老师知道后,细心地开导,让她树立生活信心,同时发动全班同学,带头为她捐款,先解决眼前困难。这位学生在他的引导下,脸上露出了自信的笑容。全班同学也因这件事增强了凝聚力,本科上线人数达 52 人,创彭阳一中文科升学人数记录。

正是由于这个群体众多“园丁”孜孜不倦的求索和奉献,才圆了数以千计的贫困山区孩子的大学梦。

锻造高品位校园文化

文化，是人类在历史发展进程中所创造的一切精神与物质的总和，文化像空气一样，无处不在。校园文化既是教育的基本内核，也是学校工作的轴心，更是育人的根基。彭阳一中本着“弘扬民族渊源文化，继承民族经典遗产”的理念，确立了以“德育为核心，科艺教育为载体，塑造人格为重点”的育人模式，着力培养全面发展的社会主义新型人才。在艺术与科技教育中实现教育内容的整合，将艺术与科技功能有机融合作为学校的办学特色，一以贯之地将此作为学生健康成长的元素加以扶持。因而学校的音、体、美及书法等艺术教育活动开展得有声有色，赢得了各级教育领导部门和社会各界的认可与好评。学校师生美术作品在县、市、区乃至全国各类美术竞赛和展览中展出并获奖，学生每年被高一级美术院校录取至少 6 人，每年报考艺术专业的学生，在固原市名列前茅。去年就有 42 名学生参加美术高考，41 人在省级联考中成绩合格。学校已成为南部山区为高一级美术院校培养合格生源的基地。提出非高考科目也不能放弃，“小学科也可有大作为”的观念，锻造高品位的校园文化。

以环境建设为载体，努力建设人文校园。学校设立了文化长廊，在校园、教学楼醒目位置及楼道内布置了名人画像、名人名言、人文警示语，突出以师生为主体的书画作品；在教室内张贴各种温馨的提示语，悬挂学校制度牌，办好墙报，体现各具特色的班级文化；在宿舍张贴标语、宿舍公约，悬挂制度框、玻璃镜等，体现完美整洁的宿舍文化；在餐厅张贴文明就餐、自觉排队、厉行节约等各种提示语，展现文明有序的就餐文化。定期办好墙报、橱窗、宣传栏等。极大地发挥环境育人的功能，提升环境育人的层次。

以功能室建设为载体，努力建设书香校园。学校注重图书室、阅览室、实验室、计算机室、电子备课室等功能室的建设，充分发挥各功能室特别是多媒体网络在文化学习中的作用。建立符合学生特点的校本阅读书目，深化主题读书活动，营造良好的读书氛围，拓宽文化育人的途径。

以各项活动为载体，努力建设艺术校园。学校成立了教师乐队、教师合唱团和学生铜管乐队等文艺团体，设立了音乐室、美术室等功能室，制订了《彭阳一中特长生培养方案》，积极组织开展校园文化艺术节、歌咏比赛、校园歌手大赛、师生书画大赛等多种活动，丰富学生的课余生活，陶冶学生情操，培养学生特长，展现学生个性。

以校报校刊为载体，努力建设文化校园。充分发挥校报《思想政治园地》和校刊《茹河浪》的宣传、导向和熏陶作用，及时反映学校发展改革动态，反映师生学习、工作、生活，展示师生的文学艺术才华，形成校园文化主阵地，为教育教学服务，为培养学生特长服务，为发展学生个性服务。

近年来，茹河浪文学社社员在《六盘山》《固原日报》《彭阳文学》等报刊及文学作品集《临风的泥香》发表或入选作品百余篇首。校刊《茹河浪》2009年入选宁夏回族自治区“社会科学展”项目，并荣获第四届全国中小学优秀校内报刊评选最佳社团刊一等奖。

学校多次聘请学者专家到学校，有宁夏大学西夏学研究院研究员、宁夏社会科学院杨满忠教授，固原市文联副主席杨风军，《六盘山》编辑李方，举办“宁夏文化与朝那”“文学创作与校园文化”等大型讲座，具体指导校园文化建设。

校园文化架构初步形成，定期和不定期开展各项文明、健康、向上的活动，锻炼培养了学生的多方面能力，使他们在有益的活动中树立了正确的人生观、价值观、世界观。一中校园文化氛围如同芳草地百花园，散发出悠远的清香，沁人心脾。

联手演奏平安曲

“让社会满意，让家长放心”，这十个字，是一中教职员工心灵的自白，这十个字，是他们恪守的信条，这十个字深深地镌刻在一中全体教职员工心里。

近年来，学校建立健全了科学的管理制度和先进的管理模式，先后修改完善了《管理手册》《学生管理手册》，形成了“团结、勤奋、奉献、进取”的良好校风。对学生日常行为实行准军事化管理，校园施行全封闭式管理，加大后勤保障工作力度，改善办学设施条件，加强食堂伙食管理。形成了安全、文明、有序的校园生活环境。

安全工作实行一票否决制和责任追究制，按照“横签到边，纵签到底”的要求，校长与主管校长，主管校长与各处室主任、班主任，班主任与学生层层签订安全管理责任书，明确责任。

设立宣传栏、举行主题班会、举办安全知识讲座等形式加强学生的安全教育和安全管理，增强学生安全防范意识，坚决杜绝有关学生人身、财产、食物、住宿、交通等安全事故的发生。

校园里洋溢着宁静平安的氛围，在这浓浓的安宁后面，醒着多少双警惕的眼睛啊。为了打造平安校园，学校坚持严格落实一项项校园安全工作责任制度，书记校长亲自挂帅担任综合治理的第一责任人。“以学生为本，安全第一”的思想深深扎根在人们心里。购买安装了全方位的电子监控设备和无线电对讲机，建立了安全管理档案和安全隐患台账，坚持“警校共建”，加强学校与社区、家庭的联系，形成预防安全事故的联防工作新机制。

学生管住了，孩子学好了，家长放心了，群众满意了。学校的做法赢得了人们的信任。由此，学校办学招生进入了良性循环。说到这里，人们不难悟出一个道理——真心地为学生负责，真心地为社会负责，真心地把孩子培养成才，这就是一中办学的真谛。

辛勤换来春满园

默默辛勤耕耘，换来满园春色。如今，一中教育事业发展迈上了快车道，教育教学工作亮点纷呈。

办学条件明显改善。政府高度重视教育经费投入，2007~2010 年，县财政对一中拨款分别为552万元、615万元、671万元、773万元，分别比上年增长11.41%、9.11%、15.20%。在基础设施建设方面，拆迁扩大校园面积49亩，使校园面积由过去的52亩扩大到101亩，学生多功能餐厅、学生宿舍楼、综合办公楼即将竣工，400米标准化跑道、田径场、水厕等项目即将开工建设。教育经费持续加大投入，全部用于学校布局调整和建设、维修，学校办学条件得到改善，办学整体水平得到明显提升。

教育科研成效彰显。2007年以来，学校教师在省（区）级刊物上发表论文7篇，市级刊物上发表论文18篇；获市级以上奖43篇，省（区）级奖12篇。学校立项的自治区课改重点（A类）课题4项，顺利结题并荣获优秀科研成果奖3项，正在申报的3项；市、县级课题有6个在研究之中，有效提升了教师科研能力和业务水平。

办学行为日臻规范。加强学校财务管理，积极开展创建"平安校园"活动，完善学校民主决策制度，认真落实党风廉政责任制，积极推行政务公开，切实加强行风建设，教育行业形象得到提升。

校园环境越来越美。确立校园建设适应县城环境的整体定位，教学楼、综合楼完成亮化工程，披上新装，焕然一新。尤其令人赞叹的是校园里到处呈现出勃勃生机：经过改造的临街草坪如同一匹巨大的立体绿毡，翻新种植的绿地似舒展的绸缎，移栽的云杉流绿滴翠，花苗与盆装摆花盆争芳斗艳，千姿百态。新安装的路灯，新修的景观护栏，新修建的曲径通幽的园林甬道，那些别具匠心的台、阁、廊与花草树木组成了生态景观。校园，竟然成为彭阳的一大亮丽风景线。

教学质量逐年攀升。2008年高考一次性上线217人，2009年一次性上线318人，2010年高考再创历史新高，继2009突破300人大关后一次性上线人数又突破400人大关，达到414人，其中重点148人，二本266人，再次以优异的成绩书写了一中高考历史上新的辉煌。学校办学水平不断提高，教育教学水平逐年攀升。高考连续14年稳居全县第一，其中升学率连续6

年居全市前列，教育教学质量和办学特色得到了社会的公认。

“我们学校真的是‘三苦’而后甜啊！”2010届理科班班主任杨志平告诉我们，2010届考生是彭阳县前500名学生被一些重点中学选拔所剩，但是一中的老师不嫌弃，一中的学生不放弃，高考备战中，在“学生苦学，老师苦教，领导苦抓”的情况下，取得了这样的好成绩，着实让人欣慰。

尾声

轻轻地合上厚实的书稿，慢慢地收回奔放的思绪，静静地遐想鲜活的事例，久久地凝视葱茏的校园，再次被这些人这些事深深感动。是的，同样的事情，不同的人去做，结果是不同的。但愿我们的社会多一些高素质的实干家。

一簇簇鲜花，一棵棵绿树，一根根藤蔓，一片片芳草，仿佛在讲述艰难与曲折。一尊尊奖杯，一本本证书，一面面红旗，一幅幅画图，似乎在歌唱拼搏与辉煌。

啊，秀美芬芳的彭阳一中校园！啊，培育万余名莘莘学子的摇篮！2011年金色的秋天即将来临，这必将又是一个丰收的季节。彭阳一中，这片洒满教职工汗水的沃土，必将培育出茁壮笔直的参天大树。彭阳一中，这所浸透教职工心血的校园，必将继续收获甜美的硕果。

时光，正在悄悄流逝；未来，正在徐徐拉开帷幕。彭阳一中这艘历经风雨雷电历经无限风光的航船，正在温馨的彭阳大地上，正在浩瀚的知识大海中，披荆斩棘，乘风破浪，向着璀璨的彼岸，向着远方的辉煌，全速前进，前进……

（原载《彭阳文学》2011年第2期）

永远的光与热

——记王洼煤业有限公司的振兴之路

韩　聆

如果说,宁夏发电集团是闪烁在塞上江南的一颗璀璨明珠,那么,辉煌之上则闪烁着王洼煤业独具异彩的精神之光。

如果说,王洼煤业的振兴之路为同行业提供了有益的借鉴与启迪,那么,生命至上的和谐构建则更是一道耀眼的亮色……

——题记

引　子

2011年的春天,大地群芳吐艳。

对于王洼煤业人来说,这是一个具有特殊意义以及特别情味的季节,十里煤海到处洋溢着欢乐、祥和、喜庆的气氛。数千张流彩的脸庞写满了自豪感,数千双微笑的眼睛再次聚焦在荣誉的光环上!

1月13日,宁夏发电集团2011年度工作会暨第一届第四次职工代表大会隆重召开,9名劳动模范受到表彰奖励。党和人民的一份褒奖被宁南山区企业中唯一获此殊荣的企业负责人、王洼煤业有限公司总经理张志荣那双结实有力的大手高高举起。

4月16日晚,宁夏人民会堂流光溢彩,"宁夏经济人物"颁奖盛典在这里隆重举行。气势恢宏的音乐声中，张志荣从颁奖嘉宾手中接过了“2010年度宁夏十大经济人物”奖杯。

颁奖辞：“从年产21万吨到年产330万吨，5年增长15倍，从小煤窑窖到现代化煤业公司，王洼健步如飞，‘三步走’规划企业新前景，连环跳开辟发展快车道。”

春风扑面般的掌声。

张志荣的眼睛湿润了。他知道，这份沉甸甸的荣誉装满了上级组织对自己工作的肯定，更凝聚着公司2000多名员工的心血和汗水。

其实，走进王洼煤业的荣誉陈列室，你会发现，这座煤矿事业之树的硕果何止于此：公司先后被国家人事部、中国煤炭工业协会、中央精神文明建设指导委员会、国家发改委、自治区党委、政府等评为“全国煤炭工业先进集体”“全国精神文明建设工作先进单位”“全国依法安全生产先进煤矿”“自治区先进企业”“文明单位”“思想政治工作先进单位”“安全生产先进单位”等近百项荣誉称号。

一面面鲜红的奖旗，一个个闪光的奖杯，都在证明着王洼煤业的辉煌。

一座开采了27年的老矿井，地质条件越来越复杂多变，突如其来的地下灾害等，曾经让矿山一度陷于困境，也曾让王煤人步履维艰。然而，短短5年时间，竟能顺利实现老矿蜕变式的改造，实现三矿并立，使原煤产量从设计能力21万吨/年竟能奇迹般的攀升到330万吨/年，各项工作扎实推进，奥秘何在？

是什么使这座老矿展示出如此强的活力与生机？一串串简单的数字，一个个闪光的奖项，浸透了王煤人多少心血和汗水，蕴含着王洼煤业班子多少睿智和胆魄，又蕴藏着王煤人多少和谐奋进的动人故事！

踏着阑珊的春意，笔者走进了王洼矿区。

历练:千锤凿开创新思维的通道,实现与千载难逢的机遇相契合的对接

太阳每一天都是新的。

思想的翅膀飞回到了2006年3月,张志荣带着时代的使命和数千名职工的嘱托,走马上任王洼煤矿矿长。

这个自1987年7月从宁夏煤炭学校毕业后,就来到正在建设中的王洼煤矿,几乎亲身见证了煤矿创业发展全过程的人,这个20多年来一步一个脚印扎根矿山,从一名普通的技术员到副队长、队长、主任、副矿长、党委书记一直干到总经理的人,这个爱矿如家,与煤矿结下不解之缘的人,这个几十年煤海生涯,造就出一副坚忍不拔、勇于开拓的企业家风范的人,此时迎接他的却并不全是鲜花与掌声,更多的则是严峻现实的考验与挑战。

考验与挑战像一条鞭子悬在头顶。

张志荣清楚地知道,这座1984年筹建,1990年正式投产,年产设计21万吨的小型煤矿,多年的高速奔跑,庞大的躯体已经感到了疲惫——27年的规模开采,矿井设计浅部采区的可采储量逐渐减少,井下工作面坡度大、瓦斯大、压力大,运输距离变远,生产环节增多,采掘衔接紧张,“广种薄收”的尴尬已是不争的事实。加之生产工艺落后,炮采炮掘开采工艺效率低、效益差、职工收入少,技能素质低下,工作环境恶劣,安全基础薄弱,企业内部缺乏激情,对外没有影响力,处于盲目的徘徊状态。

可发展是硬道理,发展是和谐的基础,不发展哪行?怎样打造一个“生命至上,高度文明”的和谐王洼煤矿?如何实现安全生产、可持续发展?如何带领广大员工重新写出跌宕跳跃的诗行?

要发展,唯有向地层深部要资源,向外部求机遇。

张志荣的脚步向深深的地层走去。短短时间,整个井下一线从运输大巷到掘进头、掌子面,哪怕是最窄小的去处,都被他丈量了一番。

再上台阶,实在不易——这是张志荣摸清井下地质情况以及对整个煤矿的现状全方位考察后得出的结论。

怎样才能把深埋地下的有限宝藏挖掘出来?传统的煤炭开采工艺与方法,瓦斯、地压、水、火等地质灾害的防治,都面临着新的创新。创新是一个国家、一个民族前进的不竭动力,同样也是一个企业发展的动力。

张志荣清楚,煤矿要真正变成一个充满生机和生命张力的可持续发展的企业,必须在求真务实与科技创新之间寻求突破,才能彻底解决未来的发展问题。改变传统的思想观念和思维模式,才能以全新的姿态迎接挑战!

王洼煤矿先后迎来了几个令人振奋不已的大事件,那就是:2005 年下半年煤矿划归宁夏发电集团有限责任公司管理;2006 年 12 月,作为旨在"发展煤电联产,振兴宁南经济"为初衷的六盘山煤电一体化建设项目主配套工程的王洼二矿被自治区发改委批准立项建设。2007 年 4 月,宁夏王洼煤业有限公司挂牌成立。

这无疑是王洼煤业的幸事,是历史对王洼煤业的青睐。

张志荣知道,搭乘上宁夏发电集团这艘航母,是一个千载难逢的发展机遇。而要抓住这一机遇,使企业迅速扭转局面,必须解放思想、奋力拼搏,敢越雷池、先声夺人;要有无所畏惧、勇于负责的拼创精神,以此打开创新思维的通道,实现与千载难逢的机遇相契合的对接。

本着"全心全意依靠职工群众办企业,以提高效益为中心,以安全稳定为重点,全面推进技术创新和管理创新"为目标的全面整改和项目建设就此掀起了热潮。

面向一个崭新的标杆,张志荣率领王洼煤业人开始了一场艰难的登攀。

一番地毯式的深入调研。之余,便马不停蹄外出考察,学习取经。

一矿产业升级技术改造紧锣密鼓地进行。

二矿上马工程警报频频拉响。

主斜井开拓初期的大面积淋水、冻结开钻困难成了王洼煤业人遇上的第一只拦路虎。2007 年 3 月 28 日至 5 月 8 日，公司会同有关专家大胆探索，科学论证，编制出了二矿主斜井淋水段冻结工程实施方案，方案实施，安全渡过了淋水段，为缩短建设工期，加快二矿建设步伐创造了条件。

由于地理构造比较复杂，出现大断面、新的采煤工作面 115011 倾角达 45 度左右。为了大倾角采煤，张志荣亲自下井观察，几乎走遍了高难度采煤区。

他们尝试借鉴别人的采煤方法，即外包采煤。经过多方调研，仔细算账，他大胆决定采用这一办法。于是四处寻找，终于找到一支有技术含量的采煤队伍——山东龙矿综采队，在坚持“管理、装备、培训”并重，大力实施科技兴矿战略，加大技术引进和装备投入力度的同时，以高效综采队、掘进队为“两大龙头”，依靠科技进步和科技创新，优化施工工艺，坚持正规操作、正规检修、正规循环，终于创出了“150 万吨综采队”和“千米掘进队”，有力地促进了高产高效矿井建设。

积极采用综掘“三掘三喷”、整机拐弯、大功率喷浆机等新技术、新工艺。依靠科技进步，加大科技投入，矿井装备水平不断提高。同时加大对矿井提升、通风、供电、排水等重要环节技术改造力度，使 115011 工作面具备了日产过千吨的生产能力。矿区第一个 150 万吨大储量工作面 115011 综采工作面的实现，开辟了复杂地质条件下，大储量工作面设计施工的新突破，为安全生产创造了条件，也有效地解决了矿井通风等问题，矿井可持续发展能力进一步增强。

2010 年 3 月，大倾角超长采面的安装及试生产又成了王洼二矿发展过程中的又一大障碍。在创新思想指导下，二矿积极探索改进大倾角超长采面支护方式及管理，与中国矿业大学、西安科技大学等科研单位联合成立了课题组，进行矿井科学研究，其设计属国内首创。

二矿属软岩矿井，矿井压力大，支护困难，就连煤炭行业的有关专家都称其为国内罕见。2010 年 7 月，刚刚享受到试生产喜悦的王洼煤业人，在 115011 工作面回采 30 米后，因综采工作面发热，导致矿井自然发火，严重影响作业人员的安全。在突发的灾难面前，富有经验的矿领导果断地抽调公司富有工作经验的救护队员和专业人士，全力参与工作面防灭火的战斗，干部员工团结奋战，临危不惧，发扬敢打硬仗的硬骨头精神，采取切实有效的措施并采用了以液态 CO_2 惰化降温和灌注高分子胶体堵漏降温防灭火技术，顺利完成了工作面的防灭火工作。

正视困难，搏击峰尖，挑战极限，是王洼煤业人经过艰苦锤炼熔铸队伍的灵魂。

辛勤的付出换来的是丰收的喜悦和累累的硕果：115011 综采工作面逐步进入正轨循环，115021 综采工作面实现提前安装；主井绞车提升速度稳步提高，日提升能力达 8000 吨；选煤系统的处理能力比原来有所提高，通畅的生产环节，使地层深处的乌金源源不断地输送到四面八方。

覆盖全矿的 100M 高速矿内局域网，实现了全矿信息化办公平台，其软件开发覆盖了每个生产环节。从井下原煤生产到地面洗选加工，从生产调度到物质供应、安全监测及全矿档案等系统全部实现了网络化。

面对范新庄这片荒凉的土地，王洼煤业人不负二矿。这座王洼煤业自己建设的第一个现代化煤矿，其内核中聚敛了多少王煤人的情感与祝愿！

王洼煤业人以新的思维、新的装备、新的管理、新的模式建设新矿井的理念，为二矿注入了新的生机和活力。他们不把模式当定式，确保了二矿“一投产就是一个现代化的矿井”，在短短的三年半时间里，使矿井很快具备了生产条件。并于 2010 年 6 月 12 日实现试生产，新矿井就这样驶入了全面发展的快车轨道。

历史如车，承载着王洼煤业人艰苦创业、徘徊探索、发展煤电联产的日月星辰,承载着王洼煤业的沧桑变故,它负重且跨越地驶过宁南山区,留下了深浅不等的辙印……

燃烧:这样一团精神的火光,“只为矿工负责”而闪亮

王洼煤业人把安全当作企业生存的天字号工程。

对此,张志荣说:“既然这是煤业人的天职,就只有把每天都当作关键时刻,从零开始向零进军,这话才有意义。”

是啊，大自然随时都在考验着每一位走近他的征服者。回眸风雨兼程的那些创业的岁月,煤矿的安全之路从来都远没有运输大巷锃亮的钢轨那样平坦过。

惨痛的教训不是没有过。也正是有过，王洼煤业人才把这一点看得比啥都重要。

张志荣曾经痛切地目睹过他的矿工兄弟们被矿山吞噬的惨景。因而我们便不难理解在张志荣心里“责任重于泰山”的使命感,严谨的管理态度,崇尚科学的精神的特别意义了。

“科学发展观的核心是什么?以人为本!”并不长于言谈的张志荣对笔者少有的侃侃而谈:

“科学发展,首先要安全发展。只有安全生产,国家才能长治久安,人民才能安居乐业,职工才能安心工作,企业才能实现全面、协调、可持续发展。对于煤炭企业来说,安全问题就是最大的政治,如果没有稳固的安全基础,一切工作都无从谈起。”

“矿山发生事故,不要说直接的经济损失有多大,重要的是对职工身心的伤害、对职工积极性和凝聚力的挫伤,这是无法估量的,给职工家庭带来的不幸更是无法估量的。所以,我们党政班子始终强调,绝不能要带血的利

润，不能要带血的煤炭，绝不能以损害职工的生命安全和身体健康为代价，来换取一时的产量提高和短期发展。”

分管安全的副矿长天天泡在井下，用“提心吊胆，战战兢兢”形容他的心态毫不为过。跟你正说着话呢，手机的铃声响起，他就登时神色一变，似乎随时准备腾身跃起，扑向井下。“我们的班子成员 24 小时不敢关手机，最怕的就是正常下班后的电话铃声，尤其是夜半响铃。”他那口吻，笔者记忆犹新。

在王煤各级领导者眼里，安全生产是和谐之基，更是一条高压线，谁掉以轻心就撤谁。这几年矿里投入大量资金，弥补安全设施不足的历史欠账。一旦发现险情，宁愿停产也不开工。

为什么对安全生产要求执行到严苛的地步？张志荣说：“宁可让你骂着走，不要让你哭着来。”

这发自肺腑的心声，我们从中看到了什么呢？对生命的尊重，对人性的关爱！“生命至上”，如同洪钟大吕般时刻轰响在王洼煤矿奋然前行的征途上。

大凡熟悉张志荣的人，就会想起他初任矿长时的情景。夏日的晚霞余晖给整个矿区披上了一抹耀眼的光彩。一批批下班的职工几乎都发现，张志荣时常背着双手，在三三两两机关人员的陪同下，绕着矿区宽大的边地一圈一圈地转悠，他那原本真诚谦和的脸上，常常会挂上无法掩饰的警觉。

王洼煤业曾得过“全国依法安全生产先进煤矿”称号。可这能说明什么？张志荣说：“只能说明过去，荣誉主要的意思是鞭策，而不是肯定。”

事实上，王洼矿是个“老先进”了，管理制度是比较健全的，管理基础也较好。“安全第一，预防为主，综合治理”的安全生产方针醒目而深入人心，“可再好的制度，关键还在落实，更重要的是要让制度说话”。

张志荣是这样“让制度说话”的：

首先是让安全责任制说话。现场安全管理，他严格执行矿领导下井跟班带班制度，细化量化带班领导的工作职责、带班次数、带班时间、交接班记录等，确保24小时都有领导在井下带班。责任落实在现场，这是他们的制度，从矿领导到科、区队长，人人都要无条件执行。

张志荣常说，安全管理是一种境界，一种情操，一种态度。境界不能与生俱来，也不会凭空产生，作为领导，只有做到心底无私，不为私欲遮住眼睛，才能出于公心，处理好安全与生产、安全与效益、安全与从政的关系。

榜样的力量是无穷的。一级带着一级干、一级做给一级看，在全矿职工中产生了巨大的感召力和凝聚力。

其次是盯死对重点疑患部位、关键环节的检查巡查，加强地面单位及要害场所的安全管理，及时发现和消除各类事故隐患和险情，杜绝事故发生。

张志荣要求，要重点解决安全管理屡查屡犯的问题，要用几面镜子抓好安全的精细化管理工作，再就是加大安全投入，几年里累计投入安全资金过亿元。组建兼职宁夏王洼煤矿救护中队，将矿山救护工作和生产经营中心工作同部署，同安排，做到常抓不懈。还于2010年正式挂牌成立了专职宁夏王洼煤业有限公司救护中队，从基础设施、训练器材、技术装备和人员等进行了购置配备和加强。对井下安全避险“六大系统”进行完善升级，提升公司防灾减灾能力和矿井安全保障能力和现代化水平，实现更长周期的安全生产。同时加大正反双向奖罚力度，杜绝习惯性违章现象；突出抓好新项目建设的安全管理，落实主体责任，全面提升安全可靠程度；实现了基础管理精细化、技术装备现代化、人员培训制度化，本质安全型矿区的目标正在成为现实。

早在张志荣上任时，精细化管理的浪潮在我国初见端倪。长期习惯于在煤矿生产粗放式管理中进行，“看惯了、干惯了、习惯了”的传统思想观念，相当一部分干部职工中根深蒂固的思维定势，成为推行精细化管理

的障碍。

“天下难事，必作于易；天下大事，必作于细。”没有科学规范的管理，就没有企业有序安全的发展。于是张志荣大手一挥，王洼煤业人率先在同行业中坚定地迈出了精细化管理的步伐——这是一种姿态，一种责任，更是一种精神。

以制度管理助推行为规范，成为王洼煤业的鲜明特色。过去的所有规章制度涵盖生产、安全、经营、文明创建等众多领域，分系统、分部门整合梳理刷新，重新修订完善，环环相扣，形成了法的链条。于是，“让制度说话”已成为王洼煤业人的行为习惯，“问题发现了没有？解决了没有？解决的程度如何？”就变成了全矿上下各项工作的必问话题，制度落实也就由一种表象的被动执行变成了一种自然常态。

文明的积累就是对愚昧的扣除，文明的提速必然是保守的衰退。“让制度说话”，成为王煤人自我约束、自我完善、自我超越的一道风景线。

安全生产的精细化管理是一种境界，是一种情操，是一种态度，更是一种责任。在王煤，每一位主管领导都像一个个高速运转机器上的链条环环相扣，快节奏高效率而和谐有序平安稳定地运行着。

高产矿井，没有安全做保障，就不会有生产的正常运转。安全循环法，使安全管理天天有人讲，时时有人抓。凡是第一次接触张志荣的人，脑海中不假思索跃出的词语十之八九是“实干家”。随着交往的深入，一个求真务实的知识型、技术型、创新型而又颇有传统儒家思想内涵管理者的形象会愈来愈鲜活丰满地铺展开来。

一位老矿工在谈到张志荣时讲：“他和咱们矿工有感情，让这样的人领头，就觉得有了主心骨，干活心里也踏实。”

张志荣说：“说千道万，最终还是效益说了算。”

2011 年，公司实现原煤产销 170 万吨，销售收入 4.4 亿元，各项指标再创历史新高。宁夏发电集团以“安全生产一周年，销售创增三千万，规范管理大繁荣，企业稳定大发展”二十八字高度肯定和赞扬了王洼煤业公司取得的成绩。

星空：如此瑰丽，并发出耀眼的光华

季节的交替在这里缓缓而行，似乎不愿履行它的职责。已是11月初冬，和煦的阳光还暖暖地泼洒在王洼煤矿的上空。

清晨，伴随着一片祝福，又一批青年矿工走出矿山，到外地接受培训。又是一阵锣鼓喧天，那是迎接技术比武取得好成绩归来的能人们……

张志荣最愿看到这样的情景。

他经常讲：“作为领导，领，就是走在前面；导，就是走对方向。”

他不断地自我加压，拉开距离，跨越领跑，但又能使自己的团队不舍追随。

他说：“干好一项工作要靠全体职工的共同努力，干砸一件事情有一个人不努力就足够了，个人需要做到优秀取得卓越的成绩就要靠团队。”所以，他针对煤业公司实际现状提出了“生产是企业，培训是学校，上班是职工，下班是学生”的培训理念。他对每班新工人都要上第一堂课。

当公司创出好局面，取得好成绩时，他又讲：“一年取得好成绩靠侥幸，三年取得好成绩靠努力，要长周期持续健康发展就要靠企业文化，企业要靠高素质的职工队伍共同塑造。”

他提出了“企业的第一产品是人才，其他产品都是培养人才的载体”的人本理念。

他说：“企业文化的永恒就是不断地改变，改变、完善、再改变，才能立于不败。”

他说："企业发展的规模是次要，带出一支高素质的队伍才是首要。"所以他能够以身作则，身先士卒，言传身教，率先垂范，像一块磁铁把零碎的铁屑吸起来，炼成钢，锻成剑。

张志荣深深懂得，科学技术是人类文明的主要动力，但科学的罗盘需要有执着精神的人来掌握，需要科学的大脑来支配。

"没有那些为王煤辛勤付出的科技人才，就不会有今天王煤的成就。抢占科技制高点，首先要为人才的脱颖而出创造条件。"

毋庸置疑，谁能在21世纪抓住了人才，谁就抓住了竞争的制高点和主动权，谁就能在未来的竞争中立于不败之地。

喜欢读书、善于思考的张志荣敏锐地看到了知识的重要性，所以在人才的吸纳和培养上提前着手，不计代价。

人才的脱颖而出，需要一个良好的空间，打破传统的选才标准和用人模式是重要前提。所以这几年王洼煤矿的用人之道就颇具特色，既可以毛遂自荐，也可以组织推荐，更可以不拘一格，"有德有才，信而用之；有德无才，帮而用之"。

"只要有利于人才的破土而出，有利于人才的最大解放，一切条条都可以冲破，一切框框都可以打碎，一切模式都可以推倒重来。"

授人以鱼不如授人以渔。于是多渠道，多层次培训提到重要议事日程。

方式：以强制性内部培训为主，以委派、外聘培训为辅，对全公司职工进行规范性全员培训。公司采取多种形式全方位进行安全技术培训，每年全员轮训3次以上。尤其是各类短缺专业技术人才的培训，形成了独具特色的"王洼模式"。

措施：走出去，请进来。成立王洼煤业职工培训中心。将公司职工平时的学习成绩纳入到月度考核中去，形成刚性指标。积极探索和建立煤炭专业技术人才引进机制，及时制定煤炭人才队伍建设的中长期规划，建立技术人员培养考核管理办法，按照专业对口、按需引进的原则，确保王洼矿区发展对煤炭建设的人才需求。在加大培养和锻炼年轻干部的基础上，注重选拔和培养高层次煤炭生产专家级人才，为集团公司煤炭产业做好人才储备。

以 2010 年为例。该年度煤矿负责人、技术负责人、安全管理人员及特种作业人员持证上岗率 99.3%；1~11 月全公司外派培训（吴忠银河技校）人员 180 人次（主要是特殊工种作业人员），完成计划的 105.6%；安全内培完成 28 期 4171 人，完成计划的 117.9%；岗前培训完成 365 人；定向培训（西安科技大学）完成 1 期 61 人，完成计划的 100%；继续教育完成 1 期 64 人（宁夏煤炭工业学校），实训 245 人次（大武口、灵武矿区），公司全员培训率 86%，培训合格率 100%。

培训班为有志成才的人拓展了成就人生事业的平台，也为矿区可持续发展备足了动力，凝聚了活力。

近年来，公司许多员工还参加了函授、自学等继续学历教育，把企业对人才的需要与职工对知识的需求结合起来，加大培训力度。

为了使员工适应矿井逐步实现机械化、现代化的趋势，公司先后与羊场湾煤矿、白笈沟煤矿、灵新煤矿等机械化程度较高的企业合作，以综掘、综采为重点，先后培训采掘机运通各岗位操作人员 300 多人次，并使之逐步成为生产实践中的技术业务骨干。企业通过选拔和培训，极大地调动了广大员工自学成才的积极性，全公司上下形成了学知识、学业务的浓厚氛围。

2010 年 5 月 12 日，公司职工培训中心取得了自治区煤矿三级培训资质，为公司全面提高职工队伍建设提供了教学保障，全年共举办各种培训班 18 期，培训各类人员 1177 人次，其中新工人 281 人次，特种作业人员 693 人次，管理人员 176 人次，及格率达到 96%以上，优良率占 75%。

“人人都可以成才，工作出色就是人才”的理念，“事业留人，感情留人”的良好环境，促使职工把学习作为一种追求、一种责任、一种精神境界，不断

在学习新知识中增强奋进的动力。

有文化,才能成为一名好工人;有技术,才能为企业做出更大的贡献。这是王洼煤矿的工人们对自身的理解。

张志荣说:“时代呼唤人才,人才成就大业。要实现创建现代化一流矿井的蓝图,必须依靠一支数量充足、结构合理、素质优良的人才团队强势推进。”一流的人才队伍,为王煤捧来了荣誉和鲜花,也奏出了一个个优美的音符和一曲曲动人的旋律。

尊重人才,在王洼煤矿不是一句空话。想干事的人,在这里有机会;能干事的人,在这里有舞台;干成事的人,在这里享受着令人称羡的精神和物质的奖励。

人才是王煤的脊梁。他们不惜代价进行科技投入,就是用实实在在的行动来体现对人才的重视和关爱!王煤,为人才搭建起成才的平台;人才,为王煤撑起了一片晴朗的天空。

花园般的矿区,宽松和谐的人际关系,积极向上奋发有为的学习氛围,让一位来王煤考察的老领导感慨地说:“家看老大,兵随将走。王洼煤矿最近这几年的做法、经验很多也很好,千好万好,千条万条,要我看归根结底就是一句话:好班长带出了好班子,好思路决定了好出路。”

张志荣的回答如同他的做人一样实实在在:“我们矿之所以能够战胜一个又一个困难,取得了一些成绩,靠的是党政班子身先士卒、以身作则,靠的是各级干部摒弃个人得失,互相理解,互相支持,靠的是那些围绕目标刻苦奉献的科技人员,靠的是过得硬的职工队伍。况且在很多方面,我们做的与领导的要求和职工的期望还有不少差距,需要改进的地方还不少……”

对于一个总认为自己就在峰顶的人,你别期望明天他会攀登新的高度;对于一个虚怀若谷、意志坚定、脚步扎实有力、攀登不止的人,谁也无法预料最终他会达到怎样的高峰。唯一可以肯定的是,他未来的高度一定在今天之上。

显然，张志荣属于后者。

和谐：在情景交融的精神旷野里

王洼煤业人深知，对于一个企业，如果没有科技和人才，一打就倒；而如果没有精神和文化，则不打自倒。

公司党委书记李志杰在谈到建设和谐矿区时说："过去对国有企业的管理和经营，主要是以产量、利润为前提；现在企业应以大发展和职工安居乐业为本，职工观念的转变和整体文明素质的提高就尤为关键。我们有决心有信心通过文明创建，和谐人际关系、和谐人企关系，建立和谐矿区。"

是啊，在王煤，这样的和谐又岂止在经营领域？作为全国煤炭系统造林绿化四十佳单位，营造文明和谐的生态和人文环境是公司发展的基本方向。

突破口：环境建设、准军事化管理，坚持软、硬件双管齐下。

环境的脏乱差，一直困扰着王煤。初创的艰难，让人们无暇顾及自身的生活环境。许多年里，人们习惯了上班"晴天一身灰，雨天一身泥"，踩着遍地垃圾回家。胡乱搭建的小房，随地堆放的杂物，没有暖气的家室，凹凸不平的街巷小道，与日益发展的社会是那样的不协调。

于是，环境建设先后投资100多万元，高起点、高定位、高标准布设。

矿区美化绿化工作注重整体布局，花草树木合理搭配，井井有条，用于环境建设，公司一矿绿地面积达70%，花园式矿井已初具规模。

公司还积极筹措资金，对矿内主要道路进行硬化并且安装了路灯，建成了集休闲娱乐于一体的文化广场；修缮了职工文体中心、图书馆、阅览室等。对职工澡堂进行了分批改造。"休闲式"洗浴中心已替代了单一的"功能型"浴室。餐厅也进行了几次装修。走进这里，就像走进一片心灵的栖息地。

和谐，需要发展来创造，需要发展来支撑，需要物质与精神的力量来展现。

从领导班子钢铁般的团结，到他们对社会真诚的回馈，从共产党员坚强的战斗堡垒，到王煤人对自然环境的改造，和谐，就像一支主旋律，伴随王洼煤矿一路披荆斩棘，踏浪前行。

步出百米井下，职工们渴望的是洗上热水澡，吃上可口饭，看几眼美好的景致……几十年井上井下与职工已情景交融的厮磨，使得张志荣像了解自己一样地感知着职工们的心愿。

看着矿工们那一张张疲惫的脸庞，张志荣动情地对笔者说："咱们矿工太不容易了。作业三班倒，每天三脱三换，真是石头缝里挖煤啊！看看那些干了一辈子的老矿工，哪个不是一身病？所以啊，我们无论做任何事情，都要想一想职工满意不满意，支持不支持，如何让职工在创造财富的过程中共享改革成果，尽可能地改善矿工的福利设施和待遇。"

这是事实。

在王煤，职工个人的收入现在已经较四年前有了大幅度的增加。机械化采掘的全面实现，大大降低了职工的劳动强度，提高了安全系数。绝大部分职工的身份由短期工转换为合同制工，解决了终身问题，极大地调动了职工的积极性。给职工及其家属创造优美宜人的生活、工作环境，使他们的幸福指数日趋攀升。

这就是下井有安全感，上井有舒适感，外出有自豪感，回家有幸福感。领导把职工当成宝，职工当然就把矿山当成家。职工人人心情舒畅，精力充沛，怎么能不去拼命干？怎么能不以饱满的精神状态搞好安全生产呢！

是啊，和谐舒畅的工作环境，激发出来的是百倍的工作热情。公司各级领导和职能部门现场办公、悉心指导，其高度的责任感始终感染者矿区。

大部分干部职工在苦、累、险俱全的 800 米地层深处，在自己生产岗位上，从不叫苦叫累，从不计较个人得失，有的职工年出勤达到了 350 天~360 天，其余职工出勤都在 300 天以上。奋战在一线，一年见不了多少阳光；坚持在岗位，一年与家人团聚不了几次。可他们干着，心里却暖融融的。

王洼煤业人时刻不忘把党的政治优势转化为推动矿区跨越式发展的资源优势。在公司党委开展的创先争优活动中，各基层党组织积极开展党员义务劳动，党员书写承诺书，制作党员领导干部承诺桌签等活动，进一步激发党员干部的“创争”意识，提高党员干部思想政治素质、综合业务能力和党性修养。各基层单位把“创争”活动作为各项基础工作的动力，积极开展“比、学、赶、帮、超”的活动竞赛，掀起“学先进，比先进，赶先进”的热潮，党员亮身份，全员树形象，充分发挥党员干部“领头雁”的作用，形成全员参与保安全、全员行动争先进、全员奋战创一流的良好格局，他们把维护“王洼煤”品牌形象当作自己的脸面一样去维护。建立完善了煤质管理体系，树立了品牌意识，优化了产品结构；市场营销实现了产销平衡，把握市场动态，进一步拓展销售渠道。他们将销售触角延伸到陕西凤翔宝能热电厂、大唐宝鸡热电厂等新用户，开发出用量在 20 万吨以上，完成铁路外销量 30 万吨，达到了地销促进外销、外销带动地销的联动机制，活跃了煤炭销售市场，为公司发展储备了充足的市场空间。

就是这样一支队伍，干群一心，负重拼搏，众志成城，精神高涨，视野开阔，体现了强大的凝聚力，体现了全公司干部职工众志成城、同舟共济、顽强拼搏、无私奉献的团队精神。

在公司三届四次职代会上，张志荣饱含深情地说：“公司跨越发展的背后饱含着全体员工的心血、汗水，凝聚着全体员工、家属为企业兴旺发达的空前付出。谨此，我要代表王洼煤业公司党政班子向集团公司各位领导、各个部门表示崇高的敬意和由衷的感谢；向各位代表并通过你们向全公司战斗在各条战线上的职工、家属致以诚挚的问候和衷心的感谢，你们才是王洼煤业这片热土上真正的天！”这是张志荣的肺腑之言。

著名诗人艾青有一句诗:“为什么我的眼里常含泪水？/因为我对这土地爱得深沉……”张志荣倾其心,动其情,牵其魂魄,只为王洼矿的弟兄们能过上安康幸福的日子。

《易经》上说,天行健,君子以自强不息;地势坤,君子以厚德载物。天高行健,地厚载物。是啊,人生要像天那样高大刚毅,像地那样厚重广阔。拼搏,就得不为挫折而屈服,不为小胜而轻狂。

张志荣和他的王煤一班人无疑是知难而上,坚定地、扎实地迈向预定的目标进取的典范,他们是宁南山区经济振兴的希望。

尾　声

不愿告别王煤。

在王煤,不管走在哪里,处处感受到的是一种昂扬而令人感奋的活力和充满真诚的情意。

早晨,当你走在芳草萋萋、花团锦簇的矿区,看着碧草花树装点出孩子们稚嫩的笑声;傍晚,看着绿荫下悠闲自在地散步的老人,这又是一种别样的感受。

这就是王煤,这就是王煤人。

就在快要结束对王煤的采访时,又听到好消息:张志荣荣获全区“创先争优优秀企业家”称号。

这当是王洼煤业人的又一份骄傲。

它令我想起张志荣他们一班人为公司精心设计的发展蓝图——“三步走”战略。

第一步:自 2003 年到 2010 年,计划用 8 年时间,完成 21 万~60 万吨/年技术改造。这一步通过努力已经于 2007 年底提前 3 年完成,并于 2008 年 4

月完成了公司化改制。

第二步：利用 3 年时间，王洼一矿完成 60 万~120 万吨/年产业升级改造,建成王洼二矿 150 万吨/年矿井。王洼一矿 120 万吨/年改造项目于 2009 年 3 月已通过验收,王洼二矿已建成投产。届时,矿区生产能力达到 270 万吨/年,销售收入 10 亿元以上,利税 4 亿元左右。

第三步:从 2010 年开始至 2012 年,依托王洼一矿向北部规划的准备区扩大改造,使矿井生产能力达到 600 万吨/年以上;对王洼二矿实施扩能改造达到 300 万吨/年以上,按照国家煤炭资源整合政策,针对市场需求,争取政府支持,将银洞沟矿区建成 300 万吨矿井。“十二五”期间整个煤业公司产业能力将达到 1320 万吨/年,销售收入 50 亿元以上,利税 10 亿元以上。

这不是“三步走”,是“连环跳”,是鱼跃龙门,是激情跨越。

大道如虹,岁月有情。从眼前正大步走过的王洼煤业人前进的队形中,几乎能看到他们未来的身姿——那挟一路雄风,踏矫健的步履,向着千万吨现代化煤炭生产基地阔步迈进的身姿。

王洼煤业,一路顺风。

（原载《彭阳文学》2011 年第 3 期）

彭阳信合，蓝天信合

——来自彭阳县农村信用社的报告

韩　聆

九月的彭阳，群山如黛，茹水欢歌，瓜果飘香，到处呈现出一派丰收祥和的景象。

位于六盘山腹地、固原市“东山里”的宁夏彭阳县，活跃着一支“最好的联系农民的金融纽带”的信合队伍，是他们靠勤劳和智慧创造了彭阳信合的奇迹，是他们用心血和汗水浇灌出彭阳大地的岁岁丰收。

中秋时节，笔者有幸走进“彭阳信合”这幢在阳光下熠熠生辉的大楼，走访了这个在宁南山区金融业中，有着良好口碑的县农村信用联社，结识了法人代表理事长刘占明、主任梁永兴、监事长雍宁川，以及他们所领导的这支金融业界的劲旅。走访、座谈、翻阅资料。彭阳信合的改革发展史如同一幕幕精彩的电影画面，展现在我的眼前……

“咱老百姓自己的银行”，这是彭阳老百姓对彭阳信合发自内心的褒词。

彭阳县信用联社自 1996 年与农行脱钩以来，坚持“以农为本，服务三农”的办社宗旨，扎根农村、贴近农民、服务农业，紧紧围绕地方政府确立的经济发展目标，不断加大支农力度，倾力扶持“生态立县，特色富县，科技兴县，工业强县”四大战略和建设“五个彭阳”（生态彭阳、宜居彭阳、富裕彭阳、诚信彭阳、和谐彭阳）的要求，围绕“农”字谋发展，向改革要活力，向服务要效益，借改革增实力，以加强农村信用环境建设、改善农村金融生态环境为依托，不断加大对“三农”的投入力度，有力地支持了县域经济发展，同时，也为自身发展培植了“肥沃土壤”，走出了一条“富民强社”的双赢之路，各项业务呈现出良好的发展态势，实现了社会效益和自身效益的有机统一。截至2012年9月，各项存款、贷款余额分别达11.77亿元和8.39亿元，分别占全县金融行业的35%和65%，分别较脱钩时增长48倍和60倍。2000年以来，先后7次被彭阳县委、县政府评为综合考核先进单位；2001年度，被县委、县政府授予双文明建设先进单位称号；2003年，被评为建县20周年先进集体；2007年，被县委、县政府重新命名为县级文明单位的同时又被固原市委、市政府命名为市级文明单位；2011年度，荣获县委、县政府年度综合考核三等奖，有力推动了全县农村经济的健康快速发展。

扶持“三农”是彭阳信合人永远不舍的情愿，他们年年把载满希望的种子撒播给广大农户，用党和国家的惠农政策浇灌着彭阳这片土地

农业的丰收，离不开资金的扶持。农村的富裕发展，也离不开资金的支持。每年的春雪消融时节，是彭阳县农村信用社最为繁忙的时候。

春天的彭阳是美丽的：温暖暖的风，把太阳的热情和空气的清新吹向了一片片白雪初融的田野，星罗棋布的村庄在春风中如地气波浪里远行的小舟，日出日落，扬起炊烟的帆。坡上牛粪底下的小草就要悄悄地钻出地面了，杨树柳树的枝条上吐出了点点星光似的嫩黄叶蕾。纵横交错的水沟和弯弯曲曲的河流，从冬天的素净中苏醒过来，它们的流淌声很快会唤醒草地的野花，如赶赴集市的人们奔聚而来，争先恐后地绽放。

俗话说：一年之计在于春。彭阳大地在布谷鸟的叫声中，家家户户的房门院门响了，拖拉机的突突声、犁铧和锹镐的碰撞声，开始透出又一年的勃勃生机。

春，播种的时节，农民需要买种子、买化肥、换农机具，要铺出一条致富

的路。

农民需要贷款来实现他们春种秋收的富裕梦。信用社，就是农民们梦开始的地方。这些,彭阳信合人最懂得。

那是一栋并不显眼的小白楼,安静,整洁,地处县城中心地带。总是有工作人员出出进进,忙碌而有秩序。无论是刘占明理事长,还是工作人员,他们每天都要从这里出发,分别深入到各个乡镇。他们走在田野上,走进农家小院,土地是他们的办公桌。

彭阳县现辖三镇九乡,156个行政村、4个居民委员会,总人口26.26万人,其中农业人口23.5万人,占89.5%。自然灾害相对频繁,是一个以农业经济为主的山区县,工业经济基础薄弱,全县国民经济生产总值227.42亿元,农业所占份额为101.61亿元,占全县国民经济生产总值的44.61%。

农民问题是中国的根本问题,中央连续30年都以“1号文件”,专题研究解决农民和农村问题,足见其在中国改革发展中的重要性。当然,农业产业化是现代农业发展的必然趋势，也是实现助农增收目标的重要途径。彭阳县农村信用社是直接服务于农业、农村、农民的县域金融企业,应当说有着义不容辞的责任。因此,近年来,他们始终把扶持农业产业化发展、建办特色农业作为贯彻落实中央“1号文件”精神,促进农业产业结构调整、帮助农民增收的战略性工程,加大贷款投放,使全县以“林果、草畜、蔬菜、劳务”为主的四大产业得到了有力的支持。

据统计,2007年至今，彭阳农村信用社累计发放农业贷款224519万元,累计支持农户81059户。2011年,投放各类贷款达76532万元,其中农业贷款60640万元,同比增加23558万元,增长63.53%。

2011年,林果、草畜、蔬菜、劳务四大特色优势产业提供农民人均纯收入2811元,占总收入的79%。全县以杏为主的经济林面积达到48.4万亩,建成了长城塬、阳洼、麦子塬、新洼和安家川等流域以优质杏、核桃、花椒为主的特色经果林示范基地7.2万亩;饲草总面积达到145万亩,其中紫花苜蓿留床面积102万亩,畜禽饲养总量达到150万个羊单位,其中肉牛17万头,朝那鸡150万只;设施农业累计保留面积7.1万亩,其中塑料大棚4.6万亩,日光温室2.5万亩;实现劳动力转移就业5.1万人,创收3.5亿元。特色产业已形成规模,实现了农业增效,农民增收的显著效果。

2011年,白阳镇周沟设施林果示范园经营户胡志兴,一栋日光温室杏子在4月底抢先上市,创下了每公斤100元的奇迹,一栋温室收入7万元。"7万元,这在以前想都不敢想。"提起这事,胡志兴脸上挂着丰收的喜悦。毋庸置疑,这些变化主要得益于彭阳信用社的贷款支持。

草庙乡新洼村虎彩虹提起自己自主创业的事,由衷地表达了对彭阳信合的感激之情。她说,刚开始搞养殖,就是靠了从信用社贷的5000块钱,才一步一步建起了她的黄牛冷配改良点,鸡苗孵化育雏场,为此脱了贫,致了富。

红河乡信用社,着力扶持打造川道七村30公里设施农业长廊,共培育种植大户260户,发展设施农业1.3万亩,年提供种植户人均纯收入2600元以上。红河村建成2000亩蔬菜生产基地一处,种植蔬菜20多个品种,年生产蔬菜能力8000吨。搭建日光温室1000栋,水泥拱架大棚3000栋,小拱棚3000多栋。水泥拱架大棚蔬菜1000栋1000亩,农民经纪人协会总支委员关学武与王天龙结成帮带对子,与信用社联手,帮助带动王天龙发展设施蔬菜塑料大棚12栋,年收入达5万元以上。

扶持农民发展养殖业和种植业,城阳乡信用社主任魏世才,则更有说不完的话题。他说城阳乡信用社有职工8名,承担着10个村69个村民小组5924户24498口人的各项存、贷款业务。截至2011年底,各项存款余额达到2760万元,比上年净增500万元,各项贷款余额达到2890万元,不良贷款23.1万元,股本金达到101万元,利息收入259.62万元。

杨坪村,以烤烟、药材、玉米为主的种植业蓬勃发展,以典型户杨鑫为代表的百亩以上烤烟种植大户有6户,个人年收入10万元以上。还有杨占群、杨国栋等药材种植户几十家,他们每年仅这一项收入就在几万元,他们都

是主要靠信用社贷款扶持起来的。近几年，城阳信用社在该村大力扶持重点户、经济户、产业户达200多户，每年发放贷款500多万元。

在今年县信用社召开的全县依托信贷致富代表座谈会上，城阳乡党委书记杨如芝深有感触地说："城阳信用社，服务内涵广泛，服务手段完善，业务范围遍及全乡，信贷支持覆盖面达到总农户的80%左右，为全乡经济社会发展做出了巨大贡献，受到了广大群众的信赖，功不可没。"

据统计，2011年，彭阳县信用社多形式开展贷款投放，累计发放春耕备耕贷款8670万元，及时充分满足农户购买化肥、种子、农机具、农药等生产资料及其他资金需求，为全县春耕备耕生产提供了良好的资金保证。

支持"全民创业"工程，累计发放创业贷款2105万元，对致富收效好、科技含量高、市场前景好、辐射带动强的下岗人员和青年创业贷款项目给予重点支持，并实行优惠政策，有力地支持了城乡人民增收致富。首先，将信贷资金向特色优势产业倾斜，积极支持脱毒马铃薯、高原无公害蔬菜、小尾寒羊、黑山羊、基础母牛、朝那乌鸡等优势特色产业、养殖业发展；其次，将信贷资金向"信用工程"倾向，全年新评定信用户5086户，累计投放农户小额信用贷款10172万元，有效缓解了农民贷款难的问题。

积极推行开发式扶贫，投放贷款300余万元，帮助扶贫对象发展了3个百亩马铃薯种植点、3个百亩玉米种植点、3个千亩紫花苜蓿种植点、3个百亩林嫁接点和30户10头牛养殖示范户，有效帮助了农民群众脱贫致富。"支持农业发展，是我们的办社宗旨；帮助农民致富，是我们的根本方向"。这是彭阳信合人始终不变的信条。

彭阳信合人凝心聚力谋发展，基于一种强烈的责任感和相互砥砺而前行的团队精神。这，亦是他们创新思维的出发点与价值支撑

联社办公室小虎给我看过一份2012年9月的"信合简报"：凝心聚智抓

存款,砥砺奋进迈大步——彭阳县联社存款喜破 11 亿元大关。标题引人注目,令人惊喜。

简报上说:“年初以来,彭阳联社立足实际,创新思路,强化措施,尤其是农信社存款利率上浮 10%以来,加大宣传力度,扎实做好资金组织工作,各项存款实现快速增长。截至 9 月末,各项存款余额顺利突破 11 亿元大关,较年初净增 37034.62 万元。从去年 9 月份以来不到一年时间实现过 7 亿、8 亿、9 亿、10 亿、11 亿元‘五连跳’。”

人很渺小,也很伟大。渺小是因为作为人类的一个个体,人只是沧海桑田的一滴水,随时会被淹没或蒸发。伟大是因为人可以以一种雄风改变历史,从而让地球放射出人性品质的光芒。

第一次见到彭阳县农村信用社理事长刘占明,是他刚刚从乡下回来。他的周身和面庞还留有在乡村办公的繁忙和风尘。

这是一个谦和、冷静、善于思考的人,他给我留下深刻的印象:说话逻辑清晰、简单扼要、中气十足,饱含着充沛的真诚、坦荡,并一直夹带着饱满的热情。他的言谈即有理性的思考也有开拓者的胸怀,可以看出他对事业的敬慕与爱戴。就是面前这个人和他的团队,在不到一年时间里,实现“五连跳”,各项存款余额突破 11 亿,贷款由 5 亿多元跃上 8 亿元台阶实现 6 亿、7 亿、8 亿“三连跳”。

谈起这个话题,他说:“我们联社之所以能在短期内实现这一突破,是基于这样一个理念,那就是:‘总量就是实力,份额就是地位,增存就是增效,增量就是增强竞争力’。”

是啊,正是基于这样一个理念,彭阳县联社才有了这样的历史性跳跃。

抓存款组织,是刘理事长年初就紧盯着的一项硬任务。资金组织工作会议开了好几次,大家深挖细究,县域经济发展特点是什么?政府财政资金都去了哪里?依此制定存款营销办法,动员全体干部职工全天候营销存款。

千斤重担大家挑,众人拾柴火焰高,联社就此呼啦一下子活起来了。他

们搞“农信服务进万家”，群发短信、设置咨询台、悬挂条幅、散发传单、发放宣传纪念品，把农信社特色业务和金融产品直面展示给广大群众。

班子成员分包县直机关、事业单位营销对公存款。他们协调关系找门路，因地制宜、因人制宜搞公关，争取更多的财政资金和小微企业资金入户农信社。根据存款组织工作每个阶段不同特点，他们及时组织各营业网点对辖区经济发展状况、存款增长趋势、同业竞争程度进行综合分析，找准工作重点、选准主攻方向，有重点、有计划地开展存款工作。全县上下一时间刮起一股不小的“信合热”。功夫不负有心人，有付出就会有收获。存量“份额”眼见着以“亿量级”指数直往上蹿。

他们制定了存款目标责任制，科学量化存款考核目标，实行月末存款余额和日均增长额双考核，极大地激发了网点的吸储主动性。在此基础上，督导措施紧紧跟上，领导班子分片包社，每日监督所包社的存款增减变化，对增长较慢和存款下降的营业网点，加强调度，分析原因，及时补救，避免了存款增长不平稳和月底增月初降。

针对全县联社存款规模小、市场份额低的现状，他们适时开展“创先争优，真抓实干，大干 80 天存款竞赛活动”，着力改进存款营销策略，营造存款营销氛围，改进服务方式，提高服务质量，鼓励先进，鞭策后进，充分发挥员工工作潜能，实现了单月新增存款 9106 万，存款净增 15963 万元，增幅达 24.5%。

是啊，抓落实是解决问题、实现目标的必然途径，不抓落实，再美好的规划和蓝图都只能是“空中楼阁”和“海市蜃楼”。抓落实是一个异常艰苦的过程，是最有说服力的行动，也是最为美妙的音符。落实的过程越艰苦，得到的结果就会越甜蜜。联社班子显然最懂得这个道理。而要最大限度地接近你要的目标，你就得想尽一切办法，找到理想的途径。对此，他们利用点多面广、人熟地熟的优势，增加对黄河借记卡、富农卡的发行量，扩大 ATM 机、POS 机的服务面，积极推广电话银行、短信银行和网上银行，以高科技、高效率吸引广大客户。

他们始终将消除金融服务空白乡镇、实现基础金融服务全覆盖当作一项惠民生、暖民心、建设和谐新农村的政治任务来完，切实做到扎根农村、情系“三农”，不断完善农村金融服务，积极履行社会责任，加快推进金融机构服务空白点建设，为农业生产、农民致富和农村社会稳定做出应有的贡献。这无疑是彭阳信合人强烈的社会责任感的一个缩影。

首先，积极争取新开网点。广泛开展调查研究，在地理环境、交通、治安状况及经营环境基本具备的罗洼乡开设新网点。结束了当地金融机构空白的历史，对实现基础金融服务全覆盖，满足辖域农户基本金融服务需求，解决农村偏远地区基础性金融服务供给不充足等起到了关键作用。在为城乡居民提供及时、快捷、便利的全方位金融服务的同时，切实加快农信银 POS 机、转账电话等新型服务机具在广大商户和金融机构空白乡镇的布放进程，并加大电话银行及网上银行覆盖面，努力实现农村金融服务全覆盖的目标。2012 年，联社共布放 ATM 机 7 台，布放 POS 机 6 台，电话自主转账终端 142 台，开通网银 1928 户，较大程度满足了金融服务空白乡镇人民群众的金融服务需求。

他们还从服务环境、服务手段、服务内容、服务态度、服务质量等方面入手，大力开展“优质文明规范服务”活动，增强员工服务意识，树立“爱岗敬业、无私奉献、柜台有限、服务无限”的服务精神，力求为客户提供全面周到、便捷高效的优质服务。采取“争取政府支持，增加优质存款；拓展中间业务，扩大吸储领域；以优质服务稳存增存，巩固存款根基；协助征缴新农合、新农保资金，及时兑现政府补贴资金，提高服务辖区农户存款归社率”等有效措施，促进了各项存款的快速增长，从根本上解决了服务质量和服务效率不高问题，确保了目标任务的如期完成，也使得联社的存款增量首次跃居全县金融机构第一位。

如何使自己和自己的团队更好地履职，更切实地承担起应负的责任，这是班子成员一直思考的问题。

他们明确提出了“规范、和谐、求实、发展”的经营方针，提出“公、正、严、廉”四字准则，开始把工作的重点放在防患于未然上，在日常工作中提高防控能力。有一则成语叫作未雨绸缪，说的是在天还没有下雨的时候，就要提前翻透土地，修补门窗。意思是说，事情虽然未发生，但要提早做准备。这就告诉我们，对担心发生的事情，要预防为主，工作在前。“凡事预则立，不预则废”。要做到这一点，就必须时刻关注形势变化，及时把握动态，积极排除化解矛盾，把问题解决在萌芽状态。

干成事和摆平事，是领导干部两大不可或缺的基本功。只能干成事，不能摆平事，起码算本事不全。而且在一定意义上讲，干成事，处理好各类突发事件，更能体现领导干部驾驭全局，处理复杂问题的能力。

他们从完善制度入手。结合“文化建设年”、“三项整治”活动和“三个办法，一个指引”相关规定，梳理、规范了《信贷操作流程》《不良贷款管理处置办法》《不良贷款责任追究办法》等规章制度，并对“借款合同”中借款用途和支付方式等进行了补充。从受理客户申请、贷前调查、贷时审查、贷后检查，以及风险的识别、防范、报告和处置流程等方面重新进行了细化，明确岗位职责，重新规范了贷款流程，对杜绝操作风险，提升信贷管理水平，从源头上防止不良贷款的产生起到了有力的保障作用。

不良贷款居高不下，严重制约着全县农村信用社的生存和发展，这谁都知道，可要从根本上解决这个问题，却很困难。为了解开这一死结，他们抽调专人组成不良贷款“清非盘活”小组对全辖所有不良贷款进行全面核查、分类处置和集中清收，切实做到收回一批、执行一批、赔偿一批。2011 年末，他们共累计清收不良贷款 2170 笔，本息合计 5064 万元，有力地促使了信贷资产质量的好转。

通过对“钉子户”“赖账户”进行诉讼清收，有力地打击了借款人恶意逃废债务的行为，净化了社会信用环境。2011 年，全社辖注累计起诉 115 户，金额331万元;申请执行39户,金额109万元;收回51户,117万元。严格执行责任追究及赔偿制度,对形成不良贷款的责任人进行严格问责,进一步强化信贷工作人员的责任意识和风险意识。共责成相关责任人对145万元不良贷款进行了赔偿。

他们知道怎样用标准追求卓越,用管理筑牢根基。要实现零缺陷、零差距,零风险,就必须定目标、定责任、定时限、定奖惩,层层分解量化,严格按标准管理运行。

知难而上,是新一届班子的一贯风格。他们明白,一个人的成就,绝不会超出他自信所能达到的高度。如果拿破仑在率领军队越过阿尔卑斯山的时候,只是坐着说:"这件事太困难了。"无疑的,他的军队永远也不会越过那座高山。无论做什么事,知难而进,是达到成功所必须的和最重要的因素。

古人云:不谋全局者,不足以谋一域;不谋万世者,不足以谋一时。只有企业领导者的精力集中到发展思路上来,企业才能不断发展。可以说,没有思路的地方就没有领导,没有思路的企业肯定要落后。有没有思路,就是有没有能力,就是有没有潜力。

抓工作中的着力点,谋化全局应是企业领导的主要任务,处理好当前与长远的关系,才能把企业发展置身于大形势、大背景之中寻求更大的发展,才能使我们的各项工作体现科学性、前瞻性、创造性和稳定性。一个人,一个领导或者一个团队,一旦有了明确的追求目标,就要经过一番磨砺,这种磨砺有时几近苦难,但艰难本身无疑是一种动力。

"以客户为中心",这是彭阳县农村信用社的企业理念。彭阳信合人以此炼造自我形象,理解服务的价值,履行社会职责,因此他们事业才会如春光般灿烂

如果把形象说成是一个部门春天的窗口,彭阳县农村信用社已经把自我形象置身于春光之中。为了让春光更加烂漫，转变观念、开放思路已经成为他们神圣的使命。

联社十分重视员工综合素质的培养与提高。

素质是做人的基础，是衡量一个人思想修养、做人准则、工作质量的尺度。素质包含的面比较广，既有思想素质、专业素质，也有道德素质、心理素质。素质中包含着沟通能力、人际交往能力和团队协作能力，这些都是打造一个优秀团队的重要支撑，也是一个团队的精神内涵。

员工管理部门牵头，各部门共同参与，制订统一的学习培训计划，以“二四学习”“会计月初培训”“全员轮训”等为载体，有计划地对全体员工进行内控制度、新财务、会计知识、安全警示教育、公文写作知识、综合业务网络知识、信贷新规、计算机基础知识、政策法律法规、新业务知识及现代企业管理制度、职业操守、团队精神等为主要内容的培训，每位员工写 2 篇理论研讨、业务发展、内控建设、经营管理等方面的文章，每人完成 1 本学习笔记。

近两年，他们共培训员工 3020 余人次，参加各类学历教育 50 人次。通过培训，使广大员工更新了理论知识，强化了制度意识，充实了业务技能，提高了综合素质，为规范服务，依法经营打下了坚实的基础。同时通过举办各类业务技术比赛，达到相互交流，提高技术水平，又形成了比、学、赶、帮、超的浓厚氛围。

这是有着长远目标的做法。如果一个企业把最初的目标定的很低，达到的成果必定在目标之下。开始就设定高目标，日后才能标新立异，形成突破。

结合“尊重人才，尊重知识，尊重劳动，尊重创造”活动，他们分批组织员工外出学习培训 123 人次。在“建党 90 周年”之际，组织党员赴延安等红色教育基地进行爱国主义教育，开阔员工视野，增强员工的认同感和归宿感，起到了积极的正面导向作用。

通过“党性教育”“岗位奉献”“服务群众”“亮牌示范”“组织创新”等“五

项活动”的开展，在全社上下进一步掀起了创先争优的热潮，着力提升了广大员工服务群众的综合素质。深入开展走访、慰问活动，帮助群众解决生产生活中的实际问题，进一步密切了党群、干群、社群关系，切实提高了农信社的服务水平和社会影响力。

以组织开展的“优质文明服务网点竞赛”“创先争优”“风清气正”活动为契机，坚持以客户为中心，切实提高服务质量、服务水平和服务效率，增强社会公信力，打造高品质的文明服务平台和行业服务品牌。通过文明礼仪培训提高员工队伍素质，在业务受理过程中，不但做到高效快捷、耐心细致，更做到来有迎声、去有送声、全程微笑服务，优质、高效、文明、规范的服务赢得广大客户的赞誉和支持。

他们要求自己在服务上“必须做好基本服务，更多体现主动服务，最终达到感动服务”。所有营业网点节假日照常营业。做到服务文明、规范，态度和蔼。营业室卫生干净整洁，让客户有地方休息，有热水喝。杜绝对待客户态度冷漠、蛮横，缺少主动服务意识(如兑换零钱)，办理贷款中“吃拿卡要”等行为。

如果把基层社比作细胞，那么只有每一个细胞都健康，才会有全县信合系统整体的健康。人力资源配置着力进行优化。以罗洼信用社主任选聘为契机，他们拿出一定岗位作为公开招聘、双向选择、优化组合的试点，有效增强干部员工的危机感、责任感和竞争向上的意识，尝试建立起了能者上、平者让、庸者下、以人为本、任人唯才的用人机制。

给人们以希望，这是彭阳信合人努力追求的终极目标。

人们心中的希望，与理想的梦幻相比，常常更有价值。希望常常是将来现实的预言，更是人们做事的指导，希望能衡量人们目标的高低，效能的多寡。希望具有鼓舞人心的创造性力量，鼓励人们去尽力完成自己所从事的事业。如果没有南方，那么候鸟就不会在冬天飞往南方，因为正是南方给了候鸟希望。信合人给人以希望，就是希望人们实现更完美的人生，人格获

得更充分的发展；信合也告诉人们，只要努力去开创事业，都有实现愿望的可能。

彭阳农村信用社在做好信贷支持的同时，不断探索更进一步、更深层次地完善相关利农、便农和惠农服务措施，关注弱势群体，加深社农关系，积极履行社会职责，进一步发挥好金融支农主力军作用。

他们积极参与定点帮扶工作，坚持开发式扶贫方针，组织帮扶工作人员深入帮扶村组，开展调查研究，制订帮扶工作方案，协调落实帮扶措施，认真解决工作中遇到的实际问题和困难。

2008 年，他们投资 10 万元帮助冯庄中学改善教学条件；紧急拨付 1 万元，用于帮扶时福堂等 74 户村民抗灾重建；争取人饮工程款 6.14 万元，用于院落硬化、房屋吊顶、饮水工程；投资 3.5 万元补助款用于窑洞改造。通过办实事，贴近了百姓心，提升了百姓对信合企业的认知度。

四川汶川发生特大地震后，农信社作为服务型的农村金融企业，发扬了“一方有难，八方支援”的精神，勇敢承担社会责任，由单位共向灾区捐助 7 万元的救灾款，其中向四川灾区捐助 5 万元，向陕西灾区捐助 2 万元，同时还号召广大员工积极捐款，筹得捐助共计 24412 元，其中特殊党费 16912 元，用于灾区人民重建家园，为灾区人民献出了一片爱心。2006 年以来，累计捐资助学 77 万元，使 189 名家庭贫困学生圆了大学梦，赢得了社会的广泛赞誉。

在彭阳信合，企业文化始终是一道亮丽的风景线。

“十年企业靠管理，百年不衰靠文化。”彭阳农村信用社抓企业文化，也是基于这个理念。

经过 60 年的改革发展，彭阳联社形成了“扎根农村，服务‘三农’”的企业宗旨，“团结、务实、创新、奋进”的企业精神，“高效廉洁，信誉至上”的行业作风。他们拥有一支“勤奋、忠诚、严谨、开拓”的员工队伍。这是他们之所以能时刻为广大客户提供方便、快捷、优质的金融服务，长时期赢得各级组织和社会各界的充分肯定和好评的基石。

是啊,这是一种精神积淀,是一个企业得以生存的价值支撑。

另外,联社还注重职工的文化生活。文化活动能给大家带来愉快,能增强团结,能体现团队精神,能促进各类文化的学习,这对企业的发展十分有益。他们在"教育中培训,参与中塑造,环境中熏陶,管理中强化",结合行业特点,组织全行员工开展形式多样的各类宣传教育、体育比赛以及演讲、送金融知识下乡文艺演出等系列文体活动,利用简报、板报、墙报等方式,倾力宣传在工作中涌现出的好人好事。同时,大力倡导读书活动,并在员工中展开以"如何将敬业变成一种习惯""真诚与客户交流"为主题的大讨论,陶冶广大员工的情操,激发他们的活力和热情,使员工的综合素质得到进一步的提高。

每年一次的职工联赛,简直就是信用社的节日。大家平时也不总见面,一到赛场上互相打招呼,一片欢声笑语。比赛起来各不相让,极大地激发了各单位的荣誉感。赛事结束好多天,人们还在议论着这场球,那场球……从小处说,全系统之间人变得熟了,打下了工作间互相配合的基础;往大处想,全系统增进了了解,增强了系统内外的沟通与协调,加强了团结,成为一支统一的团队,共同去体现企业精神。

刘占明理事长说起工作有许多话题,但他却很少谈自己。他说:"我做的是我应该做的,在基层工作的同志才最值得赞扬。"在他的言谈中,在他的眉宇间,我读到了一种历经艰辛后成功的自豪和那些创业中铭心刻骨的记忆。

时间彰显着一切。翻阅彭阳县农村信用社的总结材料,就像走进一个个展览馆,一组组闪光的数字叙述着那些不平凡的工作业绩,扎实可信而又波澜壮阔。

目前,伴随国家金融改革的推进,进一步激发了农村信用社的活力,农村信用社也进入了一个崭新的发展时期。与彭阳信合人的一次次座谈,我

深感到他们对未来的信心与期待。

他们说，回顾过去的工作，忙碌但也很快乐。办了不少想办的事，让百姓获得了实惠，我们也获得了百姓的认可。看到人们赞赏的目光和一张张笑脸，我们感到由衷的高兴。

是的，我们的老百姓是最好的老百姓，他们要求并不高，他们的叫好声里包含了太多的愿望。面对他们，我们只有加倍努力，真正解决他们发展难的问题。否则，就对不起他们。

岁月荏苒，岁月有情。多年来，彭阳县农村信用社的辛勤耕耘得到了社会各界的充分肯定。彭阳县能够完成地区生产总值 23.7 亿元、财政一般预算收入 1.6 亿元、农民人均纯收入 4080 元，增速居全区前列，收入全市第一个过亿元的好成绩，彭阳信合人的艰苦努力功不可没。

当历史的巨轮向新纪元纵深驶去，彭阳信合人正以全新的精神风貌迎接新的挑战。

相信他们。

（原载《彭阳文学》2012 年第 3 期）

路畅人和　服务"三农"

——固原市彭阳县公路管理段先进事迹

韩建军

彭阳素有"东山里"之称，说明它偏僻和闭塞。境内山峦河谷相间，沟壑纵横，长期以来形成了对外交通往来的天然屏障。建县27年来，彭阳公路人面对现实，架起了彭阳与外界沟通联系的桥梁，精心管护着彭阳公路网络的每一条分支，延伸着希望，延伸着公路人的追求和梦想。

二十七年创业歌，二十七载辉煌路。二十七年如一日，彭阳公路人默默无闻，风雨兼程，用双手和汗水，用青春和热血，在大地上铺路架桥，精心呵护，春秋撒绿色，四季保畅通，冬除冰雪夏抗洪。

一路风雨一路歌

建县初期的彭阳县，百废待兴，尤其是公路交通基础设施极为落后，制约了彭阳经济的发展。几代彭阳公路人以发展公路养护事业为已任，一任接着一任干，他们用巨笔勾画彭阳公路管理的宏伟蓝图，精心打造彭阳公路的主骨架。27年来，彭阳的公路管理事业取得了长足的发展，养护作业方式不断提高，养护科技含量不断提高，公路综合服务水平全面提升，公路已成为促进彭阳经济发展的助推器。人们记忆中的道班房，从10公里一个干打垒、简易房，变成了功能齐全的公路站和养护公司；人们记忆中的作业方式，从肩挑背扛、驴拉马驮，变成了机械化操作、信息化管理；人们记忆中的

生产工具，从推车簸箕、铁锹洋镐，变成了各种机械设备齐全的作业方式；人们记忆中的农村公路，晴通雨阻，坑坑洼洼，如今变成了“畅、洁、绿、美”的水泥路、柏油路，便捷畅通的农村公路拓宽了群众的视野，使尘封已久的山区打破了寂静，激活了农村经济的发展。一切都在改变，一切都在翻新，唯一不变的是彭阳公路人的誓言：养好公路，保障畅通；以站为家，以路为业。1983 年建县初，彭阳县拥有农村等级公路不足 100 公里，农村公路列养率 45%，仅有养护职工 40 人，技术人员 2 名；6 个公路站 5 个不通电，手扶拖拉机曾经是奢侈的机械车辆，养护的公路好路率低于 50%，路政管理还是一片空白。

2009 年底，彭阳县拥有农村等级公路 1263 公里，农村公路列养率 100%，实现了“有路必养”；有干部职工 156 人，专业技术人员 48 名，中级职称以上的有 20 名，9 个公路站全部建成规范化公路站，已成为公路沿线一道亮丽的风景线。拥有养护专用车 8 辆，路政执法车 3 辆，工程机械设备齐全，公路好路率达到 90%以上，路政管理步入了法制化、规范化渠道。

要想富，先修路；要快富，养好路。2003 年以来，按照农村公路发展规划，农村公路“村村通”工程全面铺开，建设速度之快创彭阳历史先河。从此谱写了彭阳农村公路养护管理的新篇章，公路管理事业进入了高速发展阶段。2005 年以来，实施了以路面改造为主要内容的农村公路“改造工程”，境内农村公路配套设施逐年完善，公路抗御自然灾害的能力得到增强。至“十一五”末，实现了“村村通公路”，构筑了彭阳县“两小时交通经济圈”，道路通畅能力得到全面提升。近年来，还积极实施了“绿色长廊公路”建设工程，着力打造精品之路、绿色之路、和谐之路，助推彭阳公路逐步实现质的提升，为打造“生态彭阳”添上了浓墨重彩的一笔。

都说路是倒下的丰碑。多年的奋斗历程，记述着这支养路队伍甘为路石铺坦途的艰辛。2008 年春节前后的一场大雪，致使彭阳境内的青彭、彭镇、刘红等公路一度中断交通，路面积雪融化后形成坚冰，过往车辆无法通行，彭阳成为一座“孤岛”，各种蔬菜运不进来，群众出行极为不便。彭阳公路人没有退缩，段领导研究抢修方案，决定立即出动。他们兵分三路，分别带领段机关干部和沿线养护工人直奔受阻严重的青彭公路店洼、刘红公路温沟、沟口梁、彭镇公路等严重阻塞路段，从早晨9点开始除冰撒沙，指挥车辆通行。其间几乎没有休息，饿了轮换着吃口干粮，冰冷的雪渣子打在脸上，他们忘记了冷，忘记了疲惫，路政员刘世平的手被磨烂流出的血粘在铁锹把上，他全然不知。当看到受阻的路通了，陷在雪泥中的车辆终于启动时，他们的心热了。这一干就是10个小时，晚上7点，他们才结束了一天的战斗。这一天，他们除雪路面25公里，撒铺防滑沙120立方米，盐3.5吨，清除路面障碍850立方米……接下来的工作还是每天的周而复始，除雪撒盐铺沙，几乎没有了休息日，工作量之大为公路段历史以来之最。2009年，刚进入冬天，又一场大雪飘飘洒洒，公路段立即启动《彭阳县农村公路冰雪灾害天气工作预案》，各项工作按照预案有条不紊地进行，又上演了2008年战冰雪的一幕。这一次，投入的人力、财力、物力不亚于2008年的那场冰雪灾害。只是一切更为顺利，除雪工作更显得井井有条。类似这样的工作，几乎每年都会遇到，随时都会遇到，风里来雨里去的公路人已经习以为常。最为艰难的是夏季的公路防汛工作，公路段从领导到养护工，每一个人的心里都紧绷着一根弦，常常是刚修好的路，一夜之间的暴雨就可以让公路面目全非，反复地修，反复地水毁，整个汛期这其实是一项常规工作，他们就是干着这些平凡的工作，这些周而复始的工作，这些你觉察不到的工作。这就是公路人平凡中的伟大。

破瓶颈一通百通

长期以来制约彭阳发展的重要因素是“通”的问题。更好的发挥开放的优势在于“通”，产业的集聚在于“通”，“三农”的发展在于“通”，人民生活全面实现小康在于“通”。27年征程，27年巨变，彭阳公路交通破解了“通”的难

题，撕开了“畅”的困扰，彭阳的优势借此体现，彭阳的功能得以发挥，彭阳的发展一“通”百通。

当农民兄弟用辣椒换回“票子”，当土豆变为“金蛋蛋”的时候，他们切切实实感觉到路通的好处了。彭阳县红河乡是全区辣椒产业基地，过去由于路不通不畅，辣椒烂在地里，老百姓只能疼在心里，只好“望市兴叹”，但随着2008年红河至常沟公路的改建，这一切已经成为历史。为了尽早修通这条致富路，彭阳公路段一班人舍弃节假日，赶进度，抓质量，力求在辣椒上市之前把路修通。他们向工程要时间，向管理要质量，克服重重困难，把精力用在“通”上，把心思用在“畅”上，3个月的工期，提前20天完成。当客商的第一辆车运走辣椒时，公路人欣慰了，老百姓心里的后顾之忧消除了，数着票子，甜在心里。长城塬是彭阳的特色农业基地，为了使各类农副产品能够及时运送变卖，彭阳公路人把养好长城塬上的水泥路当作惠农大事去抓，养护这条路的是一帮“娘子军”，她们早出晚归，栉风沐雨，舍小家顾大家，和男同志一样，奋战在养护一线，从不计较报酬，不顾苦和累，干起活来雷厉风行。正是有了她们，这路畅了，老百姓的梦想变成了现实。

在公路养护中践行科学发展观。20世纪90年代以来，彭阳经济快速发展，机动车辆猛增，干线公路出现超负荷运作。为此，2003~2009年，彭阳公路人依靠上级主管部门的大力支持，制订《农村公路大修工程和公路安保工程建设规划》，在公路养护中践行科学发展观。大中修工程5年投入资金400万元，公路站规范化建设投入100万元，专项资金的投入改善了路况，提升了道路通行能力。安保工程是贴近民意、深入人心的“生命工程”，为在事故多发路段设置防撞墙、钢护栏、警示柱、标志牌，公路段5年投入安保工程资金350万元，改善了道路行车条件，提高了道路的安全通行能力。彭阳的公路大修工程和安保工程在全区树立了典型，干出了经验，打出了品牌。每年的工程项目考核居全区之首，工程质量连年受到上级部门的表彰，安保工程实施里程居全区第二位。

在服务社会中践行科学发展观。彭阳公路人把“以人为本”作为出发点和落脚点，根据自身职责特点，采取了一系列便民利民措施，路政服务窗口及时进驻县政务中心，建立了路况信息报告制度，及时为社会提供路况信息服务。根据费改税后农民义务养护公路难的问题，他们大胆创新公路养护管理运行模式。提出以专业化养护县乡公路为主，雇佣公路沿线农民工承包养护村道为补充的养护模式，初步建立了路政所专管、公路站兼管、路政案件举报点联动的路政管理“三位一体”工作模式。在全区率先推行村道承包养护模式，承包养护村道的农民每年可增加收入3000元。村道承包养护增加了公路沿线农民收入，为公路养护的市场化发展奠定了基础。

文明创建求实效

彭阳公路人按照文明创建要求，提出“抓党建，促养护，求发展”的党建工作思路，落实以打造“文明公路、和谐公路”为目标的公路文化建设措施，不断完善民主管理制度，开展思想道德建设。坚持召开职工代表大会，执行政务、财务、工程招投标和路政执法公示公开制度。参加全国、全区公路养护业务培训班、技术大比武，提升了养护职工的业务素质和服务理念。在全县“春节”“三八”“五一”“七一”“国庆”等大型文体活动多次取得较好成绩；系列活动的开展，使全段上下团结一心，气出一口，全身心致力于公路养管工作。公路段多次受到自治区交通运输厅和公路管理局的表彰奖励。

路畅人和，路通百通。公路交通是历史的映照，是社会发展的缩影，是经济繁荣的生命线。彭阳公路养管事业的迅速发展，为“三农”发展提供了服务平台，极大地促进了彭阳经济社会的稳步发展。

彭阳，正在“公路人”的努力下，一天胜似一天地散发着迷人的光彩。

（2010年10月）

爬这座山　爱这边景

——记全国方志系统先进工作者叶长青

张文明

孔子曾说过:“知之者不如好之者,好之者不如乐之者。”用这句圣人之言来解释叶长青的勤学精神与方志情结,最为贴切不过了。世上有千行百业,假如一个人以自己的爱好去选择了所向往的职业,何尝不是一种缘分呢!

因为选择,所以热爱。叶长青担任彭阳县史志办主任六年来,他依托彭阳古老文明的底蕴,心怀新一代方志人的豪迈,用赤诚和汗水开拓着、发展着、成功着,育出了一片让世人刮目相看的志苑新绿。

学以致用　创新求变

叶长青在调入史志办之前,所从事的工作与史志并不沾边,但从他发表过的文章中可以看出,他是具有一定史学功底的。组织临危授命,他就欣然而至,毅然决然地当起了这个家。

俗话说:“冰冻三尺,非一日之寒。”要做好史志工作并不是一件容易的事情,必先具备扎实的史学基础和耐得住寂寞的奉献精神。叶长青专心致志,以事其业,用一种恭敬严肃的态度对待自己的工作,认真负责,一心一意,任劳任怨。在工作中他积极主动,奋力进取,精诚协作,高度负责,努力学习专业知识,在业务上精益求精,把所有的时间和精力一丝不苟地全摊在了学习与写作上,不仅节假日无暇休息,还常常通晓伏案,辛勤地忘我笔耕。

学而不思则罔，思而不学则殆。他学习知识和思考问题不怕“见光”，乐于与人交流讨论，他在和大家平等的交流、对话、研讨中，敞开思想，畅所欲言，切磋琢磨，取长补短，在思想的交流和碰撞中迸发智慧和灵感，开启思路，激发潜能，加深对问题的认识和理解。他善于在学习思考的过程中经常“回头看”，看看哪些知识领悟得好，那些打了折扣，原因是什么，教训是什么，不断总结学习经验，积累学习成果，使学到的知识内化为思维，外化为行为，最终转化成工作能力。在他的带动下，单位职工的政治理论素质和业务能力都明显提高，作风明显改善，大大推动了史志工作的快速发展。

在工作中他常常提醒同事：“做方志人既要会编会纂，还要会宣传，这样才能赢得社会的认可和支持。”由于他的身体力行，积极探索，拓展了彭阳史志工作的发展环境，创造性地开展了一系列宣传服务活动。一是建立史志信息服务制度，创办了《彭阳史志》期刊，为史志爱好者搭建了平台，为领导及各部门提供及时准确的史志服务，也为修编地方志书和年鉴储备资料。二是积极参加全区“地方志宣传日”联动活动，为全县156个行政村图书室送去了党史及地情资料书籍，在街头、社区开展现场咨询服务，传播史志知识和信息，向群众赠阅各种书刊1000多册，总价值达5万元。三是在县内宾馆和图书馆设立“彭阳史志文献资料专柜”，出售或捐赠各种书籍2000余册。做到了全面整合、充分开发、有效利用史志信息资料，更好地为社会各界和广大群众服务。

谦恭如我　敬业奉献

昂首奋飞的雁阵，总有一种风采，必然有头雁在前；充满活力的队伍，总有一个风范，那就是核心至坚。叶长青敬业奉献的精神和品德，感染、激励、带动了每一位史志工作人员，带出了一支德才兼备的史志队伍。

他常说，任何人都不能将既有的成就或荣誉当作骄傲的资本而沾沾自喜，更不能躺在功劳簿上睡大觉，只有不断提高学习水平，才能提高工作能

力。他是这样说的,也是这样做的。在工作中,他主动把学历教育延伸为终身教育,把阶段学习延伸为终身学习,能够一以贯之把学习看作是人生前进的基础,事业拼搏向上的源泉,保持他永不嫌晚、永不嫌多、永不停步的学习精神。他在工作和学习中十分注重改进思维方式和习惯行为,学会了分析问题和思考问题的科学方法,并转化为自身的内在素质。他最大的优点就是文德文风和史德史风俱佳,从无文人相轻和孤傲自负的表现。

西方有句话说得好:没有激情和爱,你能干什么?叶长青一直是带着激情和爱,尽职尽责,兢兢业业地工作着,他说他始终在探索着,他不回避自己的努力,促进了彭阳史志工作的发展,但他强调:“决不是我个人的功劳。没有班子的团结,没有大家的支持,我将一事无成。”这就印证了一种说法:一个好的领导会运用有创造力的权利。

奉献是做一个社会人的最高境界,也是社会主义职业道德的最高境界,尤其是奉献于茫茫史海的方志人更能陶冶性情、荡涤心灵。叶长青在工作中真正做到了爱岗敬业、诚实守信、办事公道、服务群众、奉献社会。尤其难能可贵的是,当他遇到人生挫折和工作、生活上的磨难时,仍然能凭着赤子之情、平淡之心坚持工作,这是一般人做不到的。这不能不说是一种境界,有一种敬业的博大情怀在支撑着他。近年来,彭阳的方志事业可谓蒸蒸日上,在区、市及周边地区成了同行的佼佼者,且多次得到嘉奖,这其中有不少是他用心血和汗水浇灌出的娇艳花朵。

千里银波逐层浪,万点红花是盛春。叶长青以其独特的学习精神和工作魄力,带领和磨砺出了一批能够承前启后、继往开来的史志工作者,也使沉默多年的史志办成为人们熟知的、团结的、和谐的学习型组织,由人们望而却步变为常相往来的地方文化园地和询古咨今的服务之所。

大音希声　硕果累累

挖掘地方历史文化,编著出版书籍是叶长青致力于丰富地方文化的重点工作。一是通过不懈的努力，编写了由宁夏人民出版社出版的个人专著《彭阳历史与经济》和《中华名医皇甫谧》，共计70余万字，其后者被政府出资印制成古典珍藏版，作为政府的馈赠礼品，向外推介皇甫谧文化。二是主编了由宁夏人民出版社出版的《彭阳风物》《彭阳史地文集》和中共党史出版社出版的《中国共产党彭阳县历史大事记》，三书共120多万字。主编总纂新版《彭阳县志》，现由甘肃文化出版社出版发行，全书200万字，是以最新方志体例编纂而成，已作为自治区方志办向全国推荐参评的志书之一。他所主编的《彭阳史话》是《宁夏地方史话丛书》的"蓝本"，由宁夏人民出版社出版发行并在全区范围内广泛推广。三是他主持创办的《彭阳史志》现已连续刊出17期，达100多万字，是全区唯一的市县级史志刊物，被固原市政府评为优秀期刊。他还参与编辑《固原市志》《六盘山民间故事·彭阳卷》《风雨历程》，县政协《参政议政要报》《走近皇甫谧》《探索与实践》等书刊。主持审定了《城阳中学校史》《彭阳二中校史》和《彭阳县司法志》。四是利用工作间隙，撰写了大量史志论文，发表在《固原日报》《新消息报》《宁夏史志》《宁夏党史》《共产党人》等报刊上。尤其是他本着实事求是的治学态度，对宁夏皇甫谧文化的挖掘整理做出了突出贡献，很多调研文章发表后，在区内外引起很大反响，并多次获得市、县举办的专题征文活动一、二等奖。他本人被县委、政府命名为"敬业奉献道德模范""学习型个人""书香家庭"，多次被评为"优秀共产党员""优秀公务员"和"先进工作者"，还被固原市委表彰为"十佳书香家庭"和"十佳道德模范"提名奖，以及固原市工会表彰的"学习型职工"。2010年，获得自治区人力资源和社会保障厅与自治区党委党史研究室联合授予的"全区党史系统先进工作者"和中国地方志指导小组授予的"全国方志系统先进工作者"荣誉称号，并作为宁夏修志先进人物载入《中国地方志年鉴》。

十支毫秃心操碎，一剑磨成始开颜。在他担任史志办主任的几年里，单位的办公设施全面更新，配备了业务用车和正在筹建办公楼房，其社会地

位也明显提高，在6名工作人员中有3人被组织提拔重用，有2人被县委、政府评为“学习型先进个人”，单位被县委、政府命名为“学习型机关”。业务工作在全县综合考评中名次逐年上升，连续四年被评为“全区修志工作先进集体”，特别是2010年在全区取得了第一名的好成绩。

既爬这座山，就爱这边景。身为方志人，叶长青的思维方式和血液里也和古代史家一样，已无可选择地打上了史志的深深烙印，他对这份“千秋”事业一往情深，淡泊名利，宁静致远，始终痴心于青灯黄卷，竭尽一生之绵薄。

（原载《宁夏史志》2011年第4期）

爱心寄片石　真情谱华章

——彭阳县文物管理所所长、副研究员杨宁国先进事迹

邓万钧

彭阳县地处宁夏东南部边缘，是一个建县不满30年的新县，一个只有25万人口、2500多平方公里面积的小县，同时也是宁南山区首屈一指的文物大县、文管强县。该县2006年被国家文物局授予“郑振铎——王冶秋文物保护奖”，2007年再次被文化部、国家文物局授予“全国文物工作先进县”。提起彭阳县文物工作取得的骄人成就，人们都会不约而同地想起扎根文物战线20年，先后被授予“100位为宁夏做出突出贡献英雄模范人物”“全区首届道德模范信德之星”“全区文化遗产保护先进个人”以及“自治区先进工作者”等荣誉称号，现任彭阳县文管所所长、文博副研究员的杨宁国。他情系片石，宠辱不惊，十数年如一日，用青春和汗水谱写了一曲文博人生的华美乐章。人们风趣称他是爱石头不爱金钱的“怪人”，是为彭阳寻宝的“浪子”，是守护一方文脉的“圣徒”。

为了那份感激和爱

杨宁国1972年出生于彭阳县草庙乡一个普通的教师家庭，1989年高中毕业，1991年被县文管所(原县文物站)招聘录用。不满19岁就两度经历高考挫折的他，对于自己有幸成为文物战线的一员，心怀无限感激与憧憬。

1991 年 7 月,刚参加工作不久的杨宁国随前站长台维斌进行了一次富于传奇色彩的文物调查。他们骑着自行车,背着干粮开水,历时 10 多天,行走于红、茹河流域彭阳至甘肃镇原段的川塬沟壑之间,探寻山水形势,造访古址遗迹,体察人情风习,收集了大量有价值的文物资料。从这次实地调查中,杨宁国深深懂得了山河处处藏奇珍的道理,也第一次真切体验了文物工作一路风雨、一路求索、一路收获的艰辛与欢娱,及其于“腐朽”中求“神奇”的巨大魔力,不禁深为迷恋。他暗暗告诫自己一定要珍惜这份工作,做一名响当当、硬邦邦的文物工作者。

当时,县文管所还处于初创阶段,条件简陋,人员紧缺,资料匮乏。干部职工全都是“半路出家”,工作只能是边学习、边摸索。面对困难,杨宁国没有退缩。他深知文物工作涉猎面广、专业性强,没有扎实的知识储备和丰富的实践经验就难以胜任。因此,从上班的第一天起,他就下定了“甘当小学生”的决心。每次下乡搞遗址调查或文物征集,他都尽可能多地走访当地的老住户、老先生,仔细询问相关情况,认真撰写调查笔记。如果一次搞不清楚,常常还要往返好几次。每当遇到无法解决的学术问题,他总是第一个主动请缨,或征询于中学历史教员,或求证于县史志办编辑,或请教于上级业务部门专家,直到把问题弄清楚为止。一次次虚心求教使他广结师友、人缘众多,一道道难题的破解也使他对文物工作痴迷日深、志趣日专。那时县文管所已经收藏了不少出土文物和群众捐献的器物、字画,平时一有机会他就钻进文物库房,在坛坛罐罐间默默地徘徊,看看这个,摸摸那个,小心地摆弄,仔细地揣摩,为其寓含之博大精深而心驰神往。为了弥补知识的不足,他利用工作之余想方设法找书读。当时每月只有七八十元工资,他宁肯生活上简单一些,但在买书订报上却从不吝惜花钱。从地方志到二十四史,从考古发掘简报到文物鉴定专著,他或买或租或借,如饥似渴地阅读,光抄写的读书笔记就达十多本。功夫不负有心人。1992 年 9 月,勤学上进的杨宁国被选送到复旦大学文博系深造。手捧梦寐以求的大学通知书,他百感交集。此时此刻,他的内心除了感激与憧憬之外,更多的是对彭阳文物事业炽热的爱和沉甸甸的责任。

两年的大学时光杨宁国没有虚度,系统的理论学习和几次难得的田野考古见习经历,使他在专业知识和业务技能方面均得到了显著提升。1994年夏,杨宁国以优异成绩从复旦大学文博系毕业,重新回到了彭阳县文管所。从此,作为所里的“顶梁柱”,他一干就是二十年。

唯尽天职难自弃

20世纪90年代中后期,是彭阳县出土文物大放异彩的黄金时期,也是文物管理步入正规的关键时期。由于基本建设项目增多,尤其是机修农田大面积铺开,文物出土日益频繁,涉及文物的各类案件日渐增多,文物工作面临的困难不断增大。作为县文管所唯一的专业技术人员,杨宁国总是被安排在最繁重的岗位上。无论什么地方出土了文物,领导总要派他去勘查处理;区内外专家学者来做文物调查,领导总要派他去协助;所里文物鉴定、修复、建档以及资料整理、信息报送等日常业务,哪一项也离不开他。他总是一心扑在工作上,整日起早贪黑地忙碌,不知疲倦地奔波,顾了这头顾那头,干完分内干分外,一年四季很少在家吃上一顿消停饭,睡上一个安稳觉。

1995年7月,彭阳县遭受了百年难遇的暴雨袭击,由于地势低凹,文物库房大量进水。危急时刻,杨宁国带头钻进岌岌可危的库房里,清除集水,抢救文物,一连几天都没有合眼。等到集水排尽,文物安排妥当,他才放心地回了一趟家。

做基层文物管理,三天两头要下乡,如果遇到文物古迹被破坏或者出土文物被哄抢、私藏、倒卖等特殊情况,就更得没黑没明地跑。由于所里经费短缺,租车跑路、吃饭住店一般都是个人垫支,有时候一两年都报销不了。加之群众法制观念淡薄,面对的当事人又往往受利益因素驱动,在查处案件或征缴文物过程中被误解、遭辱骂甚至于受围攻的现象屡见不鲜。有的

同事常常抱怨:“吃苦受累贴钱跑路不算数，还要搭上先人祖人，真是划不来。”可杨宁国总是半开玩笑地说:“这就是本分,再受罪挨骂也要尽到自己的本分。”当时社会上正在盛行新一轮“下海热”,好多单位都有人办停薪留职去了南方。有人劝杨宁国别干了，年纪轻轻待在一个穷单位吃苦受累没意思,不如下广州做生意挣大钱,可他从不为所动。他经常说:“我这人不会干别的,只要文物站能给我一口饭吃,再苦再穷我也甘心。”他执着坚守,敢作敢当,无论面对多大困难都从不畏难泄气,更不会放弃自己的职责和原则或者拿职责和原则做交易。多年来,先后协助公安机关义务文保员查获贩运倒卖文物案件 7 起,收缴文物 300 多件,捣毁盗墓团伙 4 个,移交司法机关处理 3 起,刑事拘留 25 人。并对破坏古城城墙的 5 起案件依法进行了处理,对毁坏古城墙的单位和农户开办了法制学习班,有效遏制了破坏古城墙的行为。2008 年,配合公安机关抓获盗墓犯罪分子 6 人,后移交法院最高判刑 6~11 年不等,在社会上引起了极大反响,对盗掘古墓的犯罪行为起到了很大的震慑作用,有效地遏制了同类事件的发生。

1999 年 6 月,群众举报在交岔乡庙庄村推地压坝时,推出古钱币等一批文物,已被在场人员哄抢一空。刚刚下班回家的杨宁国,饭也顾不得吃就立即带人赶了 70 多公里山路,来到交岔乡庙庄村。在当地派出所的协助下,他们连夜进村入户,调查了解情况,宣讲政策法规,说服教育群众。到第二天上午,出土的 563 件文物就已全部依法追回。一起重大文物流失事件在一夜之间被有效制止的消息,一时在全县被传为美谈。

甘负斧犁拓新渠

然而,面对一件件历尽千辛万苦追征回来的零散文物,杨宁国却常常高兴不起来。在他看来,如果不解决文物出土的偶发性和非正规性问题,先民们遗留下来的文物遗产就始终难以摆脱听天由命的结局。要解决这一难题,使文物工作走出被动应付的困局,就必须着力推进文物管理的法治化和正规化。

在担任副职负责具体业务工作期间，杨宁国克服各方面条件的限制，大力推行文物保护单位“四有”（有保护范围、有记录档案、有标志说明、有管理机构）化管理，先后主持制定了《文保单位工作责任制度》《文保单位定期巡视制度》等一系列规章制度和工作规则，建立健全了县、乡、村、组、户五级文物保护网络，实施了对14所重点文物保护单位的分类认证和分级管理，并于1999年率先筹建了宁夏第一支县级文博单位经济民警队，培训专门人员负责文物保护及预警，有力地提升了野外文物保护工作的针对性和实效性。同时，主持完成了对馆藏文物的初步鉴定、分类登记和建档立卡，并争取新建文物库房267平方米，安装了防盗钢窗，配置了报警系统，使馆藏文物的管理条件和水平得到了明显改善和提高。

他将《文物保护法》宣传作为加强文物管理的前提和基础来抓，在强化内部学法用法教育的同时，每年都要定期、定点组织干部职工通过悬挂标语横幅、印发宣传材料、举办图片展览和租用宣传车下乡巡回宣传等多种形式，向干部群众广泛宣传和普及文物保护法知识，努力培育形成了全社会人人珍惜文物、自觉保护文物的良好氛围。

1999年9月，固原市馆藏文物暨“四有”工作培训会在彭阳召开，杨宁国代表县文管所在会上交流了工作经验，受到了市县同行的广泛好评，并被要求在全市范围内学习推广。

为了推动发展有组织的考古发掘，进一步提升文物保护和开发工作的层次和水平，杨宁国一刻也没有放松对未知文物资源的调查研究。十多年来，他每年都要走遍彭阳的沟沟岔岔、村村落落，每有新的发现便欣喜欲狂。经他勘查论证和申报争取，先后促成了区内外专家学者和研究机构在彭阳的多次重大考古发现和发掘活动。他本人作为县文管所唯一的参与者，亲历了发现和发掘活动的全过程。

1998年，宁夏文物考古研究所对彭阳县草庙乡张街村春秋战国墓葬进

行考古发掘，出土百余件，对于研究春秋战国时期我国西戎民族文化具有重要的学术价值。

2003 年 4 月，中国社科院古脊椎动物和古人类研究所研究员黄慰文对彭阳县白阳镇姚河村、城阳乡刘河村等地古人类活动遗址进行考察，认定发现旧石器时代晚期人类活动遗址 4 处。这一发现填补了宁夏南部山区旧石器时代考古的空白，将固原市有人类活动的历史提前了近 2 万年。

2005 年国庆节过后，当媒体曝出“甘肃下手抢夺宁夏人文旅游资源”消息时，杨宁国惊呆了。作为皇甫谧故里的历史文化脉络的守望者，他感觉到了一种前所未有的危机。在宁、甘抢争皇甫谧故里的论战中，杨宁国虽然没有身先士卒搏战的壮举，但他悄然踏访寻找属于皇甫谧故里的证据。朝那铭文鼎、朝那湫渊遗址、朝那古城等都留下了他考证的足迹。在质疑和论证中，皇甫谧故里在彭阳县古城镇渐成为不争的事实。

2007 年，宁夏文物考古研究所对彭阳县古城镇王大户村春秋战国墓葬进行考古发掘，出土 400 余件，其规模之大、品级之高为宁夏考古史所罕见，引起了区内外数十家新闻媒体的广泛关注。

2009 年，宁夏文物考古研究所对新集乡小河湾遗址进行了为期两年的考古钻探和发掘，发掘面积 3000 平方米，出土器物近千件，是宁夏首次发现面积最大的秦汉遗址，对认识战国中晚期北方草原文化与中原农耕文化的关系及长城的修筑等提供较为重要的资料。2011 年，被国家文物局评为第三次全国文物普查“百大”新发现。

看到一批批珍贵的文物遗存在经历了岁月的磨砺之后，又幸免于人为的毁损，得以在专家们的手中安然面世，重现光彩，杨宁国的心中有说不出的高兴。

广普物华荫后人

充分发挥文物和文物工作在传承文明、教育后人、促进交流方面的应有作用,是杨宁国长期以来的不懈追求。他曾不止一次地呼吁,要把文物当作一项产业来经营,作为一种环境来打造,使之成为彭阳文脉精神的重要标识和纽带。为此,他怀着无限痴情和崇高责任,长期潜心于对彭阳出土文物和古迹遗址的研究和推介工作。

多年来,他先后撰写了《宁夏彭阳草庙张街春秋战国墓地》《与宁夏"灵武之战" 有关的第一方墓石》《彭阳文物与古迹》《宁夏彭阳近年出土的北方系青铜器》等考古发掘报告、简报和论文 30 余篇,其中在省级以上报刊发表 20 余篇,并有多篇在区、市论文评选中获奖。2003 年,为了集中呈现彭阳文物的风彩,向建县二十周年献上一份厚礼,杨宁国前后花了近两年时间,主编出版了《彭阳县文物志》。作为宁夏的第一部文物专志,该书的出版引起了区内外专家学者的广泛关注和好评,并于 2007 年被固原市政府评为"优秀志书"。

参与编著了《彭阳县军事志》《彭阳县政协志》《彭阳神韵》和《走近皇甫谧》等多部文史著作。组织举办多次文物展览,其中"庆祝建县二十周年彭阳精品文物展"共展出文物 200 多件(组),参观人数达 5 万多人,得到了区市领导、专家和社会各界的充分肯定。

杨宁国为多渠道推介彭阳,促进彭阳历史文化的交流与传播做出了积极贡献。由于业绩突出,2003 年,被彭阳县委、政府评为县庆活动先进个人;2004 年,被彭阳县委、政府授予"彭阳十大优秀青年"荣誉称号;2006 年,分别被彭阳县精神文明建设指导委员会、自治区团委、自治区劳动和社会保障厅授予"彭阳十佳学科带头人"和"全区优秀青年岗位能手"荣誉称号;2008 年,被宁夏精神文明建设指导委员会授予"全区首届道德模范信德之星";2009 年,分别被自治区反走私领导小组、自治区文化厅评为"全区反走私先进个人""全区文化遗产保护先进个人"和被彭阳县委、政府授予全县首届道德模范"敬业模范之星";同年,在建国 60 周年之际,被宁夏"双评"领导小组授予"100 位为宁夏做出突出贡献英雄模范人物"荣誉称号;2010 年,分

别被固原市委、政府，自治区党委、政府授予“固原市第一届先进工作者(劳模)”“自治区先进工作者(劳模)”荣誉称号；2011年，被中共彭阳县委、政府授予“彭阳县首届优秀专业技术人才”荣誉称号。同时，其先进事迹在宁夏电视台、固原电视台、彭阳电视台以“彭阳人物”“文博守望者”“共产党人”“彭阳人”专栏，《宁夏日报》《华兴时报》《固原日报》以《杨宁国：一方文脉守望者》和《给文物找“家”的人》以及“宁夏新闻网”“固原新闻网”“共青团网”等媒体报刊数次报道。

目前，杨宁国身兼政协彭阳县委员会委员、宁夏师范学院固原历史文化特邀研究员、县文史专员、县皇甫谧研究会理事等多项社会职务，工作的担子更加深重。但面对未来，他却依然坚信，在经济社会快速发展的新阶段，被视为“古董”的文物事业一定还会蒸蒸日上，再续光彩一笔。

(2010年5月)

创业致富惠乡邻

——彭阳县草庙乡新洼村致富女能手虎彩虹先进事迹

何万兵

在彭阳县草庙乡新洼村新庄队，距离203省道不远的地方，有一家规模化的鸡苗孵化、育雏场，门口悬挂着“彩虹养鸡专业合作社”的牌子，鸡场的旁边是新洼村卫生室，离鸡场200米的地方，还有一处黄牛冷配点和一个科技12396信息服务点……令人难以置信的是，这一切都与一个普普通通的农村妇女有着密切的联系，养鸡场主、防保员、黄牛改良能手、信息员，都是她的头衔，她就是远近有名的致富女能手——虎彩虹。

今年36岁的虎彩虹，1994年，从固原农校畜牧兽医班毕业。由于不是统招生，没有享受上国家毕业生分配就业的政策。踌躇满怀的她，从学校一毕业就踏上了自己漫长的创业征程。

年轻的虎彩虹，别看个小人瘦，但却有着远大的理想和抱负。1991年，当同班同学都陆续考上中专，她在补习一年又未能如愿后，做出了一个惊人的举动：自费上固原农校畜牧兽医专业。她的这一想法马上遭到了家人及亲朋好友的反对，但她有着自己远大的理想，别人怎么会理解？家人拗不过她，只好遂她的愿。在学校里，她坚持勤工俭学，很少花家里寄来的钱。她勤奋学习钻研畜牧专业知识，终于掌握了一技之长。她心里暗下决心：自己这三年学不能白上！

1994年毕业后，不甘寂寞的虎彩虹就外出打工，为了多挣钱贴补家里

开支，只身一人来到灵武的一家养牛场打工。她充分发挥自己学到的畜牧专业知识，不仅把牛喂得很好，还给牛看病喂药，得到了场长的赏识。在这里她一干就是5年。

2000年，虎彩虹嫁到了草庙乡新洼村。刚进婆家门，看到家里一穷二白的状况，她决心用自己所学的专业知识来脱贫致富。但是干什么呢？经过反复调查和深思熟虑之后，她发现当地黄牛畜种差，决定以黄牛改良为突破口来推动畜牧养殖业向新水平发展。但当她把自己的想法告诉丈夫和家人时，马上遭到了全家人的坚决反对，家人劝她："你一个女人家，搞这行不适合，那是男人干的事，你不嫌丢人，我们还觉得羞。"但心意已决的虎彩虹没有动摇，她说："搞黄牛改良，不仅可以使我学的专业知识正好派上用场，增加家庭收入，更为重要的是可以为家乡的养殖业发展做点贡献，这样好的事情，我们为什么不做呢……"就这样，她争取乡党委、政府和县畜牧部门的扶持，建起了黄牛改良点。由于有扎实的专业基础，加上勤劳和能吃苦，所以干起来就得心应手，他们家很快就改变了贫穷落后的面貌。近十年来，虎彩虹累计实施黄牛改良冷配1900余次，成功率达95%以上，为当地的养殖业发展做出了积极贡献。如今，方圆几十里地内的老百姓都知道虎彩虹，谁家的牛需进行冷配改良，一个电话，她就骑着摩托车及时赶到，不管风吹雨打，白天黑夜。由于技术好，有时还被其他乡镇的老百姓叫去。

虎彩虹的理想远不止于此。当看到家乡的大人、娃娃有病没处看时，她就决心当一名村医，为父老乡亲看病，以减轻他们的痛苦。但看病关系到一个人的生命安危，没有专业知识怎么办？这点却没有难倒她，"没有知识咱可以学呀"。2000年，再次说服家人后，虎彩虹毅然踏进固原卫校的大门，自费进修妇幼专业。2002年毕业回家后，虎彩虹就主动挑起了村防保员的重担。从此，村里的乡亲得个感冒发烧等小病，随叫随到，极大地方便了这里的群众。乡亲们都亲切地叫"虎大夫"，她听在耳里，暖在心里。一次，邻居家的孩子出麻疹、发高烧，一家人吓得不知所措，幸亏虎彩虹及时赶到，才控制住了病情，她安慰家人："这是小孩子容易得的一种疾病，不要紧的。以后如果你们谁有了病，尽管来找我。"就这样，虎彩虹的名气越来越大，也越来越忙，每当她背着保健箱，骑着摩托车穿行于乡间小道时，就感到无比光荣、自豪。

虎彩虹极其精明能干。在党的惠民政策执行和落实方面，她一直走在其他人的前面，当别人还在犹豫不决、等待观望的时候，她却早已搭上了党的"致富快车"。而且，她的思路总是随着党的政策的调整而不断更新，从来没有落伍过。2006年，当县上提出要在各乡建立"朝那鸡养殖基地"时，虎彩虹马上意识到鸡苗的孵化、育雏将大有可为。于是自筹资金，并积极争取乡党委、政府和县畜牧部门的扶持，建起了草庙第一家"朝那鸡"孵化点，做起了鸡苗孵化、育雏的文章。鸡苗孵化、育雏技术要求很高，但这难不住聪明好学、务实苦干的虎彩虹。她认真学习有关业务知识，起早贪黑，像关心自己的孩子一样侍弄着那些将破壳而出的小鸡。几年来，累计孵化、育雏鸡苗20万余只，全部投放到全乡3000余户农民家中，为草庙乡建立"生态鸡养殖基地"发挥了重要的促进作用。2009年，仅黄牛改良和孵化、育雏小鸡，纯收入就达9万余元。

2008年，县上开始建立新农村信息化服务站，虎彩虹又自告奋勇担任起了新洼村的信息员。其间，她努力学习电脑和网络知识，在很短的时间内就把自己培养成了一名优秀的农村信息服务员，为广大农民提供种植业、养殖业等方面的技术服务。由于她的热情服务和良好的工作业绩，2009年，县科技局又在她的养殖专业合作社设立了科技12396服务热线，以方便她更好地为当地农民服务。目前，她共向外发布农业信息344条，给农民查询农业等信息689条，为当地的经济社会发展做出了积极贡献。

"党的政策这么好，帮助我致富，我不能光顾着自己挣钱，我要把自己的技术教给乡亲们，带领大家共同致富！"虎彩虹深有感触地说。为了能够更好地服务于群众，2003年，虎彩虹光荣地加入了中国共产党，她决心以一个共产党员的身份带动身边的人共同致富。作为一名党员，虎彩虹积极协助村

党支部、村委会开展工作。2004年，她被推选为新洼村妇联主任、计划生育专干。把本职工作做好，是她最大的心愿；更好地为人民服务，更是她一生的追求。她总是热情帮助村民发展种植业、养殖业，凡是乡村举办各项技术培训班，要她介绍经验，她都会无私传授；村里养殖户有疑难需要帮助时，她就及时上门指导、帮助，为他们排忧解难。2008年，虎彩虹带头成立了养鸡专业合作社，为全乡的养鸡业发展服务。在她的辛勤努力下，广大养殖户得到了实惠，而她的服务范围又扩大到了与草庙相邻的其他乡镇。

由于虎彩虹的突出贡献，多次被区、市、县评为先进个人。2004年分别被固原市、彭阳县评为“黄牛改良先进个人”；2005年和2006年连续两年被授予“彭阳县黄牛改良先进个人”荣誉；2006年被自治区人口计生委评为“2002~2005年度全区计划生育药具工作先进个人”，被自治区人才办、自治区农牧厅授予“宁夏优秀农村实用人才”荣誉称号；2007年被固原市评为“全市学科带头人”，被彭阳县畜牧局评为“朝那鸡基地建设中业绩突出贡献奖”，改良点被评为“全县群众满意的改良点”；2009年被自治区“双评”活动组委会评为“100位为宁夏建设做出突出贡献英雄模范”，被彭阳县科技特派员创业行动协调领导小组评为“全县信息化工作先进个人”。虎彩虹还先后担任中国共产党彭阳县第六次代表大会代表、彭阳县第七届政协委员、中国共产党彭阳县草庙乡第十二次代表大会代表、彭阳县草庙乡第十三、十四届人民代表大会代表等职务。

因为辛劳、忙碌，年轻的虎彩虹看上去比同龄人更沧桑一些。她说自己有时觉得累得喘不过气，有停下来歇一歇的想法，但当想起政府对她的支持和关怀，看到乡亲们求助的眼神，她就停不下来！最近，她又准备到中宁等地去学习猪的冷配改良技术，计划着扩大鸡苗孵化规模的事……

虎彩虹，就是这样一位普普通通的农村妇女，在农村的广阔天地不断实现着自己的人生价值，诠释了一名共产党员的崇高追求。

（2010年4月）

丹青难写绿色情

——彭阳县林业和生态经济局造林队队长杨凤鹏先进事迹

翟红霞　朱天龙

群山披绿，大地锦绣，彭阳群峰焕发青春光彩；心怀赤诚，满腔热血，无悔青春折射绿色光芒。他数十年如一日，顶烈日，战酷暑，抗严寒，冒风雨，在林业生产的最前沿，踏踏实实工作，勤勤恳恳办事，清清白白做人，在平凡的人生旅途和普通的工作岗位上，兢兢业业地耕耘平凡事业。他乐做劳动楷模，以辛劳和汗水收获了一项项骄人业绩；他甘当绿色使者，以青春的奉献换得了家乡群山的美丽容颜。他就是彭阳县林业局造林队队长杨凤鹏同志。

2000年3月，37岁的杨凤鹏由于工作突出，从白阳镇林业站调任县林业局造林队队长，从此，他一头扎进了植树造林第一线，这一扎，就是十年。十年的日子，他带领造林队一班人马，从春至冬，每天早上5点多出发，晚上八九点回来，披风戴月，大干苦干，肩负着全县环境绿化、重点流域、流域道路、旅游景点及通道工程等绿化责任，正是这支普通劳动者的队伍，使今天的彭阳发生了翻天覆地的大变化，改善了恶劣的生态环境，初步实现了“天变蓝，山变绿，水变青，地变平，路变宽”的目标。数十载的风风雨雨，他的身影与足迹几乎遍及了全县的每一个角落，有人算了一笔账，如果把全县的“88542”工程连接起来，可以绕地球两圈半，而他带领造林队完成的工程累

计起来超过了2个“二万五千里长征”。近年来，他先后参与完成彭阳—王洼、彭阳—石岔、崾岘—长城塬、草庙—孟塬等主要公路通道工程3万多亩，栽植各种树木20多万株；绿化道路200多公里，栽植各种绿化大苗30多万株。完成长城塬、麦子塬、崾岘长梁等重点经济林带建设共4万多亩，栽植各种经济林苗木40多万株；完成茹河生态园及河道治理绿化工程；完成大沟湾、麻拉湾、崾岘阳洼、孟塬小虎洼、草庙陶涂、王洼崖堡等重点流域治理工程10万多亩，开挖鱼鳞坑80多万个，栽植各种树木100多万株。可以说在彭阳，哪里有荒山荒沟，哪里就有他的身影，哪有绿色，哪里就留下他勤劳的脚印。

在十多年的造林绿化工作当中，他始终以忘我的精神，把自己的全部心血都倾注在造林事业上。他不仅是一个指挥员，更是一个战斗员。队员们每天定额多少，他也要完成多少。除了去外地开会，他没有离开过造林队一步；除了生病卧床不起，他没休过一个节假日。就是风雨天气，他也要往山上奔，看看新栽的树苗是否被风刮断了，被水冲倒了。他用自己的实际行动感召着每个队员，他身上迸发的热情时刻激励着每个队员，他的人格魅力赢得了每个队员的敬佩。正是在他的带领下，造林队从小到大，从弱到强，一步步发展成为作风硬、素质高的专业队伍。成绩的背后就是付出，面对家庭、工作的重负，他始终把工作放在首位，放弃家庭琐事，一心扑在事业上，作为丈夫，作为父亲，作为儿子，长年加班使他没有时间照顾家人。一次，他的妻子有事出远门，他七十多岁母亲的角膜炎又犯了，要到医院看眼睛，可正是造林的关键时机，他实在无法脱身，思来想去，他还是把准备向领导请假的话咽了回去，母亲只好一个人去医院，当大夫给母亲的眼睛点了药水后，母亲什么都看不清了，还是护士把老人家扶到走廊的椅子上，他母亲就在医院的走廊里坐着、等着，直到眼睛能看清点东西才回家，可没想到下医院楼梯时滑倒了，伤着三根肋骨，住了半个月医院，想起这件事，杨凤鹏的心里总是酸酸的，他说：“作为儿子，不用说孝顺，就是起码的照顾我都没有做到……”

坚强的他常常会因为对家人的愧疚而落泪，但是他从没后悔过，因为他深知只要能让家乡的山川大地早日披上绿装，他那点苦又算什么呢！为了保证造林工程质量，他经常一身土、一身泥地工作在造林绿化第一线，几次累得腰痛难忍，但是他从没有因此而休息过半天。许多林队员私下里说：如今像杨队长这样的干部不多了，且不说他快到知天命的年纪，就单凭着他的资历，他完全可以当个甩手掌柜；可是他干起活来还和个小伙子一样，这样的人真称得上是“忘其身，忘其子，忘其家”的“三忘”干部。

杨凤鹏经常说：“为业要一丝不苟，为人要一身正气，为德要一尘不染。”他是这样说的也是这样做的。每年，杨凤鹏经手的造林资金都在百万元以上，是好多人眼里的“肥差”，但他一直都是严于律己，从不以权谋私。有一次，一个队员因为造林工程质量的问题被他现场辞退。为求得从宽处理，这名队员就托他的一个好友带着一个500元的“红包”敲开了他的家门，来人说：“人何必太认真嘛，能通融就通融一点，看在老同学的份上，你就做个顺水人情吧。”来人边讲边把“红包”往他怀里塞，顿时，一种不可名状的羞辱感从他心头腾起：“你必须拿回去，造林工程质量是不能搞金钱交易的，这样的人我造林队里是容不下的！”来人只得收起“红包”悻悻地走了。他在工作上铁面无私是出名的，无论是亲戚还是朋友，一旦涉及工作，只认制度不认人，为此他得罪了朋友，处罚了自己侄儿，辞退了当造林队员的姐姐。有人说他很抠门，他给人的形象总是穿着一身发黄的迷彩服，骑着一辆破旧的老式自行车，但对造林队员的困难却是关怀备至，体贴入微。他为家庭困难同事捐款，帮助贫困户致富。多年来，受他帮助的困难群众连他自己也记不清。他儿子至今还没有工作，经常抱怨他，他总是说：“生活要靠自己闯出路。咱不能给组织添麻烦。”正是他这种朗如明月、清如水镜的人格魅力和脚踏实地、埋头苦干的精神魄力，一直受到了领导、同事和群众的普遍好评。

几分耕耘，几分收获。杨凤鹏先后多次被县委、政府评为优秀共产党员、先进工作者；连续17次受到县林业局的表彰奖励；2009年，他本人被评选

为固原市敬业奉献道德模范先进个人，他所领导的造林队被县总工会评为“五一”劳动奖状单位；1993 年，他的事迹被《宁夏日报》以“志在家乡绿满山”为题在头版登载；2005 年，他的风采被县广播电视台《共产党人》栏目以“播绿使者”为题，制作成专题片在全县播放，为全县上下建设绿色生态家园树立了楷模。由于他的工作突出，2007 年胡锦涛总书记、2008 年温家宝总理来彭阳视察时，他被推荐为基层干部代表，受到党和国家领导人的亲切接见。面对成绩和殊荣，他没有止步，他说：“如果说青松选择坚毅的方式，山峰选择崇高的方式，森林选择多彩的方式，丹霞燃烧选择壮丽的方式，那么在荒山荒沟中摸爬滚打的我们，选择了植树播绿，便是选择人生的最佳方式。”在彭阳建设“大花园，大果园”的新征程中，他将继续用爱心和责任谱写了一曲曲绿色赞歌。

（2010 年 4 月）

后 记

《彭阳文化丛书》是彭阳建县30年来第一套较为完整的文艺作品集成。编辑工作始于2012年9月,完稿于2013年7月。在不到一年的时间里,编辑们席不暇暖,星夜劳作,终于成书。定稿之日,如释重负,感慨系之。

彭阳古有“东山文化之乡”的美称,历史文化积淀丰厚,地域文化光彩夺目。长期以来,彭阳文艺工作者在对传统文化继承、体验和感悟的同时,加强对现代文化的开发、积累和应用,促使了彭阳文艺工作的蓬勃发展。在党的十七大提出“推动社会主义文化大发展大繁荣” 精神的引领下, 彭阳文艺工作者自觉坚持“二为”方向、“双百”方针和“三贴近”原则,牢牢把握繁荣先进文化、建设和谐文化主题,自觉担当重任,在演绎彭阳文化的前世今生、古今延续,诠释彭阳文化的开放性、包容性、兼容性、不可替代性和发展当代先进文化上勇于创新,成绩斐然,成果纷呈。《彭阳文化丛书》的编辑出版,便是最有力、最具体的证明。

《彭阳文化丛书》全书共有七卷,分别为小说卷、散文卷、诗歌卷、报告文学卷、文学评论卷、书法卷和美术工艺卷。书中收录的作品大多出自彭阳本土文艺工作者之手,同时也收录了部分区内外著名作家、评论家有关彭阳的文艺作品。作家们通过对彭阳的深情描述、叙写以及书法、绘画的形神兼备,集中地再现了广大文艺工作者在建县30年来不同发展阶段的不同历史情怀。因之,这是一套经典的彭阳之书,一套厚重的彭阳之书,一套值得收藏的彭阳之书。适值彭阳县建县30周年,谨将这套特殊的礼物献给所有关心彭阳、热爱彭阳、建设彭阳、奉献彭阳的人们。

《彭阳文化丛书》的编辑出版，倾注了各级领导的心血和智慧。彭阳县县委书记张国彦、县长赵晓东在百忙中为该书作序，在内容选编上提出了明确要求，并给予了精心指导；县委常委、宣传部部长马文山始终关心丛书的编辑出版，多次组织召开编纂会议，协调解决该丛书编辑中存在的困难和问题，并以序的形式，对该书做了高度的概括和定位；县文联领导既组织协调，又亲身参与具体工作；文联各专业协会成员在丛书稿件收录、编排、校对上全心投入，废寝忘食；宁夏人民出版社责任编辑刘建英、陈浪、管世献和李彦斌等对丛书进行了认真编校、审读；银川天之健文化传媒有限公司相关人员对丛书进行了精心设计、排版。在此，一并表示深切谢意！

对于编者们而言，编辑出版这样一套涵盖彭阳建县30年来优秀的文艺作品丛书是第一次。可以说，编辑《彭阳文化丛书》的过程，也是编者们学习、赏析、推介彭阳文化的延续与拓展的过程。中国作家协会主席、著名作家铁凝曾说："好的文学有能力表现一个民族最富活力的呼吸，有能力传达一个时代最生动、最本质的情绪，有能力呈现一个民族在自己的时代所能达到的最高想象力。"文学作品如此，艺术作品亦如此。《彭阳文化丛书》做到了。然而，由于编者水平有限，这套丛书还远未真正做到客观、全面地反映彭阳文化发展的状况，难掩挂一漏万、"冰山一角"之嫌。尤其在编辑过程中，遇到一些实际问题又不得不进行技术处理，难免留下遗憾的地方，祈望专家和读者指正。

编　者

2013年7月